国际格林奖儿童文学理论书系

丛书主编　蒋　风　刘绪源

批评、理论与儿童文学

［英］彼得·亨特 / 著　　韩雨苇 / 译

华东师范大学出版社

总　序

刘绪源

1987年,从大阪儿童文学馆寄来的馆刊中,我第一次读到"格林文学奖"的消息,从而知道这是个国际儿童文学的理论奖,第一届获奖者是德国教授克劳斯·多德勒。当时,我的理论专著《儿童文学的三大母题》才出版不久,对于在这一领域作理论探索的荒芜感和艰巨感,已有所悟。看到有这方面的国际奖,心中不由一热,这就像哈利·波特听说有一所霍格沃茨魔法学校,知道那里有许多像他一样的人时,内心涌起的温暖。后来我还曾向中由美子女士了解格林奖的情况,她告诉我,此奖有"终身成就奖"性质,评人而不评作品;这年刚开始评,以后每两年评一人。我听后,深以为然,正因如此更可鼓励终身致力儿童文学理论的研究者,而这样的研究者,全世界都是稀缺的。

二十多年过去了,到2011年,报上忽然登出中国的蒋风先生荣获第十三届国际格林奖的消息,着实令人兴奋!蒋风是浙江师范大学教授(曾任校长),是中国高校第一个儿童文学硕士点的创办者,长期从事儿童文学评论和理论研究,主编过多种中国儿童文学史。如今国内许多高校儿童文学专业的骨干教授,如吴其南、王泉根、方卫平、周晓波、汤素兰等,儿童文学出版界的骨干编辑,如韩进、杨佴旻、王宜清、梁燕、冯臻等,都是从浙江师大儿童文学专业的氛围中走出来的。作为教育家的蒋风,可说已是桃李满天下。但我以为,除了教育和著述,蒋风先生最突出的才干,还在组织工作上。他领导浙师大儿童文学研究所期间,在人员配置上很见匠心。他自己长于中国现代儿童文学研究,他招来的黄云生和韦苇两位教师,一个主攻低幼文学研究,一个主攻外国儿童文学史,两人又颇具儿童文学之外的文学与文化素养,这样整个专业的教学和研究就有了很大的覆盖性和完整性。毕业留校的方卫平长于理论研究,在读研时就显现了理论家的潜质。这四位教授之间,又自然呈现出一种梯队的态势。这种地方,看得出蒋风先生是既有气魄,又有远见的。他是中国儿童文学理论发展中难得的帅才,诚所谓众将易得,一帅难求。但他又不是那种官派的"帅",不是占据了什么有权的位置,他的校长也就做了一任(1984—1988),以后就继续做他的教授。他是以自己的努力,尽自己的可能,让儿童文学理论研究得以更好地发展,是凭他的眼光、气派和踏实有为的工作,一点一点地推动了全局。他的许多工作其实是看不见的,国际奖的评委则更不容易看见(评委们的关注重点往往还是专著),然而他被评上了,这既让人惊讶也让人欣喜——因为他确是中国最具终身成就奖资格的人。

又好几年过去了,2017年,传来华东师范大学出版社将出版"国际格林奖儿童文学理论书系"的大好消息。这套书将陆续推出历届获奖者的一些代表作品,这对我们进一步了解国际同行的研究成果,非常有益。当然,儿童文学是一个开放、发展的体系,无论谁的研究,无论从哪个角度、何种方法深入,都只能丰富我们对它的理解,而不可能穷尽之。这次出版的几种专著,有法国的让·佩罗的《游戏·儿童·书》,瑞典的约特·克林贝耶的《奇异的儿童文学世界》,俄罗斯的玛丽亚·尼古拉杰娃(瑞士籍)和美国的卡罗尔·斯科特的《绘本的力量》,英国的格伦比和雷诺兹的《儿童文学研究必备手册》以及彼得·亨特的《批评、理论与儿童文学》,此外就是蒋风先生主编的《中国儿童文学史》，内容和研究方法都各不相同，可谓丰富之至，让我们面临了一场理论的盛筵。我试读了其中的《奇异的儿童文学世界》，这是对幻想文学（书中称为"奇幻文学"）的专题研究，作者用分类的方法，从故事与人物的奇幻特征上进行把握，将英语国家及少量瑞典和德国的幻想文学分成近十个类别，然后再作总体分析。作者的分类十分细致，描述也极生动具体，这让人想起普罗普对民间童话进行分类并总结出三十一个"功能"的著名研究，这里委实存在学术方法和学术精神的传承。但此书在讨论奇幻文学与不同年龄的小读者的关系时就略显粗疏，对低年龄儿童的幻想渴求未作特别关注。可见不同角度的研究虽各有长处，却也难免其短。同样，这二十多年来对儿童文学界影响最大的理论著述莫过于尼尔·波兹曼的《童年的消逝》，但这本天才著作的缺陷现也已人人皆知。这说明什么呢？说明学术需要交流，它是在交流、切磋中推进的，越是有成就的学术有时越容易被发现毛病（发现毛病并不意味其学术生命的终结，有时恰恰更体现它的价值），没有哪本专著能穷尽学术。这也使我们明白，设立格林奖也好，出版格林奖书系也好，其真正的意义，就在推进交流和切磋，让学术在交流中前进。

知堂在《有岛武郎》一文中说过这样的话："其实在人世的大沙漠上，什么都会遇见，我们只望见远远近近几个同行者，才略免掉寂寞与空虚罢了。"这话比之于格林奖，十分贴切。儿童文学研究者因为有这个奖项，能不时看见新的成果和新的楷模，这对研究者心理是极好的慰藉，同时也是极好的鞭策。在其另一名文《结缘豆》中，他又说："人是喜群的，但他往往在人群中感到不可堪的寂寞……我们的确彼此太缺少缘分，假如可能实有多结之必要……"这又使我想起一件必须说的事：蒋风先生在得到格林奖的奖金后，首先想到的还是推进中国的理论研究。他不辞辛劳，四处奔走，终于在2014年设立了"蒋风儿童文学理论贡献奖"。这个奖也是每两年评一人，他的奖金就成为本金之一。而我因同行错爱，居然成了这个"理论贡献奖"的首届得主，心中真是感愧交集。蒋风先生所做的，不正是"撒豆"的事吗？他将国际奖和中国奖联结起来，在同行间广结善缘。这又一次体现了他民间"帅才"的功力,我想这缘分定能传之久远吧。

定稿于 2017 年年初

目 录

致谢	001
引言：批评的地图	001
第一章 文学批评与儿童文学	006
第二章 儿童文学现状	020
为何研究儿童文学	020
见解之冲突	024
典型的困惑	032
对抗偏见	046
第三章 定义儿童文学	053
定义的内容	054
阅读儿童文学的方法	058
定义"文学"	062
定义儿童	073
定义"儿童文学"	078

第四章　走近文本　084
更具体的策略　086
读者　089
书　100
阅读实例：《第十八号紧急措施》　101

第五章　文本与读者　105
文本的潜在含义　109
读者与意义　112
解密文本　115
阅读的其他方面　124

第六章　文体与文体学　128
文体论介绍　128
语言的重要性　133
文体与"语体"　136
文体学与控制　140

第七章　叙事　152
叙事与读者　152
解读叙事：实例　157
故事形态　163
衔接与类型：我们如何理解叙事　170

第八章　政治、意识形态与儿童文学　　178
分辨假象　　182
"任何人都可以成为专家"　　185
"所有人都是为了孩子好"　　187
书的地位　　192
积极的行为　　195

第九章　儿童文学作品的诞生　　199
儿童文学作品的诞生：我的个人经历　　208

第十章　文学批评与绘本　　222

第十一章　儿童文学批评　　241

参考文献　　258

本书译名对照表　　263

致　谢

本书的部分内容的前几稿曾发表于《信号》(*Signal*)、《教育中的儿童文学》(*Children's Literature in Education*)、《文学想象研究》(*Studies in the Literary Imagination*)、《新拥护者》(*The New Advocate*)、《儿童文学协会季刊》(*Children's Literature Association Quarterly*),以及尼古拉斯·库普兰(Nikolas Coupland)汇编的《论著文体》(*Styles of Discourse*,克鲁姆·海尔姆出版社,伦敦,1988年)等书刊。在此,我要向所有允许我在本书中使用这些内容的编辑与出版社表示感谢;同时也要感谢朱丽亚·麦克雷出版社允许我从自己的小说《向上》(*Going Up*)以及詹妮·霍克(Janni Howker)的《艾萨克·坎皮恩》(*Isaac Campion*)中摘取一些片段在本书中使用。

我一直认为,一本书的"致谢"部分就是让作者有机会以谦逊的态度提到他们身边更有名望的朋友、熟人,从而再次吸引众人关注的目光。对我来说,这是我向朋友偿还"人情债"的时候。明显可以看出,很多作家都对我产生了很大的影响,比如艾丹·钱伯斯(Aidan Chambers)、玛格丽特·米克(Margaret Meek)以及布赖恩·奥尔德森(Brian Alderson)等。虽然他们不一定赞同我所阐述的观点,我还是要感谢他们,以及众多在英国、美国、澳大利亚、新西兰等地的儿童文学圈中好友,是他们让研究童书之路充满了乐趣。

这里我还要特别感谢两个人：一个是南希·钱伯斯（Nancy Chambers）——在如何达到高水平的批判性写作这一点上，她教给了我最多东西；还有一个是托尼·沃特金斯（Tony Watkins）——在什么是高水平教学方面，他让我受益良多，还多次允许我"借用"修读其阅读课的本科生和研究生来试验我的理论。要是南希和托尼不介意，我希望将这本书献给五个人：南希、托尼，以及我三个较年长的女儿——弗丽西提、艾米和阿比盖尔，在过去的几个月里，在我的霸占下，她们都没什么机会摸电脑。

引言：批评的地图

> 理论不是批评。理论的目的不是为了给阅读作品提供更新、更好的方法；确切地说，它是为了用妥帖的言辞巧妙地解释我们在普通的阅读过程中都做了什么。
>
> ——西摩·查特曼(Seymour Chatman)
>
> 《故事与话语》(*Story and Discourse*)

批评理论乍一看好像和儿童以及图书没什么关系，其实不然。就像艾伦·加纳(Alan Garner)笔下的"雷顿奶奶"(Granny Reardun)说锻造是"所有事物的基础"[①]，理论也是一样。说到底，好的儿童文学作品，它的基础是连贯、缜密的批评；而好的批评，它的基础是连贯、缜密的理论。这不仅仅是说儿童文学研究应该利用其所有可以利用的原则，也不仅仅像安妮塔·莫斯(Anita Moss)说的："如果我们相信……儿童文学在文学传统中占有一席之地，我们就有义务在文学批评领域对儿童文学进行一番探索，即使我们决定不接受这些理论。"[②]但我们不能"决定不接受"，因为新的理论最终会改变我们的思维习惯，从而成为一种"规范"。

理论是一件令人感到不舒服、不自在的事物。因为它迫使我们对一些平时自己觉得显而易见的东西做出解释，让我们看到潜在的问题。通常我

[①] Alan Garner, *The Stone Book Quartet* (Collins, London, 1977), p. 31.
[②] Anita Moss, "Structuralism and Its Critics," *Children's Literature Association Quarterly*, 6,1 (Spring 1981), p. 25.

们很容易就做出一些看似正确的假设，即使心里知道事实并非如此。比如，我们觉得自己了解人们是怎样进行阅读的，阅读的过程中发生了什么；比如我们假设儿童与成人的理解角度与反应都是差不多的；比如我们知道故事怎样才吸引人，为什么吸引人，等等。理论可能没办法直接解决这其中任何一个问题，但理论能促使我们去面对这些问题。

话虽如此，文学批评的确在很大程度上限制了阅读文本带来的快感。文学批评在20世纪前半叶的发展中建立了两个概念，可以说，这两个概念自诞生以来一直到现在，很大程度上仍然不为大多数人所理解。此后，世人又写了大量文章对这两个奇怪的概念提出异议。

这两个令人费解的概念中的一个是"实用性批评"（practical criticism）——即忽略语境对文本进行批评（所有文本必定都有语境）；另一个概念是"经典"（canon）或"文学等级"（literary hierarchy）。从某种意义上来说，第一个概念是对第二个概念的一种诠释。"文学等级"的概念，甚至可以说整个"文学"的概念之所以能够确立，都是基于一种观点，即有些文本在本质上优于其他文本。当然，这也就是说，有人要像祭司一样做出一个最初的判断，然后基于这个判断衍生出一种文学上的"等级体系"，进而有了好文本与坏文本、好书与差书之分。"实用性批评"则从一种"民主"的角度回应了上述观念：任何人，只要有了合适的工具，都能成为评论家。

其实，这两个概念的出发点都和基本的人类诉求有关。除非我们都变成四大皆空的佛教徒，否则总的来说我们需要等级的存在。一种文化想要形成体系，就必须有强弱关系。再实际一些来说，如果小说和诗歌想要成为教育体系的一部分，就必须经过某种评估。

不过这也很容易让人产生困惑，根据它我们可以得出结论：的确有一个"内在"的价值体系存在。打个比方，我们将莎士比亚列为文豪之首是因为其作品的内在价值，而不是因为既定的文化、权力的系统认为这么做有好处。由于"内在价值说"的遮蔽作用，人们误以为，比起在教学中业已成型的一般化的判断，个人的文学反应显得微不足道，却没有意识到：我们无法对全然混沌无序的作品集合作出评判。[译者按：作者在这里所表达的意思是：除非有一种先在的价值秩序或价值系统，否则我们无法作出判断；或者换一种更好的表述：我们总是已然身处某种价值秩序或系统中，才能由此得出或个人化或一般化的判断。当然，这既不要求该价值秩序/系统本身是严密的、融贯的，也不要求品评作品的人们对该价值秩序/系统的存在有明确的意识，或能准确地将之描述出来。]

儿童文学也同样要面对这些概念。不管是作为读者的儿童还是和儿童打交道的成人都对"隔离语境的阅读"、"文学价值体系"以及这些概念的目的一无所知，觉得它们不符合逻辑、令人生畏。不过文学批评一直在进步，它有许多很有价值的元素能够帮助我们理解自己的思想，帮助我们和文本打交道、和人打交道。

本书第一章分析了文学批评的发展过程，以及它与儿童文学之间的关系。第二章对儿童文学的现状做了一个综述。为了更明确我们的研究对象，第三章关注的是"儿童文学"的定义。

明确了我们的研究领域，我们还需要工具来开展研究。"批评"可算是一个挺不幸的术语：过去，从分析到建议（prescription）都可以统称为"批评"，而且通常这个词都带着一种轻蔑的意味。但这不是本书中我们所指的意思。我们关心的是在阅读过程中发生了什么，我们是怎样看待、评论某本书的，以及我们如何做出合乎逻辑的、特定的评判。（在这里，我们指的是一般读者的阅读方式，不包括学生、评论家或其他有意不按正常方式阅读的人群。）

不过迄今为止，即使是最仔细的研究也没有就阅读的时候到底发生了哪些事情得出一个明确的结论，为此我们只好从一系列的假设出发，开始我们的研究。

"意义"是怎样形成的？我们在拿到一段文本的时候发生了什么？要明确这些问题的答案，我们需要知道在阅读过程中发生了什么，在每个阶段都仔细分析正在发生什么；如果是孩子，又有可能面临什么。

所以我不建议使用我们很多人惯用的方法来分析一本书——把情节、

人物、背景设定以及文体等分开来研究。先不说这么做是否真的能帮助我们更好地看待一本书,这本身就有待商榷,我自己就从来不明白这么做意义何在。它只能削弱文本阅读的体验,把对文本的体验分解成一系列的分析步骤。如果想要检测一个人的分析能力,不妨使用书本以外更实用的实物进行测试。这种分析文本的方法容易让人产生畏惧,大多数读者在学校里曾被迫使用这样的方法读书,它很有可能破坏读者沉浸在书中时所获得的阅读体验。

那么,让我们这样来看待问题。我会先勾勒出一个方法的轮廓,然后在下面的章节中给出建议,让这个轮廓变得丰满起来。我想要强调的是,这只是一种方法,甚至还不能算是一种很有条理的方法。至于我推荐的批评方法,它应该能够让读者在看文本的时候至少知道正在发生哪些情况。

让我们从构成意义的两个元素着手:读者与书。先问两个通常不属于批评范畴的问题:这本书看起来怎么样,感觉怎么样?读者有什么样的感觉?然后,挖得更深入些:这本书的背景是什么?读者的背景是什么?这本书要求的技能有哪些?读者阅读时必须掌握的技能有哪些?阅读这本书的环境是什么?这些问题终于把我们带到"儿童与图书的关系"这个问题上来了。

因为就一本书而言,至少印刷在纸上的东西是不变的(虽说它们的意义会变),让我们先看"附文本"(peritext),即"围绕着"故事的文字(及图形)材料,比如出版社印在书籍护封上的简介,还有字体、排版版式等等。对于真正的读者来说,这些因素都会对他们产生影响。

现在我们真正可以研究文本了:先看文体,再看结构,然后看读者怎样阅读这些内容、意义是怎样产生的。任何时候,我们都要考虑读者与这些元素是怎样关联的:体裁(genre)如何影响文本,对于诸种文学传统风格的了解又是怎样影响意义的。接下来我们可以研究文本"之外"的东西与意义的形成有何关联,即儿童文学中的意识形态意蕴——其实也是阅读本身的意蕴。

这本书以"书"为主题，但没有重点讨论诸如"角色的生活"、"角色的心理"或是"我们对虚构事件的沉迷程度"等问题。它也把一些书的实际应用性问题放在了一边，比如"儿童读物在社会化过程中扮演的角色"、"掌握阅读技巧"、"某本特定的书应该怎样去讲解"等等。本书并不好高骛远，它仅是对儿童文学的历史做了一番简要回顾，并描述了某些特定作品和作者的优秀之处。对于以上问题感兴趣的读者可以在本书末尾的参考文献里找到相应内容。不过我还要提醒一句，评论儿童文学的书都不可避免地具有文学批评上的模糊性。

简单来说，这是一本关于理论的书。希望通过这本书，读者能够对于阅读文本的方法有一个了解，能够以最有用、最有效的方法评估文本、使用文本。

第一章 文学批评与儿童文学

> 我经常感到不解,为什么文学理论学家在谈论现象学、结构主义、解构主义或其他任何一项批评方法的时候,一直没有意识到他们谈论的所有东西都能在儿童文学中得到最直接明了的展示。反过来,我也很疑惑,为什么我们这些从事儿童文学的人一直没能很好地将文学批评与儿童文学结合起来。
>
> ——艾丹·钱伯斯《书谈》(*Booktalk*)

这本书采用批评理论与批评实践相结合的方法帮助读者更好地了解儿童文学,同时以儿童文学为例,帮助读者了解文学理论。

儿童文学与文学理论对于文学世界来说是两个相对较新的概念。两者都处于传统学术研究领域的边缘,但对文学研究的发展又都有着特殊的重要性。如今的批评理论将研究的触角伸向了文本内部及围绕在文本周围的所有事物(从个体的文学阅读反应、作品的政治背景,到文本的语言及其在社会结构中的位置);自然,儿童文学领域也包含了所有的写作类型。文学理论的出现将原本相对狭窄的文学/文本研究的边界推向了哲学、心理学、社会学以及政治学领域。同样,儿童文学也是教育学家、心理学家、民俗研究学者以及流行文化、视觉艺术、心理语言学及社会语言学等专业的学生深入研究的对象。

儿童文学与文学理论这两个宽泛的领域也有着一个共同的特点,那就是不论是圈内人士还是圈外人士都对其心存疑虑。对于学术界人士来说,他们总觉得文学理论对于传统观念的挑战太过激进、几乎没有实际用途,又太过以自我为中心、太过虚无(nihilistic)。对于外行人来说,文学理论显得既矫情又不知所云。或许,相对于所谓的"自由人文主义"的(liberal-humanist)具有"传统智慧"的专制批评方法而言,文学理论的确显得更为民主;不过文学理论往往看起来只是用另一套价值体系取代了原本专制的价值体系,而这"另一套"价值体系就是"精英主义"。人们觉得它过于复杂,或者觉得它太难以捉摸,令人生畏。

同样,在专家学者的眼里,儿童文学(正如我们所见,与其他一般体裁不同,"儿童文学"这类文学体裁是根据它的读者对象进行定义的,其实就连读者群"儿童"我们也没有办法给出一个精确的定义)并不是一个可供研究的对象。儿童文学的主体似乎还不够格让学术界人士进行严肃的研究;毕竟,儿童文学的内容浅显、简单、通俗,其受众又是一群小读者。某位大学教授曾对我说,儿童文学不是"一个适合学术研究的对象"。在一般人看来,把温暖友好、为儿童带去知识与欢乐的事业和"理论"联系在一起无疑会使这份欢乐大打折扣,这么做似乎是把儿童文学从其"真正"的读者手中抢了过来。

对于文学理论,本书的立场是:支持或反对它的正反两方的确都能说出很多道理,不过积极的东西还是占了大多数的。诚然,文学理论很容易染上"自命不凡"这类最令人生厌的学术习气,使用很多含糊不清、佶屈聱牙的反启蒙主义的或精英主义的语句。① 当然,某种程度上来说这也是因为文学理论很容易就陷入思维的广袤宇宙中无法自拔,但这并不意味着要是不进行彻底简化,一般人就无法从文学理论中受益——因为文学理论中有很多有用的东西能够改变读者的态度,帮助他们获得全新的、富有启发的思维方式。可能其中最有意义的就是它将文本讨论变成了一项独特而富有乐趣的活动。② 文学理论在哲学之泥沼的边缘有着更为坚实开阔的地带,在那

---

① 关于后结构主义文学批评家的论点,可参见 Raymond Tallis, *In Defense of Realism* (Arnold, London, 1988)。
② 参见 Roland Barthes, *The Pleasure of the Text*, trans. Richard Miller (Cape, London, 1965; repr. 1976)。

里我们看到了它最重大的成果：它将众多资源化为己用、纳入囊中——女性主义、政治学、叙事理论、语言学、文化研究、心理学，甚至分形几何学，从而形成了众多实用又独特的文本研究方法。①

儿童文学是一项严肃而非沉重的研究课题。它的世界兼收并蓄、包罗万象，而这个圈子里的从业人员非常依赖直观感受，也非常富有奉献精神，同时往往也带有反智倾向。正如批评理论的进步能够并且也一直为学术堡垒以外的群体所用，那些与儿童和儿童读物打交道的人也同样能够从儿童文学理论中受益，了解文本内外的各种玄妙。目前，市面上不缺少儿童文学相关的书单、选集以及各种参考书目。② 美国儿童文学协会甚至发布了一份儿童文学"经典"名单：《试金石：优秀儿童文学书目》③。所有这些资料，不管是出于商业还是公益目的，无疑节省了忙不过来的图书馆馆长、老师以及其他儿童图书"用户"的时间，让他们做出"更有根据"的选择。不过也有人说这些书单先入为主，限制了使用者的思维。所以，我们需要的是一种正确对待儿童文学的方法，帮助我们以基本原则为基础来做出有根据的选择。

通过展示理解文本的目的与作用的各种方式，我希望本书能帮助童书使用者更从容地面对浩如烟海的儿童文学作品。同样，我也希望使儿童文学的苦与乐为更广泛的读者所知晓，其中包括使用者与学者。多年来我与世界各地很多知名人士都讨论过这个问题，得出的结论是我们必须要借助文学理论来推动这项事业。

这个主意就算是在那些最优秀的儿童文学作家当中也并不受欢迎。比

---

① 参见 Lissa Paul, "Intimations of Imitations: Mimesis, Fractal Geometry, and Children's Literature," *Signal*, 59 (May 1989), pp. 128 – 137。
② 参见 Tessa Rose Chester, *Sources of Information about Children's Books* (Thimble Press, South Woodchester, 1989), 以及 Tony Ross, *I Need a Book! The Parent's Guide to Children's Books for Special Situations* (Thorsons, Wellingborough, 1987)。
③ *Touchstones: A List of Distinguished Children's Books* (Children's Literature Association, West Lafayette, n. d. [1986?])。

如伊莱恩·莫斯(Elaine Moss),她身兼书评作者、图书馆员、书商以及教师数重身份,因其对儿童文学的卓越贡献而获得 1977 年埃莉诺·法杰恩奖(Eleanor Farjeon Award),她就经常拒绝被贴上"批评家"(critic)的标签。她写道:"主要还是因为它听起来有一种贬义的、打击性的意味……我曾请求人们称我为'评论员'(commentator)而不是'批评家'……因为我非常、非常乐意将文学批评留给那些在大学里工作的学者,以及为权威的、专门的杂志撰稿且拥有忠实的专业读者的人。这才是文学批评真正的归属。"①

这段话点出了"专业人士"与"儿童文学人士"之间的界线。这一点也被约翰·罗·汤森(John Rowe Townsend)所确认②,而这一界线在目前大量的儿童文学作品之中都有所体现。艾丹·钱伯斯曾语带嘲讽地说,要形成儿童文学中的诗论,只需要"专业学者抽片刻闲暇即可"③。这种论调透露着对于儿童文学的根深蒂固的怀疑。

形成这种论调的原因之一是儿童文学和其他艺术类型都不一样,文学批评家可以评论它,其他外行人也可以评论它;人们能够毫不畏惧地对它进行点评、审查,参与其中。可能更准确一点来说,存在两类人,一类人关注的是儿童与书,另一类人关注的是书与成人(在一些特定的阶段,书的主体内容恰好是为儿童设计的)。还有一个原因是,一般对儿童读物的评判都是以"用途"为标准的。休·克拉格(Hugh Crago)曾评论说:"以用途为依据的评判标准在其他领域早已消亡,却在儿童文学批评中存留了下来,这点出了一个事实,那就是我们研究的是处于文化边缘地带存留下来的'传统'。"④

更为明显的一点是,比起一般的文本作者,儿童文学作家必须站在一个

---

① Elaine Moss, *Part of the Pattern* (Bodley Head, London, 1986), pp. 207-208.
② 参看 John Rowe Townsend, "Standards of Criticism for Children's Literature," in *The Signal Approach to Children's Books*, ed. Nancy Chambers [Kestrel (Penguin), Harmondsworth, 1980], pp. 193-207, on p. 199。
③ Aidan Chambers, *Booktalk* (Bodley Head, London, 1985), p. 90.
④ Hugh Crago, "Children's Literature: On the Cultural Periphery," *Children's Book Review*, 4,4(1974), p. 158.

"掌权"的地位（这点究竟是好是坏，如杰奎琳·罗斯［Jacqueline Rose］所说，还有待商榷①）。因为这牵涉到众多的原理，意味着可能有更多的派别之争以及各种因素的相互关联与融合。所以我们在拿到一个文本的时候，必须先以基本原理进行衡量；至于文本的社会用途则是一个单独的话题。

过去十五年里，文学批评的进步在于它重新思考了文本与读者之间的关系。意义的多元化这一点——其实在跨越重要文化边界的时候一直非常明显——明显适用于所有读者，这一点终于得到了承认。

但很多时候，人们并不承认成人与儿童之间存在"重要的文化边界"，也不承认：儿童文学的"从业者们"并不觉得文学批评的这些进步有多少新奇之处。因为儿童读物在文学类型中没有权威性，其读者也没有一个特定的范围，比起处境相似的女性主义批评家②，这些与儿童文学打交道的人离"明显"的文本释义更远了一步。（毕竟，文学/批评世界的结构就如一个原子式的家庭，其中男性比女性更重要，女性比儿童更重要。）所以，与儿童文学打交道的人必须要做一项几乎所有从事其他学科的人员都不用做的工作，那就是不断重新思考很多基础性的问题：如何定义儿童文学、研究主体是什么等——在这里，批评理论就有了用武之地。

研究儿童与儿童文学，我们不能直接使用那些学术圈中公认的价值观念，比如利维斯（F. R. Leavis）的理论是（或不是）价值观的基准线。在儿童文学领域，很可能有人就要问，利维斯是谁？不管是儿童还是儿童文学批评家，大多都对抽象的问题不感兴趣。要是有人想要整理出一套连贯的儿童诗论，他们就不得不把这项工作的必要性既解释给对儿童文学完全陌生的人听，也解释给对儿童文学有所知晓的人听。这些和儿童文学打交道的人必须不断地向各类不同人群解释这些必要性，必须在很多场合为自己和儿

---

① 参见 Jacqueline Rose, *The Case of Peter Pan, or, the Impossibility of Children's Fiction* (Macmillan, London, 1984)。
② 参见 Lissa Paul, "Enigma Variations: What Feminist Theory Knows About Children's Literature," *Signal*, 54 (September 1987), pp. 186–201。

童文学评论争取应有的地位。

最常用的方法是：像其他学科一样，创办专门的学术杂志，发表学术论文，出版专著，利用一切可以利用的学术工具（apparatus），当然这些工具会让不熟悉它们的人望而生畏，但正是这些工具营造出了一种学术氛围，从而产生更多的研究专著和专业课程设置。像美国儿童文学协会就是这么做的，产生的结果则喜忧参半。这种方法肯定了儿童文学和其他文学类型拥有同等地位，然后基于这一观点建立起相对传统的文学批评。然而，这种方法，在仁慈的专家们的"全体"联盟面前，坐得并不安稳。不过，文学理论的飞速发展很大程度上改变了诸批评方法间的平衡关系，以至于儿童文学研究和其他类型的文学研究应拥有平等地位这一主张在这里显得无关紧要。

和我们大多数人私底下认可的一样，文学理论也承认某样东西的重要性，那就是"读者的地位"。从预设好的单一意义和价值（读者不能对这些意义和价值的正当性提出质疑，因为它们是主流文化准则的一部分），到一种灵活的、基于"文本与作者"的意义和价值，这种研究重点的转移得到了罗兰·巴特（Roland Barthes）的赞同，正是他提出了"作者已死"的概念。而这个概念遭到了马尔科姆·布拉德伯里（Malcolm Bradbury）的无情嘲讽。布拉德伯里先引用了巴特的话："……文本的统一性不在它的开端而在它的终点（读者）……（书的）源头、书里的'声音'，并不是创作的真正所在，阅读才是创作诞生的地方。"接着这个观点，布拉德伯里评论道：

> 这段话的确会激起很多共鸣……特别是出版商们，他们很快意识到，如果你说是作家创作出了书，你就必须付给他们报酬；而要是你声称是读者创作出了书，而读者习惯付钱给出版商，所以这样的关系对生意更有利。这种说法对于英国的批评家们也很有吸引力，因为他们一直以来都觉得"所有作家都死了"，即使没死那他们也应该去死了。这样一来，巴特的书能够大卖也就不足为奇了。不幸的是，根据他本人的论点，巴特就没有办法获得版税，所

以……有传言说看到他曾在下水管道和地铁轨道旁乞讨为生……①

这段话本身点出了文学理论的处境——它已经发展成了一个完备的体系,又时刻面临嘲讽。

不过,我想要强调的是,巴特是少数几位我在本书正文中特意提及的文学理论家(布拉德伯里除外)。原因很简单,他们的名字即代表了某一类观点。因为很少有读者能够把这两者关联起来,所以频繁地援引人名或许能够成为有力的武器;又或许你只是把所崇拜者的姓名堆砌起来,尽管这么做并没有什么益处。"文本批评"、"解构"、"利维斯式"这些概念的划分很大程度上还是为了方便研究学术史的人,和实际的阅读体验并没有实质性的关系。当然,我也必须承认我从这些为文学批评思想带来巨大变革的作家、思想家身上获益良多,但不论是巴特、保罗·德曼(Paul de Man)、诺里斯(C. Norris)、利维斯,还是其他不经意出现在本书里的文学理论家,提及他们的名字都是为了帮助读者理解内容,真正重要的是他们的思想观点以及这些观点的实际应用。

下面,我就从比较实际的角度进行阐述。文学理论所带来的积极影响是它扩张了文学批评的领域,将读者的角色也包含了进来;而且,文学批评吸收了众多学科的知识,而这些知识在儿童文学作品中均有反映。于是,中小学老师的看法不再"比不上"那些"专业学者"。所有从事与儿童文学相关工作的人士的意见都变得重要,而非无足轻重;儿童文学领域的价值与地位标准完全受到了颠覆(报酬标准还不一定)。事实上,学术界在体系结构上遭受到来自外部的巨大冲击后,我们看到学术堡垒从内部开始崩裂。

所以,学术界人士和幼儿园教师这两者再也不可能无视对方。过去,他

---

① Malcolm Bradbury, *My Strange Quest for Mensonge: Structuralism's Hidden Hero* (Arena (Arrow), London, 1987), pp. 22 - 23.

们可能以或友好或怀疑的态度看待对方,但双方都对另一方的发现与实践熟视无睹,这一点对两方都有危害。

　　文学理论在其他很多方面和儿童文学也有交集。比如文学理论往往和政治、权力反应、读者、解构、结构以及诸种神话等等相关。艾丹·钱伯斯认为,儿童文学是一个检验文学理论的独特领域。钱伯斯、迈克尔·本顿(Michael Benton)、黛安娜·凯莉-伯恩(Diana Kelly-Byrne)、玛丽莲·科克伦-史密斯(Marilyn Cochran-Smith)、休·克拉格以及其他批评家的近作都谈论到了"儿童作为评论家"的问题。① 在一些学者眼里,儿童文学阅读不过是一种无关紧要的教学活动;实际上,它涉及一个非常重要的问题,那就是将儿童这类"非平等读者"(non-peer-readers)的反应与接受过程联系起来,同时,又有力地证明了其实这个世界上并不存在绝对意义上的"平等读者"(peer-reader)。同样重要但又同样不受重视的,是克拉格的观点:"假设被用来比较的儿童与成人拥有相同的表达能力与文学修养,那么儿童对于文学的反应和成人其实并无重大差别。"② 而我们可以看到,真正有差别的是处于不同发展阶段的和拥有不同技能的读者的反应。而我一直不明白为什么在其他文学领域,大家就自动认为读者都拥有相同的阅读技能与理解水平。所以儿童文学批评常常被迫面对一些困难的逻辑概念(比如"理解的

---

① "Tell Me: Are Children Critics?" in Chambers, *Booktalk*, pp. 138 – 164; Michael Benton and Geoff Fox, *Teaching Literature, Nine to Fourteen* (Oxford University Press, London, 1985); Michael Benton et al., *Young Readers Responding to Poems* (Routledge, London, 1988); Diana Kelly-Byrne and Brian Sutton-Smith, *The Masks of Play* (Leisure Press, West Point, NY, 1984); Marilyn Cochran-Smith, *The Making of a Reader* (Ablex, Norwood, NJ, 1984); Hugh Crago, "The Roots of Response," *Children's Literature Association Quaterly*, 10, 3 (Fall 1985), pp. 100 – 104.

② Hugh Crago, "Cultural Categories and the Criticism of Children's Literature," *Signal*, 30 (September 1979) pp. 140 – 150, at p. 148. 又参见 Hugh Crago and Maureen Crago, *Prelude to Literacy: A Preschool Child's Encounter with Picture and Story* (Southern Illinois University Press, Carbondale, 1983).

非普遍性"),那些"成人"文学批评轻轻松松就可以忽略这些概念。

与此相关的一个问题就是"文本的意义到底是如何形成的"。难道真如弗兰克·史密斯(Frank Smith)所说,意义"是一种绝对确定的状态"①,或者说这种状态在"文学"文本中是可能的、合适的吗?阅读专家对这个问题展开了广泛的研究,他们把儿童读物作为工具和示例,或通过线性的经验观察和课堂观察进行研究。②

有意思的是,关于意义的问题因为存在读者与作者、读者与买家这两对割裂的关系而更加复杂。比如儿童读者,因为他们正处于学习社会与文学规范的过程中,很可能在阅读的时候不按照常规的文学规范理解,从而容易察觉文本缺陷或进行误读。③ 成人与儿童这对关系中的中心问题反映出的是存在于文本中的强弱关系这个普遍的问题。同样,因为儿童文学需要不断调整自己来适应预想中读者的不同需求与不同阅读技能,语言学/文体学批评也特别适用于儿童文学。④

如果儿童读物成了验证这些文学理论的一个平台,那么这些理论就必须在一个特殊的环境下进行研究,这个"环境"对于很多儿童文学从业者(以及接受传统教育的批评家)来说,无疑代表了文学批评思想之转变所带来的最令人不安的结论。如果读者是主要的,那么内在价值呢?既定的权威呢?文化体系呢?"品位"呢?毕竟,我们知道什么是好的,不是吗?面对铺天盖地的"文本不存在好坏"这样的"荒谬"论调,我的一个学生最近几近绝望地表示:虽然这些肯定"读者力量"的观点非常好,但简·奥斯汀(Jane

---

① Frank Smith, *Reading*, 2nd ed (Cambridge University Press, Cambridge, 1985), p. 83.
② 参见 Margaret Meek et al., *The Cool Web: The Pattern of Children's Reading* (Bodley Head, London, 1977); Hugh Crago and Maureen Crago, *Prelude to Literary*; Benton et al., *Young Readers*。
③ Cf. Terry Eagleton, *Literary Theory: An Introduction* (Blackwell, Oxford, 1983), and Catherine Belsey, *Critical Practice* (Methuen, London, 1980).
④ 参见 Wallace Hildick, *Children and Fiction* (Evans, London, 1970), pp. 76 - 114。

Austen)总是要比朱迪·布卢姆(Judy Blume)好吧!

文学批评的思想革新(以及从单纯地向孩子灌输观点到平等地面对孩子这样的转变)所带来的结果就是我们必须问一句:为什么?为什么简·奥斯汀更好?在哪些特定的、可以定义的方面大家公认她更好?我们拒绝接受"她就是更好"这类绕圈子的回答。简·奥斯汀的语言在某些方面可能更为复杂(虽然,就我的内心想法而言,身为一个语体学家,我最多只能说她的语言与布卢姆不一样),人物塑造也更有普遍性。此外,在过去,有很多人读过简·奥斯汀,或认为她非常优秀,但这些就一定意味着她的作品在本质上更胜一筹吗?(有更多人读过朱迪·布卢姆的书,并被这些书所影响。)所以结论就是我们不能抽象地谈论"谁更好"这个问题,而只能讨论"两者的不同"。换言之,文本的地位、"质量好坏"取决于什么,现在没有被看成是一个"本质"的问题,而仅仅是(或被复杂化为)一个"群体力量"的问题:文本就是文本,但对它的评价则是在一个特定的环境中形成的。在研究儿童文学的时候,群体力量是一个绕不开的问题。

最近,我接到了一封来信,写信给我的是一个挺成熟的大学生,他刚刚开始接触了一点文学理论的课程。他写道:"我对这些现代批评的垃圾完全没有耐心,我觉得它们不知所云,也不能在任何方面对我教授'标准'英语课程有所帮助。"显然,从他这封信里透露出的思维方式与我上面所说的"反本质"思维不同。不过我还是想说,理论确实是有帮助的,即使他所谓的"标准"英语课程的概念不过是对上一代人所做判断的重申和对某些特定意识形态模式的肯定,理论也是有帮助的。

儿童文学研究的困难在于所有人都能评论这类文学作品,儿童文学没有"经典",它的主要读者也不会参与到任何"文学竞赛"中去,所以没有"标准解释"的存在(在考场上除外,当然这种现象也越来越少了)。儿童(以及大多数为儿童提供指导的成人)没有心思去接受强加给他们的"正确答案",虽然儿童更有可能觉察到这些"标准答案"就是他们在阅读中所要面对的东西。

我犹疑再三，心想，如果我告诉那位写信的学生，直到目前我们所规定的让孩子接触文学的方式只能缩小他们的视野而不是拓展孩子们的人生，不知道他会作何感想。我们现在的方法无疑剥夺了所有文本的平等性，强迫孩子们接受"某些"文本的规则——那是手握特权的少数群体的规则。

如果有人觉得我说得太远了，我只能以实际体验为例，所有曾教授过文学、学习过文学的人都拥有类似的体验。就拿我自己来说，我进入文学批评理论领域是在大学毕业后成为老师的那一刻。我必须要给学生讲解我并不怎么喜欢的作家：华兹华斯（W. Wordsworth）、D. H. 劳伦斯（D. H. Lawrence）、托马斯·哈代（Thomas Hardy）等等。所以我必须回答学生的问题：为什么我们要看这些作家的书？在我做学生的时代，我们是从来不会问这些"无关紧要"的问题的。我们那时关心的问题（现在有些学校的学生还是会关心同样的问题）不是"我们该做什么来学习如何思考"，而是"我们该做什么来通过考试"。

自然，我不能简单地回答"托马斯·哈代的散文很好，因为我说它很好"，甚至不能用"因为主流文化认为它很好"来回答——这样的回答还不够，至少对我自己和那些正在学习如何独立思考的学生来说，还不够。为什么一个学生——不管她是女性还是美国人还是东非人还是一个孩子——要认可这些既定的标准？而且这些标准是在很多年前由英国上层和中层阶级中接受过大学教育的白人成年男性制定的。

从这个意义上来说，所谓的"经典"文本也只不过是一种特定类型的文本，它们为某些特定的群体所喜爱，但我们可以（或应该）自由地选择是接受还是拒绝它们的价值体系以及基于这些价值体系所得出的结论。收获乐趣，拓展思维，学习知识，开展社交——这些我们自己读书的动机，变成了所有文本给予的统一功能。在那些权威的作品中，你或许会找到上述这些东西，或许不会，但你已经不用被迫去找。

所以，我们在直面文本（当然也有必要把范围扩展到非书面文本）的时候，要看到它们其实是一系列精神图腾，在它们面前我们已经付出了牺牲几代学生的代价。所以,文学批评的革新并不是一件神秘的事情,它是基本的、必要的,相比起其他文学类型,对于儿童文学尤其如此。

同样,儿童文学不管是过去还是现在,都逃不开意识形态的影响,虽然有些人非常不希望看到这一点。不能说因为它的读者是"纯洁"的儿童,所以它的内容也一定纯洁无瑕。所以我们不得不回答一些根本性的问题:文本内容到底受到了什么样的控制?什么可以或应该被审查?谁来审查?

如果儿童文学能够从与批评理论的互动中受益,那意味着它肯定也有自己内在的问题。当代儿童文学与过去的儿童文学(在彼时尚未出现"儿童文学"这一概念的情况下,不知是否可以这样称呼)之间的分界把事情变得更为复杂。儿童文学的定义必须基于两个元素:儿童与文学。应儿童文学而生的批评理论也必须和该文学类型的特点相适应。儿童文学的确有别于其他文学类型,但并不表示它就低人一等。儿童文学独一无二的特点需要独一无二的批评方法。1979年,艾丹·钱伯斯在其著作中提出:"任何全面、有效的儿童文学批评都必须对'帮助儿童阅读文学'这一问题展开批判性探索。"[1]这个观点现在看来是一个无可回避的事实而非一种必然的规律。

批评思维的转变还带来了另一个不那么"严肃"的结果,那就是现在我们会关注自己真正喜欢的作品,而不是我们"应该"喜欢的作品,或者——有时候在儿童图书领域——(我们假设)其他人应该喜欢的作品。我们现在能够以一种比以前更开放、更合理、更顺应自己内心的方式对作品做出反应。所以,能够明白我们的判断来源于何处、是怎么形成的、受到了哪些影响,这对我们来说非常重要。坦诚一点来说,我们一直在拿自己的反应、自己的喜好与"好"的品位和"经典"作比较;或者说拿"经典"与我们的个人偏好作比较。甚至可以说,我们用来解释自己批评立场的理论性的或实用的理由,其实都是基于我们内心对于"什么是优秀儿童文学作品"这一问题个性化的、

---

[1] Aidan Chambers, *Booktalk*, p. 123.

独特的理解。日前,在美国儿童文学协会大会上,我让参会人员列举出他们"自己"心目中五本最优秀的儿童文学作品,注意,不是"权威"认定的五本最优秀作品,也不是对一个孩子、一个班级来说最优秀的作品,只是他们自己心目中的五佳。这是一次非常具有启发性的个人行为,同样也是极具启发性的公众行为(这项行动对于其他类型的书也同样适用)。如果的确存在全世界都赞誉的"伟大作品",那么我们猜测很多人给出的答案应该都会很相似。但即便我只收到了五十个参与者的匿名回复,就拿到了两百多个不同的书名,很多书的名字非常陌生。所以说,我们内心深处的差异非常广泛,我们的鉴赏判断非常个人化。

审视自己判断的依据、不勉强它们一定要和某些"绝对"的标准或文学教育中的既定判断相一致,这一点非常重要。还有一种情况更进一步加强了上述重要性,那就是这本书的大部分读者都很可能在儿童面前变成,或被迫扮演起"裁判"或"建议者"的角色,比儿童读者处于一个更高的位置,比如作者、出版商、老师或家长等。所以我觉得在我们前面已分析过的、看似抽象的"好作品",在有助于孩子们与人交往、发展智能、接受教育的"好作品",以及我们自己真正地、坦率地承认的"好作品"这三者之间还是存在一种紧张的关系。

这就是本书的写作"背景"。这里,我还想强调一下儿童文学的丰富性——从传统意义上的经典之作到影响力巨大的"流行"文化作品,从超小说到实验性的多媒体文本再到最近出现的"即时性文本",还有图画书、童话故事等其他任何与之相关的作品,都可以囊括到儿童文学的类别里。我写这本书不是要调研儿童文学在经验上包含哪些样式,也不想叙述儿童文学的历史,也不是要对教学方式提供指导,但它多少包含了这些内容,且作者希望通过这本书给出建议,让读者知道去哪里才能找到最好的阅读资源。最重要的是,这本书并不试图建立起某种"权威",从而和文学本身形成对立(虽然也有可能发生这种情况)。相反,本书希望通过大量不同类型的文本讨论,在思想上把读者"武装起来",让他们能够对儿童文学、对自己的想法、对儿童读者都有一个更好的理解。当他们对自己现在的判断有了更好的理解时,或许他们就能够做出更好的判断。

本书的主体部分讨论的是文本的意义是怎样形成的,以及儿童文学中特定的或最明显的问题:人们是怎样理解、谈论文本的?首先我们从读者着手:他们给文本带来了什么?他们是怎样阅读的?阅读的语境是什么?所有这些因素对他们理解文本的意义产生怎样的影响?然后再把目光投向儿童读物本身,但我们没有一开始就研究"意义",担心把"意义"当成了对于文本意思的"转述";我们关注的是语言本身是如何发挥作用、与读者建立联系的。

接下来,我们会研究儿童文学中的政治倾向,并从心理学与文体学的角度,讨论与阅读相关的理论与方法。然后再研究文本结构是如何发挥作用的,以及叙事在儿童文学中的重要性。

就儿童文学而言,我要倡导一种全新的批评角度——"儿童主义"文学批评(childist criticism),与"女性主义"文学批评相对;当然我绝对没有想要在两者之间划一条泾渭分明的界限。

最后,我还要研究一下绘本,以及和儿童文学创作相关的一些困难。

不过,问题来了,究竟什么是"儿童文学"呢?

第二章 儿童文学现状

为何研究儿童文学

最佳答案莫过于:因为它重要,也因为它有趣。从过去到现在,儿童文学一直拥有巨大的社会、教育影响力,在政治与商业领域也占有重要地位。早在18世纪中叶(当然我们也看到,有些评论家认为这一时间点可以再往前推很多),儿童文学就被认为是一个独立的文学"类别"。如今,仅英国一个国家每年新出的儿童读物估计就有5 000种,"印刷成册的大约是55 000本"[①](因为重印、回收利用的缘故,当然还有对于儿童文学的界定问题,很难获得一个精确的数字)。

从历史的角度来看,儿童文学对于社会学、文学以及文献学的发展都做出了宝贵的贡献。从当代社会的角度看,儿童文学对于教育、文化至关重要,并一直引领着"图画-文字"文本(而不是单纯的文字文本)的发展趋势。从传统文学的角度来看,儿童文学作品包含了公认的"经典"文本;从流行文化的角度看,它位于流行文化的中心地带。儿童文学作品很可能是最有趣、最富实验精神的文本,因为它们创新地运用了多媒体技术,将文字、图画、形状以及声音都结合了起来。

举个例子:1986年,一本新的"经典"作品问世,在儿童(以及成人)当中

---

① Brough Girling, "Children's Books-toys or Medicine?" *Woodfield Lecture XII* (Woodfield and Stanley, Huddersfield, 1989), p. 7.

引起了很大的轰动。这本书真正为儿童文学的发展打开了更多的可能性，它就是珍妮特·阿尔伯格（Janet Ahlberg）与艾伦·阿尔伯格（Allan Ahlberg)的《快乐的邮递员》①。这是一本充满想象力的书信集，每封信都配有信封，信的内容可以随意移动，写信人与收信人都是家喻户晓的角色。其中有小红帽的律师写给大灰狼先生的信，警告他立即停止对小红帽奶奶的骚扰；有"精灵供应商"给姜饼屋女巫寄去的商品目录、杰克寄给巨人的明信片、金发姑娘写给三只狗熊的致歉信，以及由"笛手彼得出版社"发行的灰姑娘回忆录预售版（还带有ISBN编码）。南希·钱伯斯评论说："艾伦·阿尔伯格相信，孩子们值得他们倾尽所有才华、智慧、想象和关心。"②

作为一本融合多种媒介、博采众长的作品，它值得我们深思；作为一本以经典为基础，热销多个国家，总销量超过一百万册的图书，它也一定有值得我们好好研究的理由。

儿童文学包含了很多独特的体裁：校园故事、男孩/女孩故事、宗教与社会宣传、奇幻故事、民间传说、童话故事、神话与传奇故事，还有图画书（而不是插画书）以及多媒体文本等。其中，对于神话与传奇故事的改写在别的文学类型中非常罕见。而在儿童文学中，叙事这一手段占了绝对的统治地位。

当然，面对"儿童文学没什么好值得研究的，对吧？"这样的问题，我们心里都会持怀疑态度。其实有两个很好的回答。一是儿童文学和成人文学可以拥有"相同的衡量标准"——从刘易斯·卡罗尔（Lewis Carroll）到威廉·梅恩（William Mayne），针对儿童文学完全可以列出一张"最伟大的儿童作

---

① Janet Ahlberg and Allan Ahlberg, *The Jolly Postman, or Other People's Letters* (Heinemann, London, 1986).
② Nancy Chambers (ed.), *The Signal Selection*, 1986 (Thimble Press, South Woodchester, 1987), p. 2.

品"的权威书单,与"最伟大作品"比肩而立。①

的确,眼下有几位专门为儿童写作的作家,比如威廉·梅恩、艾伦·加纳等。我们也的确可以用衡量任何一位当代作家的标准来衡量他们。就像梅恩获 1975 年国际安徒生大奖(Hans Christian Andersen Award)提名的时候,获奖词中提到(节选):"我们相信,在'当今所有英文小说创作领域'(按:单引号由译者标注,单引号内的内容,原文为斜体形式),梅恩行文之机敏、慧黠,对日常生活各种情绪与感觉描述之真实、亲切,对言语声调之敏感、入微,很少人能出其右。"②关于艾伦·加纳这位作者的例子则可以参见尼尔·菲利普(Neil Philip)的传记《温和的愤怒》(*A Fine Anger*),书中说:"这本书是为作家而非'儿童作家'艾伦·加纳作传,……不管他的读者群有哪些,加纳都是一位非常有分量的作家。"③

同样,这些"经典作品"作者——刘易斯·卡罗尔、肯尼斯·格雷厄姆(Kenneth Grahame)、内斯比特(E. Nesbit)、米尔恩(A. A. Milne)、亚瑟·兰塞姆(Arthur Ransome)等因为有《牛津儿童文学指南》④的评点,他们也都受到了"学者"般的待遇。不过即使如此,因为儿童作家不甚突出的地位和对其作品价值的疑问,这种"地位平等"的论调很快就陷入了困境。

与之相似的是,虽然有些公认的"重要"作家对于儿童文学的贡献是巨大的,但如果翻阅关于这些作家的主要批评论著,多半很难找到关于他们的儿童文学创作的只言片语。这些作家包括托马斯·哈代(Thomas Hardy)、乔伊斯(J. Joyce)、伍尔夫(A. V. Woolf)、狄更斯(C. Dickens)、萨克雷(W. Thackeray)、王尔德(O. Wilde)、赫胥黎(A. Huxley)、罗斯金(J. Ruskin)、艾略特(T. S. Eliot)、格林(G. Greene)、罗塞蒂(C. Rossetti)、戴·刘易斯

---

① 参见 Clifton Fadiman, "The Case for Children's Literature," *Children's Literature*, 5 (Temple University Press, Philadelphia, 1976), pp. 9 - 21。
② *Children's Book Review*, 5,3 (1975).
③ Neil Philip, *A Fine Anger* (Collins, London, 1981), p. 7.
④ Humphrey Carpenter and Mari Prichard, *The Oxford Companion to Children's Literature* (Oxford University Press, London, 1984).

(Day Lewis)、马克·吐温(Mark Twain)、约翰·梅斯菲尔德(John Masefield)、格雷夫斯(R. Graves)以及理查德·杰弗里斯(Richard Jefferies)等。这一个个名字的确如雷贯耳,但如果人们认定,他们的儿童文学创作的价值必定没有其他作品的价值高,那也无济于事。还有几位作家在儿童文学与成人文学这两个"阵营"享有同样的声誉,特别是斯蒂文森(R. L. Stevenson)、罗素·霍本(Russell Hoban)以及再近一点的1987年布克图书奖得主佩内洛普·莱夫利(Penelope Lively)。不过,正如约翰·罗·汤森指出的:"有一种伪欧几里德几何命题——任何儿童文学和成人文学之间的分界线都能穿过拉迪亚德·吉卜林(Rudyard Kipling)的作品中间。"① 我们可以看到,如果所有的"文学价值"都是由文学权威来决定,那么没有什么文本依据(textual evidence)有资格得到认可。

有些作家奋起与这种观点抗争,他们认为:儿童文学的成功源于它的质量与创造力,而这些是与成人文学的质量与创造力成正比的。这种观点遭到了艾丹·钱伯斯的猛烈驳斥。② 总的来说,更有建设性的回答(我在第一章里就提到过)需要我们对"文学"不同于其他类型文本的价值所在重新进行思考。

要进行这样的思考,不妨先避开文学层面的争论,而是考虑文本的目的是什么,会用在哪些地方。从教育的角度来说,儿童文学对于文化价值观的形成有着非常大的贡献③,英国著名图书研究员佩姬·希克斯(Peggy

---

① John Rowe Townsend, *A Sounding of Storytellers* (Kestrel, Harmondsworth, 1979), pp. 9-10.
② 参见 Aidan Chambers, "Letter from England: Three Fallacies about Children's Books," repr. in *Signposts to Criticism of Children's Literature*, Robert Bator ed. (Chicago, American Library Association, 1982), pp. 54-60。
③ 参见 S. Bolt and R. Gard, *Teaching Fiction in Schools* (Hutchinson Educational, London, 1970) p. 25; Margaret Meek et al., *The Cool Web: The Pattern of Children's Reading* (Bodley Head, London, 1977), p. 180; Virginia Haviland (ed.), *Children and Literature, Views and Reviews* (Bodley Head, London, 1973), p. 306; Arthur N. Applebee, *The Child's Concept of Story: Ages Two to Seventeen* (University of Chicago Press, Chicago, 1978); Aidan Chambers, *Introducing Books to Children* (Heinemann, London, 1973); Jim Trelease, *The Read-aloud Handbook* (Penguin, Harmondsworth, 1984)。

Heeks)很好地总结了儿童文学对于文学教育的重要性。她引用 1975 年发布的"布洛克报告"(Bullock Report)《一生的语言》(*A Language for Life*):"文学让孩子们接触到了语言最为复杂、多变的形态。"她认为,这一点很好地强调了:

> 与文字的接触是文学体验的核心。说到底,文风是决定故事质量的最关键因素……孩子们很可能无法分辨,但他们会喜爱特定的文风……所以,对于我们这些为孩子挑选图书的成人来说,我们要培养自己对文字的敏感度——正是文字组成了一个个故事,这一点非常关键。①

不过,虽说作家、教师等大都同意,不该对儿童文学文本的语言设立特定的限制,且正因为如此,也就不必为儿童文学批评专门创造新的术语。② 但其实这些被"普遍接受"的观点并没有在实际应用中得到很好的体现。这个事实表明,不管是在儿童文学创作还是儿童文学批评背后,都有一定的"潜文本"(sub-text)。

见解之冲突

有很多例子都可以表明,不管在儿童文学作家还是"圈外人员"心目中,对于儿童文学本身都存在一种矛盾的心理,这种矛盾心理可以追溯到对于

---

① Peggy Heeks, *Choosing and Using Books in the First School* (Macmillan Educational, London, 1981), p. 50.
② Eleanor Cameron, *The Green and Burning Tree* (Atlantic, Little Brown, Boston 1969), p. 90; Selma G. Lanes, *Down the Rabbit Hole* (Athenaeum, New York, 1971), pp. vii-viii; Sheila Egoff et al. (eds.), *Only Connect: Readings on Children's Literature* (Oxford University Press, Toronto, 1980), p. xv.

文学批评原则的不确定感。一个引人注目的例子就是某个文学评奖委员会竟然曾经质疑:"文学标准"和选择一本"真正优秀"的儿童文学作品之间是否有必然的关系?① 同样,人们都认可语言与思维、语言与教育以及语言与社会化之间的关系,那么在这种情况下,为何会忽略语言本身?从某种程度上来说,看起来好像是评论家们的兴趣不在于此;从根源来说,是文本研究并不受欢迎。

弄清了以上问题,我们就无需特意列举理由说明儿童文学研究的重要性,以及儿童文学作为一个严肃研究对象的合理性。不过还有几项因素仍然影响着学术圈对于儿童文学的接受程度,也妨碍了学术圈以外儿童文学研究的水平。吉莉恩·埃弗里(Gillian Avery)以及朱莉娅·布里格斯(Julia Briggs)有一卷评论艾奥娜·奥佩(Iona Opie)和彼得·奥佩(Peter Opie)作品的论著,书的引言部分写道:

> 虽说这个国家创作出了世界上最伟大的儿童文学作品,它却并不珍惜这种优秀的传统,轻易地让这些宝贵的财富从大西洋这端流失:直到最近,牛津大学才对儿童文学表示出一点正式的兴趣;美国就不一样,在美国,人们认可儿童文学是一项适合在大学里研究的学术对象,并且近期大部分儿童文学学术研究成果都出自美国。②

在上文说到的几项因素中,第一个影响因素是一种未经推敲的观点,它想当然地认为:因为是为儿童写的,所以儿童文学必定是非常简单的——就好像为少年儿童创作的作品在文学意义上就是"不成熟"的作品(我们应

---

① Geoff Fox et al. (eds.), *Writers, Critics, and Children* (Agothon Press, New York; Heinemann Educational, London, 1976), p. 139.
② Gillian Avery and Julia Briggs (ed.), *Children and Their Books* (Clarendon Press, Oxford, 1989), p. 2.

该为此特别感激休·洛夫廷[Hugh Lofting],他要求,如果出版商把成人小说列为"成熟读物",那自己的小说在出版目录里一定要列为"少年读物"①),正如人们理所当然地认为儿科医生就不如其他学科的医生。

说儿童文学一定不如其他文学类型这种论调(其实这种观点本身就自相矛盾)从语言学以及哲学的角度来看都是站不住脚的。这种观点还认为儿童文学的内容以及儿童文学作家的写作方法是具有同质性的,这显然不合理;此外,它对于读者与文本关系的理解也过于简单,对于儿童读者的能力以及文本如何发挥作用也缺乏基本的了解。

第二个对儿童文学不利的观点:因为大多数儿童文学文本都比较琐碎简单,所以儿童文学对应的是一种比较低层次的文化。我们可以看到,持这种观点的人把儿童文学特有的文本特征和低层次的、"劣质的"成人文学特征混淆在了一起,而觉得儿童文学在任何方面均表现出"同质性"的观点则看低了它的多样性与生命力。很显然,如果墨守所谓的"文学"标准,用其中的绝大多数标准来衡量,都有会很大一部分童书显得毫无价值;但是,如果用相同的标准去衡量所谓的"成人文学",也会有很大一部分作品不够格,而且这一比例很难说会比儿童文学的来得低。

想到儿童文学的丰富性、多样性以及生命力竟然反而让它被文学研究拒之门外,这实在是学术界的一种悲哀。儿童文学(以及儿童文学研究)跨越了文类的、历史的、学术的以及语言的种种界限,它需要从以前各自独立的学科里汲取信息,也和范围广泛的使用人员密切相关。儿童文学的理解和创作面对着特殊挑战;它还涉及了语言学习、审查制度以及性别意识等问题,所以围绕着儿童文学展开的讨论已经进入了心理与精神层面,而非单纯的理论层面。

儿童文学的这些特征在学术研究上带来的结果(同时,这些结果又会反

---

① 引自 Edward Blishen (ed.), *The Thorny Paradise* (Kestrel, Harmondsworth, 1975). p. 10。

过来作用在儿童文学创作领域)就是儿童文学研究更容易在图书馆学、教育学,可能还有心理学这些实践性和应用性更强的学科内开展,而不是在理论性更强的"文学"领域。的确,"英文专业"的"霸权"(hegemony)正在受到质疑和挑战,但毫无疑问的是,在谈到儿童文学的时候,还存在一个地位的问题。

从一个方面来看,我对于传统大学中的英文专业还是抱有同情的。不论学生们多么有热情,本科学习的时间是有限的。如果把儿童文学也包含到学习清单里,占用一定的时间,那么要让他们"舍弃"哪一部分学习内容呢?如果你把《爱丽丝漫游奇境》(Alice's Adventures in Wonderland)加入维多利亚时代文学的课程阅读文献中,是不是意味着学生们就没有时间(或没有必要)去研读《无名的裘德》(Jude the Obscure)?

教育学家也告诉我说儿童文学不应该落入"英文专业"之手;"英文专业"人士则怀疑教育学家和图书馆学研究人员是否有资格谈论"文学"事宜(又或者,怀疑这两者使用的材料是否能够称之为"文学")。

不过这种情形所带来的最讽刺的结果是儿童文学据称在研究生层面得到了最好的研究。直到最近,文学专业的研究项目最喜欢的研究对象仍然是18或19世纪的儿童文学作家(年代赋予了他们接受文学批评的资格),比如霍夫兰夫人(Barbara Hofland)、埃奇沃斯(M. Edgeworth)、托马斯·戴(Thomas Day)以及巴鲍德(A. L. Barbauld)等——这些人的作品或许可以说"曾经属于儿童文学",但现在已不再是了。当然,很多19世纪的成人文学作品现在也失去了真正的读者,但依然存活在学术领域。

我们可以看到,有人对文本有抽象层面的兴趣,也有人对文本有实际应用层面的兴趣。上述偏见所带来的结果就是,把人们对于文本的研究按动机进行划分,从而不可避免地得出了反智主义(anti-intellectualism)的结论;可悲的是,这样的结论还往往被认为是合理的。玛格丽特·米克在第九届伍德菲尔德讲坛(Woodfield Lecture)上作了题为《象征概述:儿童文学的学术研究》(Symbolic Outlining: The Academic Study of Children's

Literature)的演讲。她评论道:"在儿童文学研究领域,存在一种固执的、潜在的对于大学的偏见。"① 诚然,在很多学术课题都已经被开发殆尽的情况下,儿童文学有时被视为文学研究领域的一片全新的、颇有前景的乐土。

对此的回应就是采取一种"对用户更友好"的方法,但是这种方法太过于依赖读者的直接反应。对于这种"软心肠"的批评方法,布赖恩·奥尔德森在《儿童与儿童文学评论者之间的非相关性》("The Irrelevance of Children to the Children's Book Reviewer")一文中给予了猛烈的抨击。他把某个儿童读者的随机反应和更为缜密的批评放在一起,形成了鲜明的反差。可惜的是,他的批评仍然是站在"成人"的立场发出的:

> 一旦赋予阅读重要的地位(我认为人们已经这么做了),认为它在帮助儿童更好地感知并理解语言的丰富可能性这点上扮演了关键角色,那就必须坚持我们基于成人的体验所获得的定性的判断。自然,相较于凭着对当代儿童文学资源的熟悉所做出的个人反应,对于儿童的了解、与儿童的共鸣也同样关键。②

面对这类观点,常见的回应就是将这些标准完全视为无关紧要,但这么做就是把"判断"这个婴儿和"文学精英主义"这盆洗澡水一起泼了出去。

以上这些争论表明了我们需要从一种新的角度去定义"文学"(不管是不是在大学文学院内外),而不是将它与"高不可攀"、"故作姿态"、"晦涩难懂"等画上等号,否则就会让人们觉得"儿童文学"这种表述本身就自相矛

---

① Margaret Meek, *Symbolic Outlining: The Academic Study of Children's Literature* (Woodfield and Stanley, Huddersfield, 1986), p. 2.
② Brian Alderson, "The Irrelevance of Children to the Children's Book Reviewer," *Children's Book News*, January/February 1969, pp. 10 – 11; repr. in *Children's Literature: The Development of Criticism*, ed. Peter Hunt (Routledge, London, 1990), p. 55.

盾。一方面，我们能够理解不应该将不属于儿童接受范围的东西强加在孩子们身上；另一方面，又存在着一种反智主义观点，其导致的直观后果就是在无意中限制了儿童的阅读范围。我们可以看到，出版商因为对图书管理员以及老师的影响力心存畏惧，于是不敢表现出更多的实验精神。于是儿童图书就出现了一种相对封闭的发展趋势，并且这种趋势还在不断扩大。

这样的反智主义现象是非常普遍的，人们很怀疑儿童文学这个最纯洁最高尚的领域也能和"理论"扯上关系。举个例子，有个名为"儿童图书群体联盟"（Federation of Children's Book Groups）的组织，它是地方性的组织，以一个镇或村为单位。这些村镇单位募集资金为学校购买书籍，为托儿所和候诊室添置儿童图书，也会组织和书有关的活动、颁发奖励——总之一切可以鼓励讲故事、读故事的活动。这个组织没有政治目的，非常值得人称誉。在它发行的出版物上，你可以看到它们说自己是：

——对儿童和儿童图书充满热情
——随时随地准备做任何与书有关的事

也可以看到它们说自己绝不是：

——有很多知识分子
——严肃得拒人千里

这种立场会带来一个非常令人沮丧的结果（至少对于那些自由人本主义评论家来说），那就是，"文学"这个通常代表一种文化中最优秀、生命力最强、最杰出作品的褒义词，落到儿童文学领域则变成了一个贬义词。比如，在采访英国著名通俗小说家琼·尤尔（Jean Ure，其作品产量可与朱迪·布卢姆媲美）时，是这样形容她的："没有人会这么评论她的作品：'嗯，这是一本很棒的书，不过适合孩子吗？'她非常不喜欢'对适龄范围有要求的自命不凡的文学作品',并且怀疑只有评论家才会去读……她不喜欢、也不想写儿童'文学',觉得完全不明白它们在说什么。"①看起来面对这种不知所云、在学校里强迫我们学习的"文学",我们怀着很强烈的报复冲动。那么,这是否证明了一个老观点,那就是以成人文化为根据所定义的"文学"标准是和儿童无关的、不适合儿童的;又或是,从更深层次来说,它其实和意识形态相关,表明"文学"(或是书籍)是权力与压迫的象征。"文学"和大多数成年人并无紧密关系,所以很多人都乐于把自己放在一个保护儿童的立场,希望孩子们免受自己曾因"文学"受的"痛苦"。

作家当中对文学持有此种态度的也大有人在。凯瑟琳·佩顿(Kathleen Payton),又被称为 K. M. 佩顿,写了很多儿童读物,包括 1969 年获卡耐基奖章(Carnegie Medal)的作品《云朵边缘》(*The Edge of the Cloud*)。1970 年她在发表于《卫报》(*The Guardian*)上的一篇文章中写道:"我真的觉得,对于儿童读物的主题、内容、适宜性等做如此深入的研究,这种热情有点过头了。为什么要用儿童'文学'这种表述呢?我认识的作家里没有一个人把自己上升到这种高度。我们不会用这个词形容那一堆给成年人看的小说……我觉得你们把整件事都看得太认真了。"②

对于儿童文学这个研究对象的态度始终令人困惑。一位颇有名望的新西兰儿童文学教师曾告诉我,每次她告诉别人自己的工作,他们都会觉得她智力有问题;在美国,研究儿童文学的老师们发现学生觉得这门课就像"米老鼠"——简单、滑稽、无足轻重,当然可能考试的时候除外。

一方面儿童文学研究在学术上越来越受推崇,与之相对应是儿童文学从业人员对于这种现象愈加强烈的抵触。从多年来英国评选儿童文学获奖作品的情况中就经常可以看到这样的矛盾。英国图书馆协会(British

---

① Stephanie Nettell, "Escapism or Realism? The Novels of Jean Ure's Children Books," *British Book News Supplement*, March 1985, p. 3.
② 引自 *Children's Literature in Education*, 12 (September 1973), p. 63。

Library Association)评选出的卡耐基奖章获奖作品很少会得到"图书专业人士"或"儿童专业人士"的肯定。至于近年来奖励最丰厚的"聪明豆儿童图书奖"(the Smarties Prize),其获奖作品的确定则看起来多少采用了电视评奖类节目的评审方法。

虽然如此,从世界范围来看,对于儿童文学的研究、教学以及资源开发还是展现出很多可喜之处。特别是在美国和澳大利亚,出现了很多和儿童文学相关的研究项目和重要的研究资料库。卡罗琳·菲尔德(Carolyn Field)的《儿童文学特藏》(*Special Collections in Children's Literature*)列举了267部作品集;特莎·切斯特(Tessa Chester)的《儿童读物信息溯源》(*Sources of Information about Children's Books*)列举了157种专门的作品集(包括牛津大学博德利版本图书馆所收录的由艾奥娜·奥佩和彼得·奥佩夫妇搜集并捐赠的、达两万卷之巨的儿童读物特别馆藏)。[①] 还有专门的期刊和协会,比如慕尼黑的儿童文学国际研究学会(International Research Society for Children's Literature),它是"国际儿童文学组织"下属的(Internationale Jugendbibliothek)一个重要的欧洲研究中心;还有德国、瑞典、澳大利亚、威尔士地区以及其他国家或地区的国家级儿童图书中心等。儿童文学研究也是美国"现代语言协会"(Modern Language Association)认可的一个分支。

不过,从某种程度上来说,所有这些组织与活动都是基于一个比较宽泛的"儿童文学"定义。"儿童图书群体联盟"这个"主要帮助家长提高对于儿童文学重要性认识"的组织,和"亨蒂学会"(研究著名儿童传奇历险故事作家乔治·艾尔弗雷德·亨蒂[George Alfred Henty]的学会)、"儿童读物中的种族主义国家审查委员会"(The National Committee on Racism in Children's Books)、

---

① Carolyn Field, *Special Collections in Children's Literature* (American Library Association, Chicago, 1982); Tessa Rose Chester, *Sources of Information about Children's Books* (Thimble Press, South Woodchester, 1989).

"儿童文学历史学会"(The Children's Book History Society)以及"鲁伯特的追随者"(The Followers of Rupert,由儿童文学经典角色"鲁伯特熊"的爱好者们组成的协会)这些组织能够多紧密地围绕在一个特定的、单一的"儿童文学"定义周围还是未知数。很多情况下,人们对于究竟什么算是儿童读物、自己希望从这些书本里获得什么东西都没有一个明确的概念。这不仅仅是一个审查制度的问题。爱德华·B. 詹金森(Edward B. Jenkinson)的《课堂上的审查人:弯曲思想的人》(Censors in the Classroom: The Mind Benders)一书第六章的标题是"审查人的目标",作者在开头写道:"我真希望用一个词描述审查人的审查目标,那就是:一切!这就是第六章了。"①我们在下文中也会看到,审查制度和意识形态是紧密相联的;但想要正确看待儿童文学为什么这么困难,这个问题还有更深层次的因素。

典型的困惑

与儿童文学打交道的困难可用四个例子来说明。1987年,"纯洁"了八十五年后,毕翠克丝·波特(Beatrix Potter)的《彼得兔》(Peter Rabbit)以搭配新文本、新图片的新版问世。对很多人来说,这就像给科尔·波特(Cole Porter,美国著名男音乐家)的歌配新歌词和新曲调一样可以理解;对另一些人来说,这可能更像是将这些歌曲的顺序重新编排。不过不管怎么说,为什么这件事引起了这么大轰动?在美国,毕翠克丝·波特的书早已有重新配图的新版了(比如由艾伦·阿特金森[Allen Atkinson]配图的《彼得兔的故事》)。②

不过在英国,我们面对的是一个国家机构——所以这也是为什么这版由瓢虫图书出版社(Ladybird Books)出版的新版《彼得兔》获得了商业上的

---

① Edward B. Jenkinson, *Censors in the Classroom: The Mind Benders* (Avon, New York, 1982), p. 75.
② Beatrix Potter, *The Tale of Peter Rabbit*, illustrated by Allen Atkinson (Bantam, New York, 1983).

成功,但也引起了很多的麻烦。小尺寸的旧版上,白底印着柔和水彩画,文本简短又意蕴丰富;有别于旧的版本,我们看到的(或买到的)新版《彼得兔》根据故事发展顺序事无巨细地配上了大量图片,图片上的角色变成了毛绒玩具一样的动物,并配上了"符合时代特征"的文本。这个"符合时代特征"的新版本为探究人们对于儿童文学的态度提供了一个非常有意思的例子。就拿很有名的故事开头来说,旧版本是这样的:

> 很久以前,有四只小兔子,他们的名字是——
> 佛洛普西、
> 莫普西、
> 棉球尾巴、
> 和彼得。
> 他们和妈妈住在沙岸上,一棵很大的杉树根底下。
> "现在,亲爱的孩子们,"老兔子夫人一天早上说,"你们可以到田野或小路去,但是不要进入麦格雷戈先生的庭园,你爸爸在那里出了意外,他被麦格雷戈太太给放进一个馅饼里头去了。"①

新版本称自己是基于"权威认可的原著故事",开头是这样的:

> 很久以前,有四只小兔子,他们的名字是佛洛普西、莫普西、棉球尾巴和彼得。他们住在一棵大树树根下的一个洞穴里。有一天,兔子夫人允许他们去外面玩。"就在家附近玩,"妈妈说,"但请不要进入麦格雷戈先生的庭园。
> "为什么不行?"彼得问道。

---

① Beatrix Potter, *The Tale of Peter Rabbit* (Warne, London, 1902), pp. 9 - 10.

"因为他不喜欢兔子,"妈妈回答说,"他会抓你们的。"①

新版本里没有了"沙岸"和"杉树";兔子夫人也变得年轻而不再是"老"夫人了,对孩子也更加客气;在这个主张平等主义的现代社会里,彼得听了妈妈的话还问了一个问题。旧版本里的田野和小道也被具有城市特色的潜台词所替换,那就是"孩子们只能偶尔出去玩一下"。虽说我们可以预见,旧版中"爸爸被放进馅饼"这样的"死亡玩笑"肯定会被换掉(不过对于我们这些看过原著的人来说,讽刺的是,新版只不过换了一个新的"死亡玩笑"而已)。相比起旧版里妈妈非常明确的提醒,新版里妈妈用的是比较笼统的警告,这一点也很值得玩味。

原著里还有一些微妙之处在新版里也都消失了。波特有意留给读者自己去猜想的地方(通常是通过翻页的空当),新版也明确地写了出来。原著里,彼得

> 径直跑到麦格雷戈先生的庭园去,并挤过栅栏门。(翻页)他先吃了些莴苣和一些四季豆,然后又吃了点小萝卜;(翻页)之后觉得有点儿不舒服,他就想去找一些香芹。②

我们比较一下交代更"完整"的新版本:

> (彼得)径直跑到麦格雷戈先生的庭园去。(翻页)庭院里种了好多蔬菜。彼得非常喜欢蔬菜。他开始吃了起来。他先吃了些莴苣,然后又尝了一些四季豆。接着还吃了点小萝卜。(翻页)彼得

---

① David Hately (adaptor), *The Tale of Peter Rabbit* (Ladybird, Loughborough, 1987), unpaginated.
② Potter, *Peter Rabbit*, pp. 56 – 59.

吃得太多了,他太贪心了。后来他开始觉得不舒服。"我一定要找点香芹啃一啃,"他对自己说,"啃一啃就会好多了。"①

这里我们可以看到一个非常有趣的、针对儿童文学由来已久的中心讨论点,那就是儿童读物的教育性有多大? 并且在多大程度上,这种教育性是必要的?②

19世纪的儿童读物有很强的教育性,这一点可以说是一种共识,或者说这些书主要是为了在智力上和政治上对儿童进行塑造。③ 一般来说,人们都认为现在的儿童读物代表着,或者说应该代表思想的自由性。至于这一点是否可能做到还有待商榷。不过这两个版本的《彼得兔》的异同说明这种观点(并且是作为一种积极的观点)并没有消亡。两个版本的故事结尾是这样的:

> (旧版)我很遗憾地说那个晚上彼得并不是很舒服。(另起一段)他母亲让他上床睡觉,她做了些洋甘菊茶,并给了彼得其中的一剂!"睡前要喝掉满满一汤匙。"(翻页)可佛洛普西、莫普西和棉球尾巴则以面包和黑莓当晚餐。④

> (新版)兔子夫人仔细地看了看彼得。"天哪,"她对自己说,"彼得的胡须都垂下来了! 看起来情况不太好!"于是兔子夫人决定要做些事情让彼得感觉好受一点。她拿出了自己的洋甘菊茶,等着水烧开。彼得看到茶的时候呻吟了一声。他知道这茶难喝极

---

① Hately, *Peter Rabbit*.
② 参见 Lance Salway (ed.), *A Peculiar Gift, Nineteenth Century Writings on Books for Children* (Kestrel (Penguin), London, 1976)。
③ 参见 J. S. Bratton, *The Impact of Victorian Children's Fiction* (Croom Helm, London, 1981); Robert Leeson, *Reading and Righting: the Past, Present, and Future of Fiction for the Young* (Collins, London, 1985)。
④ Potter, *Peter Rabbit*, pp. 56-59.

了。兔子夫人把彼得直接放到床上,给了他一些茶。"睡前要喝掉满满一汤匙。"她边说边给彼得掖被子。可佛洛普西、莫普西和棉球尾巴则以新鲜面包、牛奶、黑莓当晚餐。他们把彼得的那份也吃了,而且吃得非常开心。(译者按:本书作者彼得·亨特在引用新版《彼得兔》时将部分引文以斜体呈现,表示强调,译者在此改用着重号标出。)①

这么看来,这些改动到底是令人震惊,还是令人赞赏?对此众说纷纭,意见不一。比如:

——"旧版本"是中产阶级读物,其中的思想道德观念将大部分当代儿童拒之门外。
——很多八十年前的隐喻当代儿童应该看不懂。
——比起旧版,新版的语言发生了变化,而且新版中有许多模糊不清的用词。
——有些隐喻(比如说对于死亡的隐喻)对儿童是不利的、不合适的。
——现在的儿童对水彩画不再感兴趣,而是喜欢照片。
——旧版太贵了,新版尺寸大了一倍,价钱还只有旧版的三分之一。
——新版可以在超市和便利店出售,而不是只在书店有售,如果只在书店卖,只有一小部分人能买到。新版能够让大量不去书店的人也买到,这样一来,会有数以万计曾经接触不到书的孩子有机会接触到这本在文化传承中非常重要的书。

或许对于"语言纯正癖者",最惊世骇俗的评论莫过于:

---

① Hately, *Peter Rabbit*.

若不是有这个新版本,旧版本也活不到今时。

可以预见的是,很多读者都指责出版商赤裸裸的贪婪。不过,更糟糕的是,他们有种被背叛的感觉;至于为什么会产生这种被背叛的感觉,背后的故事非常值得深思。

毕翠克丝·波特原著的版权(在英国,原著版权在她去世五十年后,即1993年到期)属于初版的出版商弗雷德里克·沃恩出版社(Frederick Warne)。几年前,沃恩出版社成了企鹅图书集团的成员;波特的粉丝们的第一反应是松了一口气。"企鹅"可能是世界上最受尊敬的纸质图书出版集团了,出版物范围广泛、声望卓著,所以这是给《彼得兔》找了一个更好的家?"毕翠克丝·波特学会"(The Beatrix Potter Society)这个权威机构在1985年4月的《读者简报》(*Newsletter*)上还刊登了一封企鹅图书集团首席执行官彼得·迈耶(Peter Meyer)的来信,在信中,迈耶用一种宽慰人的口吻写道:"我非常理解贵学会会员的担心,希望借此机会让他们放心,任何新项目的质量都会受到严密关注。"不过他在信中继续说道:"我们的宗旨一直是希望拓宽毕翠克丝·波特的影响力。"

毫无疑问,迈耶先生的策略拯救了企鹅图书集团;通过进入更接近大众文化的市场,出版"畅销书",企鹅图书集团才有能力保留自己那份令人赞叹的专业图书清单。这封信接下来的话可能更让毕翠克丝·波特学会警惕:"可能故事的有些情节不会让所有热爱这部作品的人满意,不过在版权仍然有效的情况下,在可控范围内注意对细节的打磨,是不是显然更好呢?"

从很多方面来说,企鹅图书集团已经比它承诺的做得更好了。毕翠克丝·波特的作品以更大的版面、精美的品质重新发行,《彼得兔ABC》(一本使用波特插画的字母书)就是其中的典范;像拼图这样的衍生产品在版权授予方面也非常审慎,并且忠实于波特的插画。最令人高兴的是企鹅图书集团还发行了一套新版的波特作品全集,而且又用回了原著的图画。所有的一切都非常好、非常令人满意。

现在我们来看另一个英国出版机构：瓢虫图书出版社（Ladybird Books）。在过去三十多年的时间里，该出版社制作精良的作品影响过英国的每一个孩子，这么说并不为过。瓢虫图书的出版物涉及的范围非常广泛，从阅读方案到经过简化的童话故事、童谣以及针对婴幼儿的认知图书等等。这些作品完全值得人赞赏，但也有人评论说，它们不是艺术。

当瓢虫图书的新版《彼得兔》将水彩画换成照片，新版一上市就引发了激烈的反应。意见可以归纳为以下几点：

——为什么儿童图书的语言一定要经过简化？它们应该是富有创造力的、有助于拓展思维的；新版本里只堆砌着一些限制思维的陈词滥调。

——"简化"文本并不能让文本变得更平易近人，但能让读者变得更愚昧。因为这剥夺了他们拓展思维的机会。

——出版社说"儿童不理解"是什么意思？要是不给孩子们努力思考的机会，他们就不可能真正完全理解一段文本。而且，难道是我们的教育退化了吗？

——要是不给孩子们看水彩画，他们当然不会对水彩画产生兴趣。

——如果出版社把很多内容刻意删掉（比如对于死亡的隐喻等），如何应对爱德华·阿迪宗（Edward Ardizzone）的观点："我们太过于保护……（孩子），不让他们看到生活艰难的一面……毕竟，儿童读物在某种意义上是为了让孩子们了解他们今后的生活是怎样的面貌。如果在这些书里看不到一丝世事艰辛的影子，我觉得这是不公平的。"[①]特别是在 20 世纪 90 年代这个混乱的年代，如果

---

① Edward Ardizzone, "Creation of a Picture Book," repr. in *Only Connect*, ed. Egoff et al., p.293.

你觉得孩子们对身边的暴力事件完全一无所觉,这显然是不现实的。

——为什么要把书的格调降到和电视——书最大的竞争对手——一样的水平?在简单化方面,电视做得更好。

——为什么不在超市出售原来的版本?为什么新版要设计得这么大?毕翠克丝·波特的书本来是特意为读者的"小手"设计的。

——如果需要的是这种作品,为什么不干脆写一个全新的故事?

最严厉的是:

——这样的改动完全是无知的表现;他们忽视了,越来越多的研究证据表明,儿童对于微妙而富有变化的文本最有感觉,而不是简单粗糙的文本。出版社是反其道而行之。

上面这些都是表象,其实背后还隐藏着一系列更朴素、更原始的观念,充斥于儿童文学的各种讨论之中。这些观念认为,喜欢毕翠克丝·波特原著的人都是势利的文化精英特权主义者,他们认为旧版在本质上就是好。他们是一群持自由人本主义立场的法西斯主义者(这两个词可能在这里并不构成一对矛盾,见第八章),其实他们推崇的"绝对"价值只不过是让作品更适应自己的一种手段。而另一方面,也有人觉得儿童读什么都可以,不管多低俗多粗劣,都比不读强。这些人不懂得或不在意"书文化",只希望把书改造得能够满足他们自己的阴暗目的。通过这种做法他们就能以孩子的"保护者"自居,却破坏了书的价值,从而让儿童读物沦为文化体系中最低等最庸俗的部分。

不过,要是读过鲁默·戈登(Rumer Godden)1963 年《角之书》(*The Horn*

Book)中一篇名为《一封虚构的来信》("An Imaginary Correspondence")的精彩文章,就没有人会对出版"经过修改"的《彼得兔》感到惊讶了。戈登女士虚构了毕翠克丝·波特和"贬低出版公司"(dc Base Publishing Company)的"破坏先生"(Mr. V. Andal)之间的信件往来。破坏先生想要用"每个孩子都看得懂"的简单语言出版《彼得兔》;作者虚构的毕翠克丝·波特的回应放到今天还是能引起共鸣:"在我看来,您似乎把'简单'这个词等同于'智障'了。现在的孩子难道不如他们的父母聪明吗?……(我们应该)丰富孩子的语言积累,而不是削弱这种积累。"①

不幸的是,瓢虫图书的编辑似乎很赞同"破坏先生"的建议(比如把"liperty"这个词删掉,因为字典里没有这个单词)。鲁默·戈登引用了《彼得兔》中的一页,讲的是彼得被醋栗田里的网子给困住了:

> ……但他的啜泣声被一些友善的麻雀听到了,它们激动地飞向他,恳求他要尽力脱困。②

她接着给出了"破坏先生"的意见:

> 不是所有孩子都知道麻雀,建议改成更宽泛的"小鸟";最后一句话尤其难懂,建议换成"再试试"或者"再加把劲"。③

戈登夫人几乎都说准了。瓢虫图书的新版本是这样的:

> 几只麻雀听到了彼得的啜泣,它们赶紧蹦过来看发生了什么

---

① Rumer Godden, "An Imaginary Correspondence," in *Children and Literature*, ed. Haviland, pp. 136 - 137.
② Potter, *Peter Rabbit*, p. 33.
③ Godden, "An Imaginary Correspondence", p. 138.

事。"再试试,"它们叽叽喳喳地说道,"不要放弃。"①

这种动机上的混乱在审查制度(censorship)上也体现了出来。1988年柯林斯出版社出版了费利克斯·皮拉尼(Felix Pirani)的一本图画书《阿比盖尔在海滩》(*Abigail at the Beach*)②。书的开头是这样的:"阿比盖尔和爸爸去海滩。爸爸拿了一把遮阳伞、一张折叠躺椅、一个装满橙汁的保温桶、三罐冰啤酒、一盒饼干和一本书。阿比盖尔拿了一个桶和一把铲子。爸爸撑起了遮阳伞,将躺椅放在伞下。他躺了下来开始看书。"阿比盖尔发挥想象力堆了一座沙堡。有两个男孩走过来,威胁说要把沙堡推倒。"'你们要是敢碰城堡任何一座塔一下,'阿比盖尔说道,'我就让我爸爸抓着你们的脚跟把你们倒挂起来。他可是黑手党人。'"她一共三次吓退了比她更强壮的淘气孩子,一次说她爸爸是"特工",会"拗断你们的胳膊,弄坏你们的自行车";还有一次说她爸爸是"海军",要把淘气鬼们的狗打得满身是洞。在几次沙堡保卫战的间隔,还温馨地穿插了阿比盖尔围绕沙堡以及她爸爸看的书而展开的想象。爸爸后来给了她三个空啤酒罐玩。

1988年12月,幽默作家、政治评论家克雷格·布朗(Craig Brown)在伦敦《泰晤士报》上发表了一篇文章。他说共有52名议会议员联名发起了一项早期动议案,要求柯林斯出版社撤回这本图画书。"还有,"布朗写道,"阿比盖尔的爸爸在喝'三罐啤酒'……作者竟然连指出这些是低酒精啤酒的意识都没有……'我觉得这会诱导孩子认为喝啤酒是一件很美妙的事情'(议员)评论道。哦,这本书的出版商是个多么邪恶的骗子!"③接着,布朗又以一种略逊于乔纳森·斯威夫特的狡黠琢磨着,要是童话故事也这么推敲会

---

① Hately, *Peter Rabit*.
② Felix Pirani, *Abigail at the Beach*, illustrated by Christine Roche (Collins, London, 1988), unpaginated.
③ Craig Brown, "Once upon a Perfect Time," *The Times*, 25 December 1988. See also Rosemary Sandberg, "Who Censors?" *Books for Keeps*, 58 (September 1989), p. 23.

是什么结果:"特别委员会领导汉弗莱·T.达姆泰(Humphrey T. Dumteigh)……声称……:'我看见手无缚鸡之力的老太太被变装癖狼关在壁橱里,年轻女孩被她们的姐妹无情折磨,以及老年人被孩子扔进壁炉……孩子们的传统娱乐活动到底怎么了?'"①

这一切或许看起来很好笑,但还是在各个媒体上引起了很多讨论,显露出了自由的理想("一切审查制度都是有害的")和对孩子们的责任感之间的鸿沟。

这可不是一个新问题。每一个心怀忧虑的读者都会在儿童读物中看到反宗教、性别歧视或暴力场面,他们都会有冲动将这些邪恶的东西统统消灭;而另一方面,作家们却坚持儿童文学的文本应该是试验性的、能够拓展思维的,所以文本要"开放",要质疑,而不是给出肯定的答案。说到底,这个关系到成人与儿童之间内容可接受程度强弱关系的中心问题就是:在儿童文学里我们应该包含什么、摒弃什么?

为了从这些争论中找出一个突破口,需要先对我们用的术语进行清晰的定义。儿童文学文本到底是哪一类文本?它们是为什么而写的?不过,文学与实际应用之间的距离也是造成定义困难的原因之一。

一个典型的、有代表性的争论是围绕图书馆协会年度卡耐基奖章的获奖作品而展开的。这一奖项始于 1936 年,第一届获奖作品是亚瑟·兰塞姆的《信鸽邮政》(*Pigeon Post*)。②

1969 年,奖章被授予了 K. M. 佩顿"弗兰巴兹庄园三部曲"(*The Flambards trilogy*)的第二部——《云朵边缘》(*The Edge of the Cloud*)。多米尼克·希伯德(Dominic Hibberd)在一篇名为《弗兰巴兹庄园三部曲:

---

① Craig Brown, "Once upon a Perfect Time."
② 参见 Keith Barker, *In the Realms of Gold: The Story of the Carnegie Medal* (MacRae/Youth Libraries Group of the Library Association, London, 1986); Marcus Crouch and Alec Ellis (eds.), *Chosen for Children*, 3rd ed. (The Library Association, London, 1977).

对得奖者的反对》("The Flambards Trilogy: Objections to a Winner")的文章中对卡耐基奖章评选委员会的评选标准进行了猛烈的抨击。简单来说，他的观点是：K. M. 佩顿的三部曲的确是"很生动、很有趣的故事，但不管以哪种类型的小说标准去评判，都不能算是一流的小说……而且这部作品不管是写作还是印刷出版都有仓促而为的痕迹……不过如果你是卡耐基奖章评选委员会的成员，你可能不会注意到……这种不好的文风……不，你会宝贝一样地牢牢抓住这些老掉牙的主题'沮丧与孤独'，然后称赞作者'提出了问题'"。① 希伯德质疑"弗兰巴兹庄园三部曲"到底是不是儿童文学作品，在他看来："如果这个故事以匿名连载的形式出现在某本女性杂志上，我们根本不会想到它是为青少年写的。"②的确，这三本书组成的三部曲最早是为电视制作的系列，也会放在"成人"时段播出，后来才以纸质书的形式出版，但没有提及作品的起源。

希伯德抨击的是评选委员会用那套"老掉牙的评判标准"③去评选作品，而不是他心目中的"真正的文学批评标准"，即"渲染氛围的出众能力……让人仿佛身临其境……刻画人物及角色发展的技巧"。④ 可能因为本身就是老一派的人物，所以评选委员们显然没有一点分析判断的头脑（在一些别的例子上也可以看到这一点）。委员会的评委们对于文本的判断还处在一个非常简单的阶段。"雷先生（委员会主席）似乎是用成人文学的评判标准来评选作品，而且是更低、更不严谨的标准。"⑤简单来说，他的论点源于如下事实：面对"儿童文学"这一标签，人们总是心怀过多期望，但这些期望往往要落空，因为用现有所谓的权威标准去评

---

① Dominic Hibberd, "The Flambards Trilogy: Objections to a Winner," *Children's Literature in Education*, 8 (July 1982); repr. in *Writers, Critics, and Children*, ed. Fox et al., pp. 125 - 137, at pp. 126 - 128.
② Ibid., p. 136.
③ Ibid., p. 128.
④ Ibid., p. 136.
⑤ Ibid., p. 137.

判,儿童文学总会显出种种不足。但人们却不去质疑标准本身,直到今天情况依然如此。

委员会主席科林·雷(Collin Ray)也发表了一份慷慨激昂的回应。现在看起来,当时讨论的问题直到今天仍然是儿童文学讨论的中心所在:

> 我想,真正的问题是我们违背了希伯德先生的"评判标准"。这些标准都没有确切的定义,却被广泛地当作"文学批评"并出现在众人面前。如果希伯德先生能够仔细地看一下卡耐基奖章的评选规定,就会发现奖章是颁给"出色"的作品。我本人对于"出色"这个宽泛的形容词并不喜欢,不过这个词并不意味着奖章就是一个文学奖励……
>
> 委员会想要选出的……是一本……同类型作品中质量最好的作品。说到质量,文学性只是其中一个方面。它对于年轻读者的潜在的影响,它的思想、可读性以及让它从其他作品中脱颖而出的独特的闪光点,都在考虑范围之内。①

这番一来一往的唇枪舌剑其实都围绕着一个非常狭窄的"文学"的定义;争论的一方透露出反文学以及反智主义的态度,另一边则坚持权威的既定价值。如果没有对这些争论的基础做一番更仔细的检讨,讨论很难进行下去。

还有一个例子,即围绕理查德·亚当斯(Richard Adams)的《沃特希普荒原》(Watership Down)发生的争议。围绕这个作品透露出一个和上面类似的,可能更具有破坏性的观点。这部作品获得了1972年的卡耐基奖章,

---

① Colin Ray, "'The Edge of the Cloud'— A Reply to Dominic Hibberd," *Children's Literature in Education*, 9 (November 1972), repr. in *Writers, Critics and Children*, ed. Fox et al., pp. 138–139, at p. 139.

亚历克·埃利斯(Alec Ellis)写道:"《沃特希普荒原》这样的优秀作品在我们的一生中可能只会遇到一两次,对于这样弥足珍贵的杰作,我们还能提怎样更高的要求呢?"①

这本书不仅是风靡世界的畅销书,还有一个有趣的特点,那就是同样的文本内容,它同时有针对成年读者的版本和针对儿童读者的版本。但作品在美国上市的时候,美国《新闻周刊》(Newsweek)却对它作出了非常尖刻的评论,与卡耐基奖章评选委员会的褒奖之词形成了鲜明的反差。评论里说:"我和你做笔交易,要是你不说'我不喜欢兔子的故事'这样的蠢话,我也不会说'这是部优秀的小说'这样的蠢话。"②

这样的情形表明,其实有一个牢不可破的"价值等级"存在,最高等级是"成人经典作品",最低等的是"劣质儿童读物",而大家都接受的是"二等成人读物"和"最优秀儿童读物"这两者处于相同的等级。这样的观点可能经不起推敲,但不可否认的是,直到今天,它依然根植在很多学者、评论家以及儿童读物从业人员心中。

正如我们所见,由于儿童读物情节设定上的特点、遣词造句上的特点以及叙事层面的控制——这部分是因为人们认定,小读者无法形成中允的观点,因而需通过叙事层面的控制加以弥补——所以一般的儿童读物"看起来"的确和二三流的成人小说很像。成人选择的"低档次"的读物(也可以称之为"机场书店图书")和很多儿童读物有很多相似之处:它们都是"封闭"的文本——于是困惑随之而来(到底怎么区分"成人文学"和"儿童文学"?)。正因如此,我们更需要一个明确的定义。

童书作家本身往往未必能寻得一个明确的定义,生产儿童读物的体系也会带来问题(第九章会说到)。所有这些都给童书作家造成某种困扰。弗

---

① Crouch and Ellis (eds.), *Chosen for Children*, p. 164.
② 引自 Peter Hunt, "The Good, the Bad, and the Indifferent," in *The Signal Approach to Children's Books*, ed. Nancy Chambers (Kestrel (Penguin), Harmondsworth, 1980), p. 227。

兰克·艾尔(Frank Eyre)曾评论道:"除了在自己这个高度专业化的封闭小圈子内,儿童读物作家在其他领域仍然很少得到承认。对于儿童文学评论家,不管是有意识还是无意识,人们总认为他们比其他的文学批评家低一等——他们从事的是不怎么重要的工作,而他们之中比较成功的一批人都希望有朝一日能够得到提升,去从事更'有意义'的工作。"[1]

对抗偏见

想要意识到我们的偏见,最有意思的方法是将阅读"去语境化"(decontextualize):从一段简短的文本中找出最简单的观点,看看它告诉我们什么。在这里,我也想做一个这样的实验,因为不论你是出于何种立场阅读这本书,很可能都是带着某些偏见的。当然,有人会说"去语境化"是对阅读的一种贬低,对文本是非常不公平的;有人会说这是种很不自然、不真实的阅读方式,我们通常不会对文体风格的细枝末节做过多的关注,而且我们对文本不同的部分有不同的阅读侧重点。不过反过来说,到底语境给我们提供了什么呢?最大的可能性,就是它提供了一种既定的印象,告诉我们自己阅读的到底是怎样的文本,文本蕴含的是怎样的价值(这同时决定了关注的程度)。

下面的文字选自我多年来用于儿童文学讨论的材料。我告诉学生们和其他参与讨论的人把它们当作"小说中节选出来的片段"来读,如果可以的话,让他们去思考文本中的哪些"线索"帮助他们作出判断:文本是好是坏?是文学还是非文学?是给儿童看的还是成人看的?这个实验不仅仅让人们看清了一个普遍的错误观点,那就是仅依靠语言特征就能分辨出何为文学,还让人们看清了自己的阅读立场以及潜意识里带有的偏见;同时还为研究

---

[1] Frank Eyre, *British Children's Books in the Twentieth Century* (Longman, London, 1971), p. 158.

"文体学"、"语域"或是"恰当的语言"这些概念做了铺垫。

你也可以一起做一下这个实验。读一读以下片段,问问自己:这些片段是选自儿童读物还是成人读物?在它们所属的文学类型中,这算是好作品吗?

> 杰拉德和他的朋友走出女修道院,迈着轻快的步伐向小镇中心走去。街道空空荡荡的,除了偶尔爆发出一两声吵架声,还有从小酒吧飘出来的嬉闹声,一切都静悄悄的。莫布雷的主要街道叫作"城堡大街",因为附近古老气派的堡垒遗迹而得名。这条街道是小镇现代文明的重要代表,正如旁边高傲的堡垒显示着小镇过去对它的依赖……沿着城堡大街走了四分之一英里,杰拉德和史蒂芬转入了一条和城堡大街交叉的道路,接着又穿过了交错的道路与蜿蜒的小巷,两人来到了小镇一片开阔的区域……①

从之前的实验对象的各种反应中选取一些就可以看到这个实验带给人们的困惑。词汇分析占了主要地位:"杰拉德和他的朋友"似乎意味着这是儿童文学作品,我们一般不会用这种表达方式来称呼人物。文本里描述了很多动作,但好像太多了一点。但另一方面,对于"城堡大街"的抽象描写,说它是"小镇现代文明的重要代表"又包含了太多深沉的东西,太抽象,似乎不适合儿童读者。还有,人们会问这两个男性角色(假设都是男性)在女修道院里做什么,或者对文本中出现"吵架"、"小酒吧"这样的情景和事物有意见。有趣的是,人们并没有把文本"老式"(archaic)的语言风格当成线索考虑进去,要么认为文字是从以前的文学作品中选取的,所以语言风格自然是老式的;要么认为是在故意模仿这种怀旧的语言风格,比如利昂·加菲尔德

---

① Benjamin Disraeli, *Sybil, or the Two Nations* (1845; Penguin, Harmondsworth, 1954), pp. 90-91. 我对原文稍稍做了精简。

(Leon Garfield)的作品。

> 地上散落着大量的锈金属,中间串着一条链子的两个环。鲍勃拨弄了一下,隐约认出了眼前的东西。他把一个环拿起来,环身已经被腐蚀得斑驳不堪。一些白色的小石头随着环的移动被带了起来,随后又轻巧地落下来。这些都是骨头,是一只手上的骨头。另一个环里放着另一只手的腕骨,手臂在更远的地方,还有头盖骨,干净、圆滑,仿佛随着积水长在地面上。越过脊骨与头盖骨,是一块磨损严重的盆骨、一块大腿骨的碎骨和整条腿骨,还有大腿骨的胫骨。抓着手铐把整副骷髅骨架拎起来,鲍勃看到一个金色的小东西——但不是硬币,挂在一根细小的、晃动的指骨上——是一个戒指。他准备把这副枯骨带给(麦吉),这副枯骨曾是她的丈夫。然后鲍勃把手铐拿走了,这副手铐曾经被铐在死者的手腕上。①

奇怪的是,很多人都觉得这段文本是从儿童读物中节选出来的,因为提到了"骷髅骨架"。而文本的行文特征——站在主角的角度细致地描写了人物的所见所闻,而且用了非常浓重的礼拜式的语调("这副枯骨曾是她的丈夫"),还有很多细小的反常的地方,大家统统都选择视而不见。

埃莉诺·卡梅伦(Eleanor Cameron)指出了梅恩文风的重要特征:

> 和对全书结构的处理一样,梅恩也在文本段落的分阶段发展上下足功夫,通过对于时间和节奏的完全把控,逐渐发力,直到实现最终的效果。梅恩是精细控制艺术的大师,他非常懂得如何有条理地将线索铺开,不管是故事的结构,还是句子或段落的结构。所以读者能够从句子结构和行动的发展两方面真切地感受到越来

---

① William Mayne, *Ravensgill* (Hamish Hamilton, London, 1970), pp. 162 - 163.

越强烈的紧张感。①

彼得·霍林代尔(Peter Hollindale)也指出:"梅恩小说的风格给人的感觉是,与叙事成型以及情节发展的动力相对,有一股持续的、克制的反作用力。所产生的效果就是行文上一丝不苟到令人感觉是在有意阻挠故事的发展,从而一次又一次地化解了故事的戏剧性、心理性危机。"②

在这里,文风被忽视了。"骷髅骨架"当然可以出现在儿童读物里——或者说,这不是成年人需要担心的问题。从这种最初层面的反应中,人们自然而然把"有趣"和"捉弄人的惊悚"区别开来。

故事的文风与内容之间存在的张力让人产生紧张感,也让人们认为这是"高质量"的体现;但"高质量"的言下之意就是它不适合儿童阅读。这两种元素(文风和内容)是互不相容的。作品的句子结构很简单,却又异乎寻常。但实际上,一般的读者是很难分辨出哪些是评论家眼中"高质量"的文本,哪些是"反常"的文本。这和 I. A. 瑞恰慈(I. A. Richards)在《实用批评》(*Practical Criticism*)③中所得出的结论并不相同,《实用批评》更关心如下问题:如何认清哪些东西与既定的文化规则保持一致。但我们在这里关注的是这种"反常"所显示出(我们将会看到)的文本的"开放性"。(上面这段从梅恩作品中节选出来的文字也经过了小小的改动。"麦吉"代替了原文中的"奶奶"。考虑到这项实验的背景,这个改动毫无疑问是一个明显的线索。)

任何"不同于寻常"的东西都很难被归类。钱伯斯曾这样形容梅恩:

> 他是一个旁观者而不是参与者。即便是他令人惊叹的技巧,

---

① Eleanor Cameron, *The Green and Burning Tree*, pp. 141-142.
② Peter Hollindale, *Choosing Books for Children* (Elek, London, 1974), p. 157.
③ I. A. Richards, *Practical Criticism* (Routledge and Kegan Paul, London, 1929).

似乎也是为了故意让读者和故事中的事件以及所描写的人物拉开距离。这种对待故事的态度在儿童读物中很少看到,即使是阅读量很大、又爱思考的儿童读者都会觉得,即使是梅恩最丰富、最优秀的作品都非常难以攻克。①

正因如此,梅恩才获得了"为成人写作的优秀儿童读物作家"②这样的名声,而不是单纯的儿童读物作家。但他出版的大量儿童读物又似乎否定了这一现实(至今大约有一百多卷)——毕竟,出版商通常可不会只做慈善事业。

所以,从对于上面这段文本的反应中,我们能得出的最清楚不过的结论就是这一没有明说的臆断:"如果这是文学,那一定不是儿童文学",以及"文学"应该是"优秀"的但儿童文学不该"优秀"这样的悖论。

如果《渡鸦峡谷》(*Ravensgill*)文本本身就有问题,我选了以下的片段来看看,一段"中性"的文字是否能够被轻易识别出来。

> 他摇摇晃晃地穿过了屋子走到门边,把门拉开了一道缝,一手扶着门框一手握着门把手。他们没有权力将他禁锢在这儿……他听了一会儿。有人来了。门口传来了脚步声。他等了一会儿,踉跄地走出去,正好看见不远处护士在拐角处向右边转去的身影。向右转。他向左走去,一手撑着墙,虚弱地沿着走廊尽力向前。在长长的走廊尽头,是楼梯的平台,台阶通向大堂。大堂里有人正在说话。阳光从敞开的大门里涌进来。他听见一个护士说:"如果你在这儿等一等,我马上去把护士长叫来。"他模模糊糊地看

---

① Aidan Chambers, "The Reader in the Book," *Signal*, 23 (May 1977), p. 206.
② John Rowe Townsend, *A Sense of Story* (Kestrel, Harmondswoth, 1971), p. 130.

见有人向门口走去,然后是一片白色晃过,那位护士向楼梯口走来。①

可是,大家的看法还是不一致,可能是因为我们在这里看到一个成人角色出现在儿童读物里。人们会认为"他们没有权力"是成人的表达方式。再加上医院的场景设定都会影响人们的判断("医院不适合儿童读物")。兰塞姆的风格富有变化,有时显得很"传统",有时又显得很有原创性,但通常会找到一条中间的道路。上面这段引文展示了一连串孩童般的感官觉知,又模仿了人物脑震荡后(他被车撞了)受到影响的诸种感知能力,通常认为,这么写是适合儿童阅读的。这再一次证明,内容本身似乎完全成为了判断的依据。

路的一边是一个古老的橄榄树果园,粗糙遒劲的树干、深绿色的树叶,衬托着底下嫩绿的草地,形成了有趣的对比;它们已经扎根于这片土地一个世纪之久,或更长的时间。寂静的午后,阳光穿过树叶斑驳地落在草地上,没有一丝风的打扰。这真是片美丽的林荫之地,仿佛有一种魔力,他们几乎以为下一刻就会看到神话里的小仙女或农牧神从某棵树后面探出头来悄悄看着他们。他们本能地感到,再也不会有比这里更适合野餐的地方了。他们一语不发,向果园里面走去,找到一棵离马路稍远一点的树,在树下坐了下来,把午餐拿了出来。②

这段文字看起来可以出自任何一本畅销书。其实我们是从时间比较早的作品里摘录了这个片段,以免大家很容易就猜出它的来历。

---

① Arthur Ransome, *We Didn't Mean to Go to Sea* (Cape, London, 1937), p. 319.
② Dennis Wheatley, *To the Devil, a Daughter* (Arrow, London, 1956), p. 99.

这段文字里有一些语体特征可能很容易让人觉得这是儿童读物，比如"仿佛有一种魔力"、"小仙女或农牧神……探出头来悄悄看着"、"稍远一点"等这些词；甚至"吃"这个行为本身（在成人读物里，"吃"常常也是"性"的另一种说法）、文本整体的控制感以及"讲述"而非"展示"的叙述风格——比如"有趣的对比"、"这真是片美丽的林荫之地"等表述，也可以算这样的语体特征。而且文本在很大程度上都使用了传统的、老套的写作方式，比如"寂静的午后"、"斑驳地落在草地上"——这些陈词滥调往往没有实际的意涵（"它们已经扎根于这片土地"），并且给人平庸无趣之感（"本能地感到……"）。总的来说，我们可以想象，不管把这段文字归到哪一文学类型，读者至少会认为它"并不是非常出色"的作品。

不过，如果读者认为这段文字出自成人读物，似乎最主要的线索是文本的静态性；如果把它归为儿童读物，最主要的理由则是传统老套的写作方式和对文本的控制。所以"成人必须对儿童读物进行必要的控制"这一观念还是非常强烈的。

这些都是需要我们思考的一些问题。不过，首先你可能会注意到，到目前为止我交替着使用"儿童读物"和"儿童文学"这两种说法。现在我们需要对"儿童文学"做一个更彻底的定义——因为有时候"儿童"和"文学"这两者看起来似乎是一对矛盾体，我们需要对两者都进行定义，然后再定义"儿童文学"这个整体。

第三章　定义儿童文学

虽说没有固定的规则和限制要求我们一定要怎样去阅读文学文本,事实是,只要我们开始阅读文本,某些特定的规则和限制就开始发挥作用,因为阅读这项行为本身就离不开它们……

没有哪项规则和限制对于文学作品是不可或缺的,所以没有哪项规则和限制是特别的(privileged)。想要掩盖这个不争的事实,即使是对年轻的学生隐藏,也不是好的做法。当然有些特定的规则占据了统治地位,可能也有各种理由强调它们的优越性以及摒弃这些规则带来的危险,但不能因此就宣称这些规则对于文学作品的存在是必不可少的。

——K. M. 牛顿(K. M. Newton)《二十世纪文学理论》
(*Twentieth Century Literary Theory*)

我现在越来越觉得,没有所谓的"儿童读物"这回事。它是基于商业目的而被创造出来的一个概念,也因为迎合了人们分级与归类的内在偏好而被保留了下来。诚实的作家……书写的是他们发自内心的、必须宣泄出来的东西。有时候作家写出来的东西迎合了年轻读者的天性和兴趣,有时候没有这样的共鸣……如果一定要给书分类,那就只有好坏之分。

——马库斯·克劳奇(Marcus Crouch)《内斯比特传统》
(*The Nesbit Tradition*)

定义的内容

正如绝大多数的问题都暗示了答案,定义也会受到下定义之目的的控制。所以对于"儿童文学"来说,没有一个单一的定义。人们认为的"好书",它的好处也许是迎合了目前主流的文学/学术的既定规则;也许是有利于孩子们接受教育、学习语言、适应社会、接受不同的文化,因而是"好"的;也许是在或特定或一般的环境下,给某个特定的孩子或特定群体的孩子带来欢乐的"好";也许是在道德、宗教或是政治层面上的"好";也许是它能够抚慰人心的"好"等等。"好"是一个抽象的词,而"对……好"则是就实际应用而言的;这两个方面在评判儿童文学的时候常常相互矛盾。

虽然人们思想上接受了"文学"这个词含义的多样性,但在潜意识里文学具有"绝对价值"的观念仍然根深蒂固。所以,在目前的文学价值体系中,小驴屹耳(Eeyore,动画角色)和哈姆雷特,不是具有可比性的两个角色:不是因为一个角色在实际上、整体上比另一个更优秀,而是因为这个价值体系做出了这样的判断。所以,这个体系(虽说它正在逐渐瓦解)将莎士比亚放在第一,让伊妮德·布莱顿(Enid Blyton)、朱迪·布卢姆、罗尔德·达尔(Roald Dahl)甚至威廉·梅恩都排在很后面的位置。

不过,如果我们想要理顺文学评判这一团乱麻,首先应该考虑我们是怎样下定义的。正如我们所见,虽然有些文本特征似乎能让我们明确意识到我们正在读一部"儿童读物",但文本特征并不绝对可靠。有些观点,比如W. H. 奥登(W. H. Auden)说"有一些好书是只适合成人看的……但只适合孩子看的好书却不存在"[①],或者C. S. 路易斯(C. S. Lewis)的"我几乎要把

---

① W. H. Auden, "Today's 'Wonder World' Needs Alice," in *Aspects of Alice*, ed. Robert Philips (Penguin, Harmondsworth, 1974), p. 37.

它当成一条权威准则,那就是:只有孩子爱看的儿童故事是糟糕的儿童故事"①,这些观点容易引发更多的争论而不是带来更多的启示。

同样,对于儿童文学是否应该和成人文学使用同样的标准进行评判也有很大的分歧。我们可以把两种态度做一个对比。丽贝卡·卢肯斯(Rebecca Lukens)的观点是:"儿童文学和成人文学的不同是程度的不同,而不是种类的不同……所以儿童文学作品应该和成人文学作品使用一样的评判标准……如果两者的评判标准不同,事实上就是默认儿童文学比不上成人文学。"②詹姆斯·斯蒂尔·史密斯(James Steele Smith)认为:"我们仍然会纠结于这种错误的观念,那就是判断儿童文学出色与否的标准应该和判断成人文学的相同。"③

也有人对于使用"学术标准"来评判作品价值的做法非常不以为然,比如伊莎贝尔·简(Isabelle Jan)就曾说:

> 这些习惯了到处给好评差评的文学评论家也准备用学术标准去评判儿童文学这一文学"副产品",说某部儿童读物到底是否算得上"文学作品"、是否"写得好"、是否有机会成为"经典"。
>
> 关于儿童文学价值等级的学院派争论只掩盖了一个事实,那就是儿童文学作品自身有其存在的意义,绝不是说,儿童文学作品就是那些不够格成为成人读物的东西……

---

① C. S. Lewis, "On Three Ways of Writing for Children," repr. in *Only Connect: Readings on Children's Literature* ed. Egoff, et al., 2nd ed (Oxford University Press, Toronto, 1980), p. 210.
② Rebecca Lukens, *A Critical Handbook of Children's Literature* (Scott, Foresman, Glenview, Ill., 1976), p. v;亦见 Lilian H. Smith, *The Unreluctant Years: A Critical Approach to Children's Literature* (American Library Association, Chicago, 1953), p. 7。
③ James Steele Smith, *A Critical Approach to Children's Literature* (McGraw Hill, New York, 1967), p. 13.

> 重要的不是……儿童读物是否是"文学",而是它的读者是儿童;它的关注点和重要性都是基于这个特点。①

相较于判断"儿童文学"是否的确是另一种文学类别,同样令人困惑的是对待它的态度。希拉·埃格夫(Sheila Egoff)、戈登·斯塔布斯(Gordon Stubbs)、L. F. 阿什利(L. F. Ashley)在《唯一的联系》(*Only Connect*)的引言部分提到:"不要接受这样的观点,认为儿童文学批评需要采用一个特殊的价值体系。"②

从某种程度上来说,现在的我们又后退了一步。兰斯·萨尔韦(Lance Salway)指出:"19 世纪人们对于儿童文学的关注程度非常高……从很多方面来看,批评讨论……要比现在更加开放;为孩子创作的作品也被认为是整个文学大家族的一部分,而对于儿童文学的评论也不像现在,仅仅出现在专门的期刊上。"③

所以,我们可以看到很多不同的观点,比如尼古拉斯·塔克(Nicholas Tucker)的非常直接的谴责:

> 和其他一些对这个问题作出评论的人不同,我坚定地认为在"为儿童创作的最优秀作品"和"为成人创作的最优秀作品"之间有本质上的差异;并且,如果把儿童文学和托尔斯泰、乔治·艾略特或狄更斯等作家放在同一个范围内进行比较,没有一部儿童作品能够被称为艺术。一位作家要是想为孩子们写点什么,他就必须

---

① Isabelle Jan, *On Children's Literature*, trans. and ed. Catherine Storr (Allen Lane, London, 1973), pp. 142-143.
② Egoff et al., *Only Connect*, p. x.
③ Lance Salway (ed.), *A Peculiar Gift: Nineteenth Century Writings on Books for Children* (Kestrel (Penguin), London, 1976), p. 11.

在作品所描述的经验和作品所使用的词汇上对自己设限。①

塔克非常明确地接受了标准的价值观念,与之形成鲜明对比的是马库斯·克劳奇的观点,那就是儿童读物与成人作品的唯一区别就是阅读它们的方法:"人们在审视给儿童看的作品时需要使用所有适用于成人作品的标准,再额外加上一条——可及性(accessibility)。"②如果塔克是正确的,那么克劳奇的标准(不管是价值标准还是方法标准)就没有道理;并且,如果"可及性"意味着对某些元素的简化处理,这反过来还证明了塔克的观点。

吉尔·佩顿·沃尔什(Jill Paton Walsh)谈到儿童读物的创作问题时说(令人欣慰的是,她比其他大多数就此问题发表意见的人要更冷静、更清醒):

> 儿童读物提出了一个技术上面更困难、更有趣的挑战——任何类型的优秀小说都会提出类似的挑战——那就是把极其严肃的、成人化的表述变得非常简单、透明……出于帮助儿童理解作品的需要,我们对于儿童文学必须在情感上有所倾斜,不得不用间接的处理方法,就像在诗歌里,省音(elision)和省略某些成分的诗行反而会带来美感一样。③

这种积极的观点引出了另一个重要的观点,它不仅对于讨论儿童图书的

---

① Nicholas Tucker, *Suitable for Children? Controversies in Children's Literature* (Sussex University Press, London, 1976), pp. 18-19.
② Marcus Crouch, *The Nesbit Tradition* (Benn, London, 1972), p. 8.
③ Jill Paton Walsh, "The Rainbow Surface," in *The Cool Web: The Pattern of Children's Reading*, ed. Margaret Meek et al. (Bodley Head, London, 1977), pp. 192-193.

地位非常重要,也会从根本上影响我们定义儿童文学的方式。这个观点就是:成人阅读儿童文学比成人阅读成人文学更加复杂。

阅读儿童文学的方法

我们面对的文本是为非平等读者(即儿童读者)设计的,这类文本是在一个由成人决定的、复杂的社会环境里创作出来的。至于说这些对于亚文化或反文化有什么意义,那就好比是阅读译著一样。

这里要特别提到三种阅读情形:成人阅读成人读物、成人阅读儿童读物,以及儿童阅读儿童读物。这三者之间的区别对于我们的讨论非常关键。目前的文学批评倾向于将这三者视为相同的情形——但事实并非如此,如果把这三者等同起来,是一种自欺欺人的危险做法。

这三者中,最相似的是第一种和第三种,因为它们有一项共同的阅读基本因素。就像帕特里夏·赖特(Patricia Wright)所说:

> 阅读的过程是以感知与关注为开端的,而这两者都源自读者过去的经历(知道看哪里),或者和特定的阅读目的相关(知道找哪些东西看)。这些都是自上而下、由概念主导的认知过程。读者的感知与关注同样会受到由文本和阅读环境引起的、自下而上的或是由信息主导的过程的影响。[1]

换句话说,我们的背景与阅读目的都至关重要。成人读者无法拥有和儿童一样的背景(从阅读与生活经验方面来说),这一点毋庸置疑;比较不明

---

[1] Patricia Wright, "Usability: The Criterion for Designing Written Information," in P. A. Kolers et al., *Processing of Visible Language*, vol. 2 (London, Plenum, 1980), p. 186.

显的是两者往往也不会抱有相同的阅读目的（正如评论人员和一般读者的阅读目的不尽相同一样）。成人阅读成人读物的时候，一般都是单纯为了娱乐放松或收获启迪（edification），他们会根据书本的特点，或按照文本暗示的读者角色（implied reader-role）的角度来阅读，或反其道而行之；还有一种情况是他们带着"外来"目的进行阅读，比如需要对文本进行批评、评价或讨论。

当成人阅读儿童读物的时候，通常他们要同时以四种不同的方式进行阅读。首先，虽然也有反对这种说法的声音，但成人一般会把儿童读物当成"平等文本"（peer-texts）来阅读。如果我们不是为了娱乐放松而阅读，我们就会注意到文本暗示的读者身份，但不会依从这种身份。这也解释了多萝西·帕克（Dorothy Parker）为什么不喜爱《小熊维尼的房子》（*The House at Pooh Corner*）的原因——她在自己的专栏"恒定的读者"（"The Constant Reader"）里对这本书所作的评论广为人知[①]——这或许也是儿童文学处于较低地位的原因。

所以，文本对读者是有指向性的，它的主题、语言、暗指的程度以及其他因素都明确地"决定"了读者的层次。（所以毫不奇怪，"小熊维尼"系列以及罗尔德·达尔的好几本作品在儿童和成人当中都很受欢迎，因为这些作品针对的读者既是成人，也是儿童。）要判断文本针对的是否是高级别读者相当容易，只要去看，如果没有一定的知识或经验，是否就无法恰当地"理解"文本。不过，即便文本所要求的经验非常有限，它也会对谁是文本的理想读者作出暗示，比如对事物作非常细致的解释，而有经验的读者并不需要这么详细的解释。这种情况一般发生在基础读物层面，也让我们思考儿童与文本本身之间的关系。比如，要理解帕特·哈钦斯（Pat Hutchins）的《母鸡萝

---

① Dorothy Parker, *The Penguin Dorothy Parker* (Penguin/Viking, New York, 1973), p. 437.

丝去散步》(*Rosie's Walk*)①或罗斯玛丽·韦尔斯(Rosemary Wells)的《斯坦利与罗达》(*Stanley and Rhoda*)②需要哪种程度的经验(见前文有关《彼得兔》的讨论)。

不过我们没有义务全盘接受文本所暗示的读者身份。在"平等文本"中,我们基本上会这么做,即根据文本暗示的"级别"作出选择。(文本是"难读的"还是"容易的"?)不过如果面对的是儿童读物,我们往往容易悖逆文本中的暗示。这也是为什么阅读的语境,即对于文本的态度、那些围绕文本的东西——姑且称之为"周边文本"(peritext),是非常重要的。在很多情况下,上面提到的第一种阅读方式会占据主导地位;也许和儿童的阅读方式比起来,这种方法能让人理解更深刻、体会更多,但它是恰当的阅读方法吗?

第二种成人阅读儿童读物的方式是——通常会发生在大多数成人读者身上——成人"代表"孩子进行阅读,出于个人或职业原因,对书中的内容加以推荐或进行审查。在这里,成人读者使用的判断标准很可能和文本暗示的读者身份有关系,并据此在理智上得出结论,正在接受审查的这本书是否适合这样的读者身份。在这里使用的标准可能是个人偏好(政治倾向、性别、话题性等),或是根据文本的用途(技能学习、社会教育、放松娱乐等)判断内容合适与否(从成人的角度出发),或者最简单的,根据语言的复杂程度。(正如我们所见,正是这些意识形态化的偏好或标准最频繁地显示了读者与出版商的盲目。)

比较少见的(但这种情况有增加的趋势)是成人在阅读儿童作品的时候心里想着"要和其他成人来讨论这一文本"。如果怀着这样分析的心态,这种阅读方式就会在阅读过程中占据主导地位,我们作为读者可能就不像在使用第一种方法时那样投入。这种方式我们可以称之为"超我"式的阅读,它对第一、第二种阅读方式(即成人读者把儿童读物当作"平等文本"的阅读

---

① Pat Hutchins, *Rosie's Walk* (Bodley Head, London, 1968).
② Rosemary Wells, *Stanley and Rhoda* (Kestrel, Harmondsworth, 1980).

方式,以及成人读者"代表"儿童对童书内容进行审查的阅读方式)进行调控,从而形成可以接受的交流沟通。

任何阅读了大量儿童读物的成人可能都会同意,最富有成效的阅读方式——同时,在那些不理解这种行为之意义的人眼里,也是最不被承认的阅读方式——就是接受文本所暗示的读者身份。因为这样一来,读者才能"根据文本本身的特性接受作品",这也是我们能够办到的最接近于孩子的阅读方式,但这和一个真正的孩子的阅读方式还是有很远的距离。

在这点上还有其他一些让情况变得更加复杂的微妙因素。比如你是以曾经身为孩童时的自己这一视角去阅读,还是以你现在的一颗童心来阅读?是将自我形象变成儿童,还是根据你孩童时代阅读的记忆和感觉?对于成年的、经历丰富的读者,要他们忘掉成人的经验去阅读儿童读物,这能做到什么程度?

研究表明(比如迈克尔·本顿等人的研究①),儿童在处理文本方面比人们普遍预期的还要能干;但即便如此,要完全复现儿童阅读文本的体验也是非常困难的。我们不能像一位评论家说的那样,"依靠对文本做出解释的权威群体"②,认为大多数读者面对相同的文本所得出的理解是大体一致的。毕竟,大部分的文本接受与读者反应理论都是基于同辈调查(peer investigation)得出的。③

如果我们想要界定我们的研究领域,那么我们必须承认,我们对这个领域中的文本的态度本身就是有问题的。我们常把作品的质量与作品的读者群体混为一谈,这使得儿童读物常常被归入"通俗文化"以及一般的

---

① Michael Benton et al., *Young Readers Responding to Poems* (Routledge, London, 1989).
② Stanley Fish, *Is There a Text in This Class? The Authority of Interpretive Communities* (Harvard University Press, Cambridge, Mass., 1980).
③ 亦见 Rhonda Bunbury, "Can Children Read for Inference?" in *The Power of Story* (Deakin University, Victoria, 1980), pp. 149-157; Michael Benton, "Children's Responses to Stories," *Children's Literature in Education*, 10, 2(1975), pp. 68-85。

"低级读物"当中。①

定义"文学"

"文学"这个概念是由既定的文化权威界定的,也因此大家下意识地接受了这种定义。而重新定义这个概念的好处是促使我们思考:究竟什么是文学、它是否应该受到挑战?既有的文学体制的特点之一就是不愿对"文学"下定义。马修·阿诺德(Matthew Arnold)在1880年的《诗学研究》(*The Study of Poetry*)中写道:

> 评论家花了很大的力气来确定哪些因素概而言之构成了"优秀"的诗歌。其实以具体的例子为基础来解释会更有成效……通过感受大师笔下的诗韵来领会什么是优秀的诗歌,比在评论家的文章里琢磨这个问题远远好得多……不过,如果让我们为这些特征、特点(优美、有价值、有力量)下一个抽象的定义,我们的回答势必是:不行!因为这么做非但不会对澄清这个问题有所帮助,反而会让它愈加扑朔迷离。②

这种回避的态度和后来利维斯的一些观点相似,它们都试图掩盖一个事实,即意义与价值的构成要素是什么,只是一种武断的、以权力为支撑的判断。克林斯·布鲁克斯(Cleanth Brooks)要求对这种判断做出一个理论的说明,人尽皆知的是,利维斯拒绝了,这既可视作一种回避,也是文学权威放出的烟幕弹,让人无法看清这个朴素明白的道理,那就是,如果一样东西

---

① 见 Zohar Shavit, *Poetics of Children's Literature* (University of Georgia Press, Athens, GA, 1986), pp. 33 – 42。
② 引自 Raman Selden (ed.), *The Theory of Criticism* (Longman, London, 1988), pp. 500 – 501。

是"好的",是因为我们,这群自视为权威的人,说它是好的。①

利维斯的文学批评名言——只有那些经受过特别培训的大脑才能走进"文学"——同样自动将所有的儿童读者和儿童读物挡在了"文学"的大门之外。和这个观点相似的还有亨利·詹姆斯(Henry James)在《小说的未来》(*The Future of the Novel*)一文中所做的断言:

> 儿童文学——出于方便姑且这么称呼——这个行当占据了文学领域很大的一角。即便算不上赚取了巨大的名声,这个行当也制造了巨大的财富……传统意义上的"优秀"品位和这个领域几乎没有关系:我们面对的是数以百万计的小读者,他们的品位是模糊的、混乱的,依靠的是最直接的直觉。②

霍华德·菲尔培林(Howard Felperin)在《超越解构》(*Beyond Deconstruction*)一书中猛烈地抨击了利维斯的观点,他将这种传统论点形容为"自我标榜的民主与偷偷摸摸的独裁主义的奇怪组合"③。当菲尔培林看到这种观点的实例时,他的感觉是:"这种批评模式虽说本意是鼓励民主、鼓励畅所欲言,但实际上已经僵化成了仪式化的行为以及精英特权阶层的故作姿态。"④对于很多人而言,这确实是反民主的"精英批评"的一个典型,而且它令人无法接受。

---

① 参见 F. R. Leavis, "Literary Criticism and Philosophy: A Reply," in *Scrutiny*, 6, 1 (June 1937), pp. 59 – 70。
② 引自 Felicity A. Hughes, "Children's Literature: Theory and Practice," *English Literary History*, 45 (1978), pp. 542 – 561; repr. in *Children's Literature: The Development of Criticism*, ed. Peter Hunt (Routledge, London, 1990), pp. 71 – 89, at p. 75。
③ Howard Felperin, *Beyond Deconstruction: The Uses and Abuses of Literary Theory* (Oxford University Press, London, 1985), p. 8.
④ Ibid., p. 9.

关于"文学"到底是什么这个问题，直到最近，和文学打交道最多的那些人仍旧没有意识到讨论它的必要性。杰里米·坦布林（Jeremy Tambling）就曾说：

> "文学"这一范畴其实没有任何实际的意义：没有什么写作的内容"应该"经受如此细致的研究，被当作种种"文化价值"或重要传统的载体……
>
> 说"我们知道文学是什么"，然后举几个大文豪的名字——莎士比亚、弥尔顿、华兹华斯——这种做法就是在绕圈子：我们知道文学是什么，因为我们有这些作家；而因为有了这些作家，我们便虚构出一种标准，以文学和这些作家的关系为基础去定义文学。①

这可以说是一种很激进的观点，也可以说是一种平淡无奇、了无新意的观点——或者根据我的判断，两者皆是。从我自身的经验来看，高等学府里的文学专业学生对于既定的、权威的价值抱有一种不依不饶的、在其他专业学生身上已经比较少见的抵抗态度，同时又并非不知变通，而是采取一种折衷的姿态——这些学生够机灵，知道人们期待他们就此给出何种回答（这多少算得上令人宽慰）。这不仅在教育上是众所周知的道理，在面对儿童读物的时候这种态度也同样重要。口语形态、儿童时期接触的亚文化（或反文化，或平行文化），这些都是理解文本的重要因素。

可见，"文学"本身是一个非常具有权威性的术语。让我们来总结一下它的意义。我们首先要弄清楚一点：文学在一般人的观念中是什么？文学在逻辑上或理论推断上可能是什么？这两者的区别在哪里？相较于其他文本，文学被认为"更高级"、"能指更密集"、"情绪更饱满或更富有张力"、"更

---

① Jeremy Tambling, *What is Literary Language?* (Open University Press, Milton Keynes, 1988), pp. 8-9.

特别",也"与日常生活更为疏离"等等;人们还认为文学是文化的"精髓"所在。这两种说法似乎说的是同样的意思,不过我们也看到了,这样的定义会让儿童读物作家多少处于一种"左右为难"的境地。因为人们普遍认为"文学"是"不适合"儿童的——不是因为儿童没有准备好去阅读文学,而是因为文学不是为一般的孩子创作的。

这种复杂矛盾的情况也在伊莱恩·莫斯对于散文体的新版《花衣魔笛手》(*The Pied Piper of Hamelin*)的猛烈批评中可见一斑。这版的故事被改得更加通俗,配上了一个"大团圆"结局(说谎的村长和其他政府官员被淹死了,孩子们回来了),故事里也完全没有提到瘸腿男孩。莫斯的批判在情感上很容易引起共鸣。不过她还有一个观点,认为"孩子们应该阅读大量的文学作品,在他们生命中的某些时刻,他们会重温这些作品,从而更好地理解它们;之前他们可能有一些模模糊糊的体会但还不能完全消化,而重温的过程可能让这种模糊的体会转化为透彻的理解"。[1] 这个观点的弦外之音是"某些"文本,而不是"某类"文本,具有某种优越性。

尽管如此,莫斯的论点还是给了我们重要的线索。在她的定义里,"文学"(和"非文学"相对)是你可以去重温,且每次重温都会带来更多收获的作品。即便我断定她的本意并非如此,这种论点仍然会留给人一种印象,即经典作品在本质上优于其他作品。"任何"会让你重温的作品都称得上拥有文学的品质。当然,这也带来了更多的问题,比如,如果是因为文本和读者个体之间的某些关联而让人重温,那这是否算是"文学"? 又或者,文学还有没有其他的特质? 这类问题都需要我们进行探究。

为方便计,可以把对文学的定义分成几个类别,比如根据特征定义、根据文化规则定义,以及根据文本用途进行定义。

对于很多读者来说,他们并不是很明白这些,其实我们做不到看一眼文本就判断它是否属于"文学作品"。因为对这种判断来说,重要的不是某类

---

[1] Elaine Moss, "Selling the Children Short," *Signal*, 48 (September 1985), p. 138.

文体特征，而是你附加于文本上的价值。当然，文学类文本的确有一些共同的、语言学上的特性，不过这些特性的作用其实只是保证文本传递的信息在语言上是"独立自足"的，不需要读者借助直接的人际互动的语境来理解文本。文学类文本还有一些独特的"标记"，比如在一般的文章里，传递信息的人和接收信息的人、讲话者和聆听者都会用第一人称和第三人称指代，在文学作品中却不一定如此。但不是一旦文本具备了这种语言特性，大家就把它视为"文学作品"；主导"文学"定义的还是文化特性。

认清楚这一点对儿童文学非常重要，因为人们一般会认为儿童读物有一种特定的、适合它的"文体"，比如标志性的用词和结构等，这种文体和"内容"一样，是儿童文学这种作品类型的鲜明特色。而且人们还往往认为这种文体具有很强的限制性，以至于儿童文学文本没有"文学性"可言。这样一来，如果构成文学表面特征的是与文化相关的判断，那么不管目前"儿童"在人们心目中的形象是什么，是正面的还是负面的，儿童读物都不可避免地被排除在这个文学价值体系之外。文化规则一般都不适用于这种"微末"(disregarded)的作品类型。

不过，如果文学一般不能靠表面特征进行定义，那我们能够以用途来定义它吗？我们阅读文学作品的方式和阅读非文学作品的方式是不一样的；我们会从文学文本中汲取特定的感受或共鸣。但面对儿童读物，有一个绕不开的事实，那就是儿童读物是成人写的，一定会有对文本的特意控制，一定会加上道德的判断。同时，儿童读物不是为了迎合或调整我们这些成人的观点，它们的目的是帮助儿童形成恰当的价值观。所以儿童阅读儿童读物的目的同时包含了文化学习和语言学习。这就意味着如果把"文学"定义为"非功能性"文本，那么也就把所有儿童文学都排除在了"文学"的范围之外，又或者这种按用途进行的定义也不适用于儿童文学。

我们还是要注意到，儿童文学唯一独特之处就是它的读者群——"儿童"，而人们又普遍认为儿童不具备美学欣赏的能力，所以儿童文学也自然不具备美学价值。从第二章所做的实验中我们已经看到了，以叙事手法为依据来进行文学判断是非常不可靠的;但还是来看一下 C. S. 路易斯的一段评论,人们普遍认为身为作家的他是站在孩子一边的。在《论故事》("Of Stories")一文中,他写道:

> 在谈论"故事"书的时候……几乎所有的人都认为这些书唯一的好处或目的就是给读者带来"兴奋"的感觉。"兴奋"在这里可以被认为是随着故事起伏在紧张与放松的心情之间交替。但我觉得事实并非如此。在有些故事书中,对于一些读者来说,还能感受到其他因素的作用……有些东西,只有受过特别教育的人能够从诗歌当中获得,想要把这些东西传递给大众,就需要用讲冒险故事的方法,而且几乎只有这一种方法……把书再看一遍的读者不是为了获得实际的"刺激"(这种刺激只有一次),而是为了获得某种理想化的惊奇……我们必须要了解……情节……其实只是一张网,作品通过这张网抓住更多别的东西。作品真正的主旨可能不在于情节,且情况通常如此,主旨不是一种过程,而是更接近于一种状态或特性。①

路易斯的潜台词值得人思考,他的用词透露出他对于读者的一种基本的不尊重。儿童被等同于"大众";叙事是"一张网",这张网网住了不经世事和没有能力的读者,把他们牢牢抓住。所以我们面对的观点是:儿童不仅必须要看一些"不同"的文本,而且还必须是"更低级"的文本。

而叙事在儿童读物中占据主导地位这一事实对提升儿童文学的地位也没有任何帮助。E. M. 福斯特(E. M. Forster)在《小说面面观》(*Aspects of*

---

① C. S. Lewis, "On Stories," in *Essays Presented to Charles Williams* (Oxford University Press, London, 1947); repr. in Meek et al., *Cool Web*, pp. 76 – 90, at pp. 78 – 89.

the Novel)中哀叹道:"是的,哦,真是的,小说就是讲故事。"①1949年勒内·韦勒克(René Wellek)和奥斯汀·沃伦(Austin Warren)评论说"与小说相关的文学理论和批评同有关诗歌的那些理论和批评相比,在数量上和质量上都要逊色很多"②,自此以后,将批评应用在其他类型的文本上才有了可能性,针对叙事的研究也迅速发展起来。但正如路易斯的潜台词所透露出来的意思一样,叙事本身并没有被认为是一种高级的模式。路易斯自己的儿童故事作品也表现出了这一点——这些故事的叙事技巧虽然纯熟,却只是一种工具而已。

这种理解看起来似乎是把人带入了泥潭,那我们就从逻辑、语言以及文化的角度来研究定义,看看从这些角度出发会得到怎样的结论。约翰·埃利斯(John Ellis)指出:"文学"这个词就好比"杂草"这个词,它的作用是组织起这个世界,而不是描述这个世界。③ 就好比不是植物本身的特性决定了它是杂草,而是它所生长的地方决定了它是杂草;同样,"文学文本之所以获得这样的定义不是因为某种形式或结构,而是和这个社会中使用这些语言的特定方式有关"。④ 这种使用方式决定了"文本和它诞生的直接环境没有特别的关系"。⑤ 也就是说,我们使用文本的时候关注的是它的美学性,而非实用性。所以,文本可以"变成"文学,也可以用另外的方式加以使用。比如日记和书信,这些文本变成文学就是因为有收信人以外的读者怀着不同的目的去阅读它们。当然,这一点在面对儿童读物的时候也会出现问题,因为儿童读物一般都有其实际目的,比如教育或社会性目的。

---

① E. M. Forster, *Aspects of the Novel* (1927; repr. Penguin, Harmondsworth, 1976), p. 40.
② René Wellek and Austin Warren, *Theory of Literature*, 3rd ed (Penguin, Harmondsworth, 1963), p. 212.
③ John M. Ellis, *The Theory of Literary Criticism: A Logical Analysis* (University of California Press, Berkeley, 1974), p. 41.
④ Ibid., p. 42.
⑤ Ibid., p. 44.

这个问题在"大众"文学领域也同样存在——大众文学，顾名思义就是能立即为读者带来愉悦感而使用（或消费）的书（比如悬疑小说、色情小说等）。带着这种目的使用这些书，它们（在逻辑上）就不是文学；但如果因为别的目的使用这些书，那就可能是文学——反之亦然。比如，笛福（D. Defoe）和雷蒙德·钱德勒（Raymond Chandler）的作品已经成为了"文学"，而《查泰莱夫人的情人》（*Lady Chatterley's Lover*）有时就被认为是色情小说。

儿童文学也有这个问题，而且因为我们没有办法确定孩子到底是怎么阅读的——是作为一种"文学"体验还是功能体验，所以问题更加复杂困难。任何文本都能用"文学"的方式阅读——我们不能说，因为有些人认为某一文本比别的文本好，所以它就是"文学"，这样就是绕圈子了——我们赋予文本的价值也是文化体系的一部分。

正如我们所见，在语言学家眼里，"文学"文本可能只构成了人类交流体系的一小部分，而且还是反常的、陈腐的一小部分。文学文本偏离了"正常"的语言，且这种偏离还被归纳成不同的模式。不管我们是否喜欢，这样的定义没有涉及价值判断，而仅仅是一种描述，这也避免了绕圈子定义现象，比如雷蒙·威廉斯（Raymond Williams）在《关键词》（*Keywords: A Vocabulary of Culture and Society*）中对文学的定义就使用了"优秀"、"可观"、"重要"等绕圈子的形容词。①

没有一种定义能够解释有些文本比其他文本更"优秀"这个基本的观点——这里的"优秀"是指文化意义上的优秀，而非效果上。所以我们需要考虑最显而易见、最合理的解释，那就是"文学"是拥有权力的少数群体认定的、给予优先地位的作品。而"权威"或"主流"的概念也是一个以阶级和社会为基础的概念。而且这种"权威"还受到大学等研究机构的影响，所以如果儿童文学想要获得这种特别的地位、跻身文学殿堂，它就必须成为这种权

---

① Raymond Williams, *Keywords: A Vocabulary of Culture and Society*, rev. ed (Fontana, London, 1988), pp. 183-188.

力结构的一部分,或者这种权力结构必须改变。

关于这种观点,特里·伊格尔顿(Terry Eagleton)在《文学理论》(*Literary Theory*)一书中做了强有力的总结。这里摘取最直指要害的一段:

> 文学理论家、评论家以及老师们与其说是制定规则的人,不如说是负责对某个体系进行监控的人……他们会挑选出特定的篇章,认为这些文本比其他文本更适合这个体系,这些文本就被称为了"文学"或"文学经典"……一些激烈地维护这个经典体系的人往往会想让人看到,这个体系在"非文学"文本上同样适用。这正是文学批评的尴尬之处——它把自己的研究对象定义为一个特别的东西:文学,但它本身是由一系列零散的话语技巧组成,这些话语技巧不仅仅适用于它的研究对象本身。如果你在某个派对上没别的事可做,你可以用文学批评的方法去分析这个派对……你会发现派对这个"文本"和任何权威认定的经典文本一样丰富;而用批评方法对派对进行解析的结果,就和探究莎士比亚作品所得的东西一样独特精巧……(文学批评)关注的对象是文学,因为将批评话语应用在文学上比用在其他文本上更有价值、回报更丰厚。而这种论断不利的一面就是它完全就是错误的……这种故意将其他对象排除在研究之外的做法,不是因为其他对象不能为这个体系所容,而是因为文学体制的专横武断的权威意见。①

所以我们没有理由不将儿童读物纳入受人推崇的经典系统中(成为其中的一个选项),或者不以同样的严格要求去研究它(和其他文学类型一

---

① Terry Eagleton, *Literary Theory: An Introduction* (Blackwell, Oxford, 1983), p. 202;亦见 the Introduction, pp. 1-16, and pp. 194ff。

样)。同样地,我们完全有理由创建一个新的、不同的、平行的话语体系来研究儿童文学。真正的问题只有一个,那就是"地位"的问题,也是权力的问题。

很多涉足儿童文学的人都注意到了一种倾向,那就是人们评价儿童文学时,"不仅将成人文学作为典范,还将成人的品位作为衡量的标准"[1]。另一方面,一些激进的学者会认为经典就是出于政治需要而诞生的不合时宜的东西,秉承着这种观点,他们仍然在写一些"重新解读"弥尔顿或重新讨论莎士比亚作品细节的书。

若将"文学语言"当成是定义文学的特征,也会遇到相同的情况。用"文学语言"去定义文学并不是一种(严格的)语言学上的定义:某种特定的韵文形式并不能产生诗歌。对于没什么兴趣的圈外人来说,"文学语言"通常指一种反常的、令人望而生畏的语言;而在文化圈内人士的眼里,"文学语言"是最靠近既定文化规则的语言形式。"文学语言"是与众不同的,因为它所属的话语系统是独特的、排外的。

这种情况导致人们将语言的一般特征(generic characteristics)与对语言的价值判断混淆起来;同样,人们在儿童文学领域也非常容易陷入这种混淆。针对这些定义方式,最常见的反对意见是:它们不免陷入个性化理解的沼泽,认为每一种判断都同样地"好"。

这种理解方式会带来几个问题。坚持某种特定的权威标准和某种特定的"文化"实际上意味着把某个群体、某种话语放在优先的位置,从而疏远了其他的群体和话语系统(就当下讨论的问题而言,疏远的对象就是儿童文学)。因此,这也反过来削弱了既定的文化规则。另一种观点则是,我们无可避免地身处混乱的沼泽,唯一的例外就是当不着边际的个人理解和偏好恰好与某一群体的理解和偏好吻合时。

怀疑论者可能会说,这种自由的个人化理解会导致很多损失。首

---

[1] Leeson, *Reading and Righting: The Past, Present, and Future of Books for the Young* (Collins, London, 1985), p. 144.

先,就那些对教育、艺术与文化怀有热切兴趣的人而言,他们会遭受金钱上的损失;其次,我们失去的是不用为自己思考、让别人代替我们思考的"特权"。

要反驳多米尼克·希伯德的论点(针对 K. M. 佩顿的"弗兰巴兹庄园三部曲"),我们需要做的是找到一致认可的严密的方法,而不是给出一个概念以便我们去找事先决定好的答案。对于儿童文学来说,这就意味着我们有对它进行研究的自由,并且以明确的、理智的方法使这种研究为我们使用儿童文学的人所用——随之剥去它的封闭性,让其他使用者都能接受这种研究。这样非但不会引起混乱和困惑,这种"为我所用"还能够让儿童文学的使用者清楚地看到,他们眼中认为"美好"的东西是否会让自己倾向于某种政治性或社会性的说教。

儿童文学的定义还有另外一个层面的问题。我们可能都会同意,在文学上,一般是由主流文化决定什么是"好"、什么是"不好",而我们都有权利——或至少应该有权利——选择同意或不同意,选择是否加入某个特定趣味的团体;而在儿童文学上,艺术的"非功能性"(正如奥斯卡·王尔德所言"一切艺术都无用",故称之为艺术)并不适用。儿童读物的定义中,抽象的"好"和实用性的"对……好"同样重要,而且根据定义,无用之物对儿童并没有好处。对这个问题彼得·迪金森(Peter Dickinson)在较早的一篇颇具影响力的文章《对无用的辩护》("In Defense of Rubbish")中有很好的论述。迪金森将"无用之物"定义为"所有在成人眼里没有明显美学价值或教育价值的任何形式的阅读材料"。[1] 在迪金森看来,很多不被认可的文本也有其社会意义,他总结道:"或许这些材料并不是毫无用处。成人的眼光不一定是辨别各种价值最完美的工具。"[2]

---

[1] Peter Dickinson, "In Defense of Rubbish," repr. in *Writers, Critics, and Children*, ed. Geoff Fox et al. (Agathon Press, New York; Heinemann Educational, London, 1976), p. 74.

[2] Ibid., pp. 75 - 76.

从某种意义上来说,是我们的选择成就了文学,这也从根本上表明儿童"文学"也是一个不可回避的概念,且这种文学类型和其他类型并不相关,尽管中间可能有重叠之处。这样一个"体系",用佐哈尔·沙维特(Zohar Shavit)的话来说,它的地位比较低是不可避免的,但这种地位很大程度上和社会看待儿童与童年的态度相关。①

文学是一个价值术语;而将儿童文学与其他类型的文学区别开来(为了管理方便)的唯一特征即是它的读者。所以,如果要进入儿童文学领域,我们需要弄清楚"文学"之外的另一半名词的定义。什么是"儿童"?

定义儿童

对于这个问题,不管在当下还是从历史上来看,答案都和文化密切相关。尼古拉斯·塔克在《什么是儿童》(What is a Child?)②一书中总结了"儿童"的各种特征,这些特征既跨越文化又随着历史而变化,包括游戏的天性、对主流文化的接受倾向、生理上的限制(人们普遍认为儿童更为弱小)、未达到性成熟(意味着有些概念在现阶段与他们不相关)等。儿童很容易对成人产生情感上的依赖,他们没有抽象思维的能力,注意力集中的时间也比成人短,而且很容易受当下感觉的支配。这也意味着他们比成人更有弹性(成人的世界观基本上已经成型),这些特点也反过来给儿童文学作家带来很多影响。目前,有大量证据表明儿童的认知能力基本上会遵循同样的顺序发展,虽然对这些"发展阶段"到底能够精确划分到怎样的程度还有很多争议。

塔克自己在《儿童与书》(The Children and the Book)中采用了儿童心理学先驱让·皮亚杰(Jean Piaget)的儿童思维发展阶段理论,并将这些阶

---

① Zohar Shavit, *Poetics of Children's Literature*, passim.
② Nicholas Tucker, *What is a Child?* (Fontana/Open Books, London, 1977).

段和文本做了类比。① 该书显示了对儿童特征进行"归纳"的困难性,因为儿童个体的情况和"标准"之间会存在很大的差异。不过,如果我们针对这些共性的特征做些更为一般化的、抽象的思考还是会有帮助的。(在下一章我们会探索儿童读者与成人读者之间有哪些具体的差异。)

大致上我们可以说,在不同的阶段,儿童对于死亡、恐惧、性、立场、自我、因果关系等会持有不同的态度。他们会对更激进的想法以及理解文本的多种方式持更加开放的态度,看待文本的角度也更为灵活;而且因为游戏是儿童天性中的一部分,他们也会将语言当成另一个进行游戏与探索的领域。正因为儿童没有受到那么多既定规则的束缚,从这个意义上说,他们在阅读时会看得更透彻。

缺陷在于——至少在成人眼里是缺陷——儿童对于语言和书本结构缺乏足够的了解,而且常常容易混淆事实与想象、理想与实际的界线。而且孩子容易不自觉地以为一切事物都是有生命的,因为儿童还不像成人那样控制较为自如,容易将属人的特性赋予无生命的物体。

事实上,我们可以认为儿童属于另一种截然不同的文化——或许可以称之为"反文化"或"对立文化"。当然,诚如黛安娜·凯莉-伯恩所说,成人和儿童之间的关系非常之复杂。② 所有这些特点都决定了成人在面对儿童文学文本的时候会感到别扭与不舒服。儿童在某种意义上属于"口头"文化体系,正如我们所见,这也意味着他们会有不同的思维方式,对故事形态

---

① Nicholas Tucker, *The Child and the Book* (Cambridge University Press, Cambridge, 1981); Jean Piaget, *The Child's Conception of the World* (Routledge and Kegan Paul, London, 1929).
② 参见 Diana Kelly-Byrne, "Continuity and Discontinuity in Play Conditioning: the Adult-Child Connection," in *The Masks of Play*, ed. Brian Sutton-Smith and Diana Kelly-Byrne (Leisure Press, West Point, NY, 1984); idem, "The 1984 Conference of the Children's Literature Association: A Participant's Response," *Children's Literature Association Quarterly*, 9,4 (1984-5), pp. 195-198; R. and S. Scollon, *Narrative Literacy and Inter-ethnic Communication* (Ablex, Norwood, NJ, 1981); Marilyn Cochran-Smith, *The Making of a Reader* (Ablex, Norwood, NJ, 1984)。

(story shape)也有不同的理解。

对于儿童讲故事与理解故事形态的研究也得出了相似的结论。① 在面对那些"合适"的故事类型时,即使故事结构并非有意设计成不同的形式,读者对这些结构的理解也会不同。儿童可能更容易受到基于民间故事的、和概念性无关的东西的吸引,这样一来,用托尔金(J. R. R. Tolkien)的话来说,就将童话故事(fairy tales)降级到"幼儿读物"这一类别了。

> 事实上,将儿童与童话故事联系在一起只是本国历史上的一个偶然。童话故事在这个文化素养很高的现代社会被降级成"幼儿读物",就好像破旧的、老式的家具只能放到儿童游戏室里一样,主要原因就是成人不想再要了,不介意它们是否消失了,并不是儿童自己做的决定。儿童作为一个阶层来说——这个阶层唯一的共性就是缺乏经验——和成人相比并不更喜欢童话故事一点,对童话故事的理解也并不比成人更深一点。②

因为以上这些原因,对儿童文学的形式与内容作出"误读"或"错误搭配"(参照成人的标准)都是不可避免的;所以"关于儿童的文学"和"为儿童创作的文学"可能也不是一回事。简单来说,儿童——作为还未成熟的读者,与文本之间的关系非常复杂,这种关系对于我们讨论、教授以及选择儿童文学材料都有重要意义。

所有这些都迫使成人社会或建立或允许对于"童年"的新定义——从社会意义上来说,"童年"可以定义为"缺乏责任的时期",或简单地说是"未发展成熟的时期"。(所以,成人在阅读的时候也可能"退化"到"孩子一样"的

---

① 参见 Arthur N. Applebee, *The Child's Concept of Story: Ages two to seventeen* (University of Chicago Press, Chicago, 1978)。
② J. R. R. Tolkien, *Tree and Leaf* (Allen and Unwin, London, 1970), p. 34.

状态。)

从历史的角度看,童年这个概念非常复杂,相关的文献记载也不充足。过去,有些关于童年的看法非常极端,比如浪漫主义认为儿童是"高尚的野蛮人",是最接近上帝的生物,也有观念认为儿童"性本恶",一出生就带有原罪。在婴儿死亡率非常高的年代,在当时穷困与贫瘠为常态的社会结构(也就是18世纪之前的近代早期)中,要想把童年看作是需要保护的、发展的阶段是不可能的。而中世纪时期,根本就没有童年这个概念;到了伊丽莎白时期,人们并不认为儿童就应该有不同的需求。直到随着工业革命诞生的中产阶级崛起后,人们才认可儿童和成人之间的差异,形成了"童年"这个概念。

从本质而言,童年是以"严肃程度"来定义的,所以才有了"孩子气"这个概念。在考察儿童文学历史的时候可以发现,正是童年"类型"的差异——即对"童年"的定义有较大的差异,导致针对不同"童年"的儿童读物,或者说以不同的"童年"定义为出发点的儿童读物也有相当大的差别。针对工薪阶层家庭儿童的读物,比起更受保护的中产阶级家庭儿童的读物,其权威感和严厉程度都要大得多;它们看起来的确一点也不像给孩子看的书。不过,因为这些孩子所经历的生活可能并不是我们所想象的"童年",所以也不足为奇。

于是,童年的定义,即便是在一个狭小的、明显同质化严重的文化体系里也会发生变化,正如历史上对于童年的理解也会不断变化。布赖恩·奥尔德森评论罗伯特·利森(Robert Lesson)的分析时说:"想要将儿童阅读的社会学意义归纳成一篇一百多页的历史研究报告,得出的结果只能是极其粗糙的。"[①]不过,做一些粗略的总结也有利于提醒读者不要走入过分简

[①] Brian Alderson, "Lone Voices in the Crowd: The Limits of Multicultrualism," in *Cross Culturalism in Children's Literature*, ed. Susan R. Gannon and Ruth Anne Thompson (Pace University, Pleasantville, NY, 1988), p. 8.

化的误区。比如,如果有人想要在某个时刻试着描述"童年",就会面临一系列难题。在 20 世纪 90 年代初期的英国,"童年"是什么?总的来说,成人和儿童之间有一道界线;这就是说,原则上儿童被认为是另一类人,人们保护他们不受成人世界事物的影响,并在和成人不同的地方"工作"。从另一方面来说,这条约束人的形式化的边界现在也有松动的迹象。无孔不入的媒体输入意味着儿童不再像过去那样与很多禁忌的东西隔绝——或许电视给人的仅仅是图像而不是感觉?还有,儿童的服装也变得和大人的越来越像,时尚童装使得孩子成为了大人的影子。如今流行音乐也将儿童作为它们受众的一部分加以迎合。儿童和成人的食物也变得越来越像。不过,目前出于商业目的,人们仍然希望维持某些"童年"特性,即使在英国商场仍然可以合法地出售玩具武器。儿童还受到特别的法律保护,并且,随着技术流程的不断完备,从平均水平来看,这种"不必负责"的童年期还延长了。

总而言之,现在看来(曾经也一样)童年不是一个恒定的概念;随意用它来定义的文学类型也不可能是一个恒定的实体。因此,我们必须非常小心,不要把某个时刻某个小孩看一本书的情况等同于这本书刚创作出来时的情况,从而做出错误的搭配。

这样的话,皮耶尔·马舍雷(Pierre Machery)在《文学生产理论》(*A Theory of Literary Production*)一书中的观点要好好做一番修正,因为对于童年的定义会从根本上改变文本,而且童年这个概念比起"成年"要不稳定得多。马舍雷写道:"事实上,一本书的交流条件在这本书创作出来的时候也随之诞生了,至少那些比较重要的条件已经形成了……因为如果不是这样,书就不是因为一些难以说明的冲动与灵感创作而成,而是变成了读者的创作,书的价值也就成了仅仅给人提供一种虚幻的假象。"[①]

当然,对于儿童读物来说,这一点说得特别对。文本改编、童话新编、对

---

① Pierre Machery, *A Theory of Literary Production* (Routledge and Kegan Paul, London, 1978), p.70.

毕翠克丝·波特的作品进行改写或重新配图,这些例子都显示了书本文化对于童年的定义,并且这种定义有可能开拓一片新天地,也有可能带来毁灭性的灾难。

于是,摆在我们面前的是两个既开放又多变的概念:"儿童"与"文学"。

定义"儿童文学"

那么,我们如何来定义"儿童文学"呢?正如保罗·海因斯(Paul Heins)曾非常实际地指出的:"可能从长远的角度看,我们应该要弄清楚两种不同的评价儿童读物的方法:第一种批评方法,其对象是这样一些书,使用这些书和研究这些书的是不同类型的人群;第二种是儿童文学的文学批评。"[1]我会将这种有关儿童读物的观点扩展到书本身。世上有"活"的书和"死"的书,所谓"死书"就是和其主要读者不再有关系的书(就是除了历史学家以外,和其他人都不再有关系)。矛盾的是,虽然有很多书向儿童读物的方向"降落",却还有很多向着成人读物的方向"上升"。根据定义,儿童读物应该是直接的、当下的,因而很容易就变成过眼云烟,也很容易受当下文化的影响,与之产生共鸣。在这样的背景下,这类书之后通常很难跻身"高雅文化"。

所以,我们是根据我们的目的来对儿童文学进行定义的——毕竟所有的定义都遵循了这条规律:它们根据我们的需要对这个世界进行分类。令人困惑的是,儿童文学可以很合情合理地被定义为:由一个目前被定义为"儿童"的群体(或这个群体的部分成员)阅读的、特别适合这一群体成员的、能够为这些成员带来满足感的书。不过,令人困扰的是,这样一个泛泛的定义并不是很实用,因为如果这么定义,那儿童文学显然包括了儿童阅读过的

---

[1] 引自 Selma G. Lanes, *Down the Rabbit Hole* (Athenaeum, New York, 1971), p. 152。

所有文本。

我想,我们中的大部分人还是倾向于认为真正的儿童读物本质上应该是属于当代的;可以被称为"活的"而留存下来的儿童读物非常有限。而这些本应"短命"(ephemeral)的书,因为儿童对此不甚敏感,再加上成人的商业目的,竟然都有很长的"书架生命"。既然像《布道格·德拉蒙德》(*Bulldog Drummond*)或《圣人》(*The Saint*)这样的书都被认为是"旧时代作品",那么大部分读者完全没有理由认为布莱顿的《著名五人帮》(*Famous Five*)这一带有鲜明的阶级色彩与时代烙印的作品是历史性的作品。除了少数几个明显的特例以外——比如《金银岛》(*Treasure Island*)等,其他任何儿童读物都不是无可替代的经典。这一现象并非像有些人想的那样,是因为儿童文学作品缺乏"传统"("old-fashioned")的实用文学价值,而是因为"童年"的定义变化太过迅速。那些不再适用于"童年"的书,因为当前的图书馆和孩子对它们不再感兴趣,不得不坠入一个"中间地带",成为目录学家的收藏。

所以,虽然我预料到会引起争议,但我个人在对儿童读物进行实际研究的时候还是会把一些作品排除在外,比如公元前2112年苏美尔人写的东西①,或是弥尔顿的《酒神的假面舞会》(*Comus*,主角和两个重要的配角都是由儿童扮演的并且在作品中即为儿童角色)②,还有夸美纽斯(J. A. Comenius)的《图画中见到的世界》(*Orbis sensualium pictus*,1685),甚至是杰弗里·乔叟(Geoffrey Chaucer)的《星盘的故事》(*Story of the Astrolabe*)——这本书无疑是一本儿童读物,因为它直接是为一个特定的孩子写的。因为这些作品的目标读者和如今的读者有太大的差异,所以它们现在剩下的只是文物研究的价值。

---

① Gillian Adams, "The First Children's Literature? The Case for Sumer," *Children's Literature*, 14(1986), p. 1.
② Lee A. Jacobus, "Milton's *Comus* as Children's Literature," *Children's Literature*, 2 (1973), p. 67.

我们必须把过去的儿童读物放在一个单独的类别里——"过去的儿童读物"是指只能在某些"工具"的帮助下给大部分识字的当代儿童阅读的作品。我很确信,如果对如今大学里教的东西做一个调查,结果会显示一个很明显的趋势就是当代小说占的比重越来越大。而在儿童文学方面,事实就是,正是因为这些历史上的限制——社会、教育、道德方面的限制,以及维多利亚时代对于儿童的"保护和控制"的信条——直到 20 世纪,那些最有名望的学者才对儿童文学这一领域产生了兴趣。但我们回过头去审视过去的儿童文学作品的时候(虽然没有办法重新回到那个时代),必须要秉承一个修正过的观点,那就是我们是在从事真正意义上的学术研究。

总的来说,对于儿童文学的定义一定要包括:明确地为童年时期(符合当前定义的童年)的儿童(符合当前定义的儿童)所创作的文本。因为 18 世纪以前对于儿童文学几乎没有文学意义上的研究,所以我们的研究也不会包含任何 1744 年之前的作品。即使是在 1744 年,当年由约翰·纽伯瑞社(John Newbery)出版的《美丽小书》(*A Little Pretty Pocket-Book*)——此书被普遍视为"第一本现代儿童读物"——也被排除在"文学"之外,因为它"是一部劣作……作者是个非常平庸,只想着赚一笔,又头脑简单的人,这本书这么长时间以来深受欢迎简直让人不可理解"①。

成人可能会对儿童文学的历史感兴趣,但孩子却不感兴趣,这种分歧是问题所在。孩子选择的儿童读物大体上也有同样的问题。我说"大体上"是因为,正如我们所见,要说《霍比特人》(*The Hobbit*)和《指环王》(*The Lord of the Rings*)的差别,更多的是理论上的差别而不是实际应用上的。② 所以,像杰弗里斯的作品《毕维斯》(*Bevis*)虽说作为儿童文学文本拥有更为巨大的影响力,但它也可看作是为成人创作的。

---

① Geoffrey Summerfield, *Fantasy and Reason: Children's Literature in the Eighteenth Century* (Methuen, London, 1984), p. 86.
② J. R. R. Tolkien, *The Hobbit* (Allen and Unwin, London, 1937); idem, *The Lord of the Rings* (Allen and Unwin, London, 1954 – 1955).

这样,我们就来到了语用学领域。约翰·罗·汤森是思维最清晰的当代评论家之一,他就曾写道:

> 儿童是人类的组成部分,儿童读物是文学的组成部分,任何将儿童和儿童图书圈在一个特殊的小角落里的"界线"都是虚假的……眼下,对儿童读物唯一贴合实际的定义就是——虽说听起来很荒谬——一本在出版商出版清单中出现在"儿童"一栏的书。①

任何想要通过作品特征对作品进行定义的做法或许是准确的,但实际上这种做法只描述了文本最普通、最没有意思的部分。迈尔斯·麦克道尔(Myles McDowell)的定义在这个层面上就显得很有价值:

> 儿童读物通常篇幅都比较短;作品比较喜欢引导读者以一种主动的方式去阅读,而不是被动地接受;喜欢依靠对话和事件而不是描述和思考;主人公角色一定是孩子;大量运用传统的表达手法,故事的发展受到鲜明的道德观念的约束,而这一点在成人小说中是不存在的;儿童读物大多都是积极的,而不会让人感到压抑;语言也是面向儿童的;情节按照一定的顺序安排,几乎没有例外;人们可以一直滔滔不绝地谈论魔法、幻想、单纯与冒险。②

把儿童文学的归类问题视为徒劳而丢在一边,可能在理论上没有问题,比如伊莎贝尔·简在《论儿童文学》(*On Children's Literature*)一书里就是

---

① John Rowe Townsend, *A Sense of Story* (Longman, London, 1971), p. 9.
② Myles McDowell, "Fiction for Children and Adults: Some Essential Differences," *Children's Literature in Education*, 10 (March 1973); repr, in *Writers, Critics, and Children*, ed. Fox et al., pp. 141-142.

这么做的,但这么做在实际应用上没有任何益处。① 也许我们可以说儿童文学越来越倾向于"自己定义自己"。尼尔·菲利普在谈论儿童与民间故事之间的关系时说道:

> 写作在表达某一种明确的意思的时候可以很精细……但写作在一个更有力的层面,在反映人类复杂而模糊的思想上也同样可以很精细。写作是一种暗示,而非陈述定论。作家在这条道路上走得越远,结果就越接近吟游诗人或说书人……老师和图书研究人员反复告诉我,孩子们不会去看(这样的)作家的作品,他就是威廉·梅恩。我说,如果儿童不读梅恩,不是梅恩的问题。孩子们不读他的作品不是因为作品不可读,而是因为老师教孩子们阅读的方法将这样的作家排除在外。②

定义儿童文学就好像是圈出一块领地,的确如此。但如果要让儿童文学变得可以管理、可以研究,我们在这个范围内要做的恰恰是取消某些限制。尽管对于童年(childhood)的定义有很多变化,儿童读物却可以从隐含读者(implied reader)的角度进行定义:这本书是否完全是站在儿童的角度创作的? 是否是为了认知发展过程中的儿童创作的? 还是超出了儿童适合的范围? (沙维特认为很多儿童读物都属于最后一类,这和这些作品的创作过程有关。③)至于之后是否赋予文本价值还要根据文本的使用情况而定。

最后,我们还要考虑的一点就是大众的态度。大多数人仍然相信,赋予文学崇高的地位、让人们认为它在某种程度上具有"更高的权威",这一点在

---

① Isabelle Jan, *On Children's Literature*, pp. 142 – 143.
② Neil Philip, "Children's literature and the oral tradition", in *Further Approaches to Research in Children's Literature*, ed. Peter Hunt (University of Wales, Cardiff, 1982), p. 20.
③ Shavit, *Poetics of Children's Literature*, pp. 63 – 69.

文化层面上还是有必要的——对于我们自己来说，这种传统的需求也是必要的。

所以，以上这一切都决定了本书必须面对的是一个有缺陷的环境：伟大的作品，比如《毕维斯》等，不是为儿童而创作的——不管是内在还是外在证据都表明了这一点；有些书的地位矛盾、富有争议，比如《小熊维尼的房子》①；存在为不同等级的"儿童"读者而设计的书，比如安东尼·布朗（Anthony Browne）的《小熊奇兵》（*Bear Goes to Town*）以及《在公园里散步》（*A Walk in the Park*）②等；还有专门为儿童创作的书，比如约翰·伯宁汉（John Burningham）的《爷爷》（*Grandpa*）③、刘易斯·卡罗尔的《爱丽丝漫游奇境》（*Alice in Wonderland*），以及罗素·霍本和昆廷·布莱克（Quentin Blake）的《汤姆怎样打败那约克队长和他的雇佣运动员》（*How Tom Beat Captain Najork and His Hired Sportsmen*）④等。本书的目的是进行鉴别判断，而不是对如何使用这些作品进行指导。

---

① A. A. Milne, *Winnie-the-Pooh* (Methuen, London, 1926).
② Anthony Browne, *Bear Goes to Town* (Hamish Hamilton, London, 1982); idem, *A Walk in the Park* (Hamish Hamilton, London, 1977).
③ John Burningham, *Grandpa* (Cape, London, 1984).
④ Russell Hoban and Quentin Blake, *How Tom Beat Captain Najork and His Hired Sportsmen* (Cape, London, 1974).

第四章　走近文本

> 如果我们不承认自己对于儿童理解故事的方式存在某些困惑,那肯定在说谎……我们对于很多显而易见的阅读障碍都知之甚少——儿童如何理解叙事时间顺序,以及民谣或叙事诗复杂的结构?他们遵循哪些线索来构成一个故事?
>
> ——玛格丽特·米克等《冷网》(*The Cool Web*)

> 因为理解跟零的测量一样,是无法绝对准确的,所以到最后,只有一个人能够断言某个个体是否理解了某事,那就是当事人本身。
>
> ——弗兰克·史密斯《阅读》(*Reading*)

这本书写到现在,我希望大家都认识到,研究语言的复杂构成不是只要拥有了阅读、说话的能力就能够胜任的;就好比,并非任何懂得如何跑步和击球的人就必然是,或通常是壁球、网球或板球好手。不管我们从事什么,技巧都是有用的。

不过这里的最大问题是,理解在发生的时候是一瞬间的事;关于意义是如何得出的,永远难以有一个精确的描述,所以任何试图研究这个问题的手段都会看起来无比拙劣。不过从另一个方面来看,至少对我来说,这项工作又显得趣味无穷。我们首先观察的是文本的特征,有些特征毫无疑问就在那里,有些则本身非常复杂;然后我们观察的是个人对文本做出的反应,这些反应林林总总,各不相同。这两者都受到芭芭拉·哈迪(Barbara Hardy)

所说的"思想的主要活动"(进行虚构)①,以及 D. W. 哈丁(D. W. Harding)所说的"与作者进行某种社会交流"②的调节和影响。而后者就是叙事或诗歌的作用(它可能被理解、误解或拒绝)。

首先,意义是由读者和作品共同产生的。虽说看起来意义只是单纯地存在于书里,读者通过阅读从书中领会意义,但这种观点一方面在理论上不可能,另一方面从实际情况来说也不准确。乔纳森·卡勒(Jonathan Culler)评论道:

> 虽然"意义"(meaning)看起来似乎是文本的一个属性(一段文本必须"有"意义),所以人们会试图从读者的理解当中辨认出一种"本然"的、内在的意义(即使可能无法捕捉),但"意涵"(sense)将文本的特性和读者对它的阅读方式联系起来。一段文本可以有意涵、讲得通(make sense),读者可以理解、弄懂(make sense of)一段文本的意涵……这一点表明了如果要研究文本的文学价值,我们必须对"释义阅读"进行分析。③

"文字"与"意义"是两个非常复杂的概念。我们必须对功能性语言和文学性语言进行甄别。好的功能性文本(比如说明书,或批评类的书)会把出现歧义的可能性降到最低;在理想的情况下,想法转化为文字再转化为行动。不过即使是在阅读说明书的时候,我们也必须注意它的语调。刘易斯·卡罗尔1896年在评论《斯纳克之猎》(*The Hunting of the Snark*)的时

---

① Barbara Hardy, "Towards a Poetics of Fiction: An Approach Through Narrative," in *The Cool Web: The Pattern of Children's Reading* (Bodley Head London, 1977), ed. Margaret Meek et al. p. 12.
② D. W. Harding, "Psychological Processes in the Reading of Fiction," in ibid., p. 72.
③ Jonathan Culler, *The Pursuit of Signs* (Routledge and Kegan Paul, London, 1981), p. 50. 亦见 Mary Louise Pratt, *Towards a Speech Act Theory of Literary Discourse* (Indiana University Press, Bloomington, 1977)。

候说:"'斯纳克'的意义? 我恐怕不得不非常抱歉地告诉大家:这个词什么意思都没有!不过,你也知道,当我们使用文字,比起我们希望用文字来传达的意思,文字本身会呈现出更多的意思:所以比起作者原本想要表达的东西,一整本书给读者的东西要多得多。"①

在"文学"语言中,即小说与诗歌的语言中,读者在阅读时需要费一些工夫来想象一些画面,进而做出理解。劳伦斯·斯特恩(Laurence Sterne)在一本解释书怎样起作用的指导书籍——《项狄传》(Tristram Shandy)——中这样做了总结:"就像没有人会在和一群聪明人一起的时候把所有话题抢过来,也没有作者……会自作主张地把一切都想得面面俱到。作者对读者的理解所给予的最大尊重莫过于不要把话说得太满,留下一些空间让自己、也让读者去想象。"②文学意义通常是抒情性的、印象式的,既包括内涵也包括外延;所以读者的身份、身处的地点、阅读的时间和原因、对作品的了解程度、已经阅读了的内容、想要阅读的内容以及读者自身的理解能力等等,所有这些和其他的因素都会对意义产生影响。

更具体的策略

首先,我们来看读者这一维。先研究一下这个问题,那就是对于还处在发展阶段的读者,面对一段不是专为儿童创作的文本,他们到底能够理解多少。然后我们再来研究他们面对儿童读物时的情况。不过在阅读文本之前,我们要先问一下,它到底是什么? 它告诉了我们什么? 它有哪些特征? 它的附文本、角色、精神气质是怎样的? 我们对一本书的感觉里有很大一部分属于"残留"感觉(至少是意义的一部分或意义的一种),那就是我们记忆中孩童时期的

---

① 引自 Lewis Carroll, *The Annotated Snark*, ed. Martin Gardner, rev. edn (Penguin, Harmondsworth, 1973), p. 22。
② Laurence Sterne, *Tristram Shandy* (1759–1767), vol. 2, ch. 11.

阅读体验(同时也有成人时期的阅读体验);即使是再小的孩子,甚至也会记得书本的味道。对于"儿童时代你最喜欢的书是什么"这样的问题,答案很可能就是"是一本蓝色的书"。如果文学是一种整体的体验,我们就不能忽略这些感官感受。

接下来就是阅读环境。这本书是什么时候看的?为什么在这个时候看?我自己想起《指环王》第三部的时候,一定会想起从美国乘夜航班机回国的艰苦旅程——这种联系非常个人化,看起来似乎与意义没有什么关系。还有就是,我为什么要看这本书?即使是相对来说非常缺乏技巧的读者,在潜意识里都是懂得如何进行分析的;在多大程度上,把分析这项工作变成有意识的行为,其效果大不相同。在课堂上看书和躲在床单下看书是两种完全不同的体验。不过除了课堂/真实生活这两种情况以外,各种阅读环境变量、各种巨人而无形的差异让我们没有办法再说得更多,只能说:不管阅读环境是什么,都必须要考虑这一因素。然后我们才能深入书本内部进行探究。

大部分评论家的第一反应都是告诉我们这本书是关于什么的;但其实这仅仅是从评论家的角度出发得出的结论,对我没有什么很大的用处,尤其如果我属于另一种不同的文化,这种"无用性"就更为明显。所以我建议把书本的内容放到最后来讨论,还是先来看看文本是怎样对意义进行"加密",而我们又可以利用哪些工具来对意义进行"解密"。

我们在阅读文本的时候最先碰到的就是其肌理结构,即文本的表面。有时候我们也把它称为"句法层",就是作者所选择的"如何"表达意义的方式,而不是表达"何种"特定的意义。这种说法似乎很容易一下子把我们引到一条错误的理解道路上,认为形式可以独立于内容而存在。尽管如此,你还是可以从文本的表面看到很多东西:这本书是新颖还是老套、作者的态度是什么等。我们所做的非常多的决定,仅仅或单纯是对作者所选用的语言做出的回应。这就是"文体学"的范畴了,即对文本的特征做出客观的分析。

不过,当然了,语言究竟是意义的载体、是意义的镜子还是囚笼,这要看读者的品位了;可以说语言是"真正"意义的"变体",或语言"生成"了"真正"的意义,语言是事物的结构,而语言本身或许只是真正的深层意义的一种形式(C. S. 路易斯曾这样指出)。这其实就是"这本书是讲什么的"和"这本书真正在讲什么"之间的差别。《母鸡萝丝去散步》讲的是一只母鸡在农场周围散步的故事,但作品真正想表达的是安全问题,是缺乏沟通,是孩子比成人更好,还是生与死的问题? 把这些选项(或其他选项)中的哪几样放在更"深刻"的层面,这是个人/文化选择的问题,但将语言视为最突出的层面还是很有帮助的。

文本的表层之下,接着就是情节、叙事、故事形态,这一层可以利用叙事理论进行辨别。就是说,对我们而言真正重要的不是故事里的人物或"创造出来"的角色,而是这些人物之间的关系以及行为。行动、反应、行为模式,这些比起特定的细节更加具有普遍性和重要性。这一点很容易就能看出来。比如,如果问你某本书"讲的是什么",你肯定不会一个字一个字地复述书里的内容。你可能把故事重新讲一遍(就是说,用你自己的叙事方法,把作者讲过的故事再讲一遍),不过你很可能会进行一些精简。你怎样进行缩减的、你认为什么是重要的,这些就可以勾勒出这个故事的结构。这个过程使我们和民间故事、童话以及其他类似形式的文本联系起来,让我们看到更深层的心理模式,也看到文本背后政治倾向以及人物角色而非象征在文本的这一层次中所处的位置。

迈克尔·斯塔布斯(Michael Stubbs)设计了一个非常有意思的游戏,就是要求用 60 个字对一本书进行总结,然后再用 25 个字进行总结。[①] 用的字越少,就越迫使我们进行抽象思考——某本书到底真正讲的是什么?《柳林风声》(*The Wind in the Willows*)是一出喜剧吗? 乍一看它是一本教育小说(Bildungsroman),只有在更高(抑或是更低的)层面上才是一本有关"拟人论"(anthropomorphism)的作品? 故事最深层的意思是要反映男性的恐

---

① Michael Stubbs,"Stir until the Plot Thickens," in *Literary Text and Language Study*, ed. Ronald Carter and Deirdre Burton (Arnold, London, 1982).

惧，只是文本表面上看起来是一曲乡村田园牧歌？

这些结构模式和更深层的文化层面相关联、相呼应，由此可以看出我们认为哪些东西是有价值的；结构模式也构成了范式层面，即为"表达什么"提供可能的供选项，而不是仅仅考虑"如何表达"。想要确定读者领会到的意义，我们必须还要考虑"文本间性"（intertextuality），即在暗指（allusion）与体裁（genre）层面上文本之间的互相影响。我们对于文本间性的看法取决于阅读方式，相应地也取决于儿童读物各式各样的体裁所允许的范围。

接下来，我们就要走出文本，把目光投向书以及书面之外的世界，这样就形成了一个完整的圈子：首先我们要看儿童读物中的政治倾向，最后，思考文本是如何创作出来的，以及我们如何对领会的东西加以应用。

判断是读者的事情，这里的分析与分类只是为了提供一个整体的架构。

在勾勒出本章的研究领域以后，让我们回到最初提到的两个要素：作为人的读者和作为物体的书。

读者

如果我们承认儿童不同于成人这一事实，那我们必须接受卡勒的观点：

> 我们一旦把自己的任务定义为：对读者在其所采用的释义策略中展现出来的文学能力进行分析，那么读者的活动……要求我们对一系列现象做出解释……正是……对读者的能力和行为有了这样的概念，作者才能够进行写作；因为想要传达意义，就要事先有一套规则体系，然后在这套体系内创造出各种符号。[1]

---

[1] Jonathan Culler, "Prolegomena to a Theory of Reading," in *The Reader in the Text*, ed. Susan R. Suleiman and Inge Crosman (Princeton University Press, Princeton, 1980), p. 50.

苏珊·R. 苏莱曼(Susan R. Suleiman)指出："我们必须要考虑到，在不同的群体和社会中存在'不同'角度的期望。"①

我认识的一些非常著名的儿童文学教师在开始他们的课程时会让学生（通常是成人）说一说自己的阅读历史。他们对于书本的态度是什么？在阅读的时候，他们通常是遵循还是背离自己的文化背景？这是理解儿童文学最为根本的一个问题。孩子是否接受看书是一种正常的行为模式？阅读是他们生活中的一部分吗？这些都会对意义的理解产生非常大的影响。

然后还要问问：他们读了多少书？读了哪些类型的书？对于某些特定形式的书，读者会做哪些关联？会产生哪些联想？

总而言之，作为读者，你给书带来的东西有：

——你对书的态度；

——你对生活的态度；

——你对书的知识和体验；

——你对生活的知识和体验；

——你的文化背景和偏好；

——你在种族、阶层、年龄以及性别方面的态度。

还有数不清的其他背景，以及个性、成长环境等方面的细节性的东西。所有这些都会影响我们对于意义的理解，即我们自己的理解和我们认为重要的东西。如果你不相信，不妨做几个简单的小游戏，比如让一群人读任何小说的某一页，然后问他们小说中发生了什么；或者给他们出示一张街景图，让他们罗列出看到的事物。也许他们最后列出的清单是一样的（虽然这一点也不太可能），事物出现的顺序却会有非常大的差异。你可能会争辩说，只要他们每个人理解的意义"相同"，后者的差异是不相干的。如果说这

---

① Susan R. Suleiman, "Introduction: Varieties of Audience-oriented Criticism," in *The Reader in the Text*, ed. Susan R. Suleiman and Inge Crosman (Princeton University Press, Princeton, 1980), p. 37.

话有点道理,就好比我们说《斯托基公司》(*Stalky and Co.*)①和《哈姆雷特》(*Hamlet*)以及其他作品的意义仅仅是"复仇",而这个主题是如何进行表达的则无关紧要。如果你觉得让一部分人参与进来,对于探索我们都能认同的普遍意义毫无助益,那我就要问一问,这些普遍意义被发现后又有什么用处呢?

不过,你或许会说,那书里存在意义这点总是无可争议的吧?我们拥有一套公认的"密码体系",在这套体系里,"dog"这个词在英文里就是指某种特定的动物(狗),不管我的"阅读历史"是什么,我都不会认为它指的是"猫"吧。确实如此,但"狗"这个词对于你到底意味着什么呢?是一个让你联想到温柔的喵呜声的词,还是低声咆哮的词?就算是成人读者,这也是个挺棘手的问题,特别是文学文本极尽所能地利用了语言的模糊性与各种可能性。如果换成儿童和儿童文学,这个问题就更明显了。

儿童怎样理解意义?儿童理解意义的方式和成人有很大的差别吗?

玛格丽特·米克在其新书《文本如何教读者知道的东西》(*How Texts Teach What Readers Learn*)中将儿童阅读描绘成"占领"文本的过程。② 在我看来,这是一种很好的解释方法,从一种新的角度来解释阅读这种行为。我们可以问问自己,我们说一个孩子能够阅读并"理解"一个故事,到底是什么意思?孩子从书里获得的是怎样的意义?孩子眼中的意义和成人的理解是一样的吗?我们能够弄明白这点吗?

这些听起来可能是一些很琐碎甚至很肤浅的问题,不过弄明白这些问题对我们阅读、创作、评论以及制作儿童读物都具有至关重要的意义。玛格丽特·米克就说自己对于阅读的一些问题并没有找到答案。比如,她说:"我真希望自己知道我们在阅读的时候是怎样学着忍受种种不确定的,我希

---

① Rudyard Kipling, *Stalky and Co.* (Macmillan, London, 1899).
② Margaret Meek, *How Texts Teach What Readers Learn* (Thimble Press, South Woodchester, 1988), p. 11.

望知道我们真正在做什么。"①相似的问题还有:"我发现对于没有经验的年幼读者来说,阅读的障碍不在于文字,而是在于理解藏在文字背后的、深层次的东西。"②还有一些儿童如何理解文本的问题,则可以通过观察他们怎样和文本进行互动得到答案。③ 在这里,我希望更多地从理论层面考虑这个问题,从儿童读者给文本带来的东西这个角度来探究他们怎样从一小段文本中获得意义。

最近很多关于儿童阅读的研究都是站在儿童的角度出发的。比如休·克拉格和莫琳·克拉格(Maureen Crago)在《修养的序曲:学前儿童、图画与故事》(*Prelude to Literacy: A preschool Child's Encounter with Picture and Story*)中描述了女儿安娜(Anna)接触了四百多种图书的经验,并得出了很多有待进一步证实的结论,其中之一就是戏剧性的事件似乎是故事的中心,并且安娜不在乎故事背景,拒绝接受不好的结局。她对于叙事的概念是由事件的紧张程度、生动程度或相关性而来的,而不是来自线性的情节发展。安娜眼里的故事是循环进行的(就像 aba、bcb、cdc 等这样形式的三行体),而在长篇幅的叙事中"最关键的因素"则是有一个起连接作用的角色。④

安娜对于用第一人称讲故事以及插入性的作者或叙述者话语不明所以,这指出了我们以前容易忽视的理解性问题。比如,《小猫汤姆的故事》(*The Tale of Tom Kitten*)是这样结尾的:"我想有一天,我必须要写一个更长的故事,来告诉你更多小猫汤姆的故事。"——对此安娜的反应是:"这些

---

① Margaret Meek, *How Texts Teach What Readers Learn* (Thimble Press, South Woodchester, 1988), p. 31.
② Ibid., p. 20.
③ Ibid., p. 13. 亦见 Aidan Chambers et al., "Tell me: Are Children Critics?" in Aidan Chambers, *Booktalk* (Bodley Head, London, 1985), pp. 138-174; Michael Benton et al., *Young Readers Responding to Poems* (Routledge, London, 1989)。
④ Hugh Crago and Maureen Crago, *Prelude to Literacy: A Preschool Child's Encounter with Picture and Story* (Southern Illinois University Press, Urbana, 1983), passim.

话是谁说的?"

其他一些之前认定的思维模式也受到了挑战。比如大家一般会认为，一个"大团圆"结局能够抵消情节发展过程中出现的威胁、问题等带来的不良影响。但克拉格夫妇至少有三次发现并不是这样。另外，休·克拉格还说道：

> 我还认为，在和年幼的儿童读者讨论文学阅读体验的时候，像"情节"、"角色"、"主题"（theme）这样的传统范畴并不是非常有用。至少我可以辨别出来的比较有用的成分是种种"组块"（chunks），比如"两个互为对手的角色的对话"或"主角行动"……最后，比起"文本"本身，"以自身为中介的文本"往往才是最关键的变量。①

沃尔特·纳什（Walter Nash）在其著作《幽默的语言》（*The Language of Humor*）中指出："从广义的角度而言，我们的会话中从不缺乏暗指；总有一些共同的经历、一些隐含在共同文化背景中的境遇，对话的双方可以放心地作出暗指……（这些）援引……就好比一项测试，一方面证明新成员是可以信任的，一方面让外人摸不着头绪。"②阅读也是一样的。我们学会识字，通过阅读进入了一个排外的领域，但可以精确地了解这个领域中的条条框框。

理解一段文本需要两项技能：第一是要理解语言——理解语言的意指；第二是理解游戏规则，即理解文本是怎样发挥作用的。所有的这些理解都需要用到暗指，对事物的暗指、对规则的暗指。

我们通过几种不同的方式获取一段文本的意义：

---

① Hugh Crago, "The roots of response", *Children's Literature Association Quarterly*, 10,3 (Fall 1985); repr. in *Children's Literature: the development of criticism*, ed. Peter Hunt (Routledge, London, 1990), pp. 118-129, at p. 128.

② Walter Nash, *The Language of Humour* (Longman, London, 1985), p. 74.

1. 结构层面。这里我指的是对于语法、句法、标点以及主要语言符码体系的理解。一本书就是从这些方面发出信号,让读者知道在哪个层面对这本书进行阅读。

2. 外延意义。外延意义指的是,在给定的语言共同体内,语词受到公认的意指。要理解外延意义需要具备一定的阅读能力。

3. 内涵意义。在这个层面,我们从对公共体系的暗指转向对私有体系的暗指。在这里,我指的是之前讨论过的"个人和文学意义"。当然,在这两个宽泛的类别之间会存在某些文化关联。

4. 对其他文本或事件的暗指:文学/文化暗指。我们的理解部分来自于对其他作品或文化规则的特定的暗指。文学上的暗指或许不是大部分人的选择,但没有一个作家可以离开这一点,而读者对于文学上的暗指的"领会"程度非常重要。对于成人读者而言,"文本间性",也就是说,"意义在文本和文本之间产生,而非在文本与外部世界之间产生的过程"①,这些在潜意识里是阅读的一项基本要素——这可能也是为何职业评论家和一般的读者有如此大的区别,同理,儿童读物的专业读者和一般读者之间的差距就更大了。文化相较于书本同样有自己不成文的规则。比如,我们就不清楚一个没有中产阶级生活体验的儿童读者怎样理解《燕子与鹦鹉》(*Swallows and Amazons*)②中描述的家庭关系;还有一个生活在南方的孩子如何理解詹妮·霍克的作品《艾萨克·坎皮恩》(*Isaac Campion*)③展现的北方精神。如果有人能完全准确地理解所有这些暗指,那他就成了文学理论家所说的"能力完全胜任的读者",这是一个颇有些神秘的称谓,因为要做到这一点几乎不可能。没有哪个人,包括作家自己,能够弄明白所有这些暗指。

5. 对文本如何发挥作用的暗指:一般预期。这些是最重要但也最容易

---

① Rick Rylance (ed.), *Debating Texts: A Reader in 20th Century Literary Theory and Method* (Open University Press, Milton Keynes, 1987), p. 113.
② Arthur Ransome, *Swallows and Amazons* (Cape, London, 1930).
③ Janni Howker, *Isaac Campion* (Macrae, London, 1986).

被忽视的文学特征。这样的暗指让我们理解悬念,识别一段文本的"内聚力",赋予不同的事件不同的重要性,决定我们要看哪些种类的书以及需要花多少精力去看等等。简单来说,不管是对我们自己还是对文本结构,在进行意义理解以前,我们都需要确定事物的重要性。这才是将"不成熟"的读者和"成熟"的读者区别开来的最大特征,而不是单纯的知识积累的多少。玛格丽特·米克等在《冷网》一书中指出:"缺乏读写能力的成人经常碰到的一种障碍就是,他们在学习阅读一则故事的时候,不能够对接下来要发生的事件做出预测,因为他们一直都不了解故事发展的规则是怎样被转移到一张铅印的纸上的。"①

在理解文本结构要素、人物背景等信息的时候,文学理论通常的着眼点在于应用不同分析方法所造成的结果上的区别(而不是文本本身包含的意义),以及分析人秉持的意识形态所造成的区别。通常,如果处于由能力大致相当的成员所组成的"解释的共同体"中,上述方面无关紧要;但如果是儿童读物,我们就不能对文本和读者进行简单的假设。正如文学研究必然会趋向于女性主义诗学和黑人诗学,我们也需要在研究儿童文学的时候重新考虑我们成人的分析策略是否适用。

斯坦利·费什(Stanley Fish)指出:"一直都存在一种正式的模式,但这种模式不是一成不变的。"②我们看待叙事以及很多其他东西的角度都遵循着一种共同的文化,但儿童文学主要读者的文化却不一定和我们的文化相同;相对于我们的文化,它可能是一种反文化,一种亚文化,或者和我们的文化之间存在一种认知力量上的强弱关系。不管是哪种情况,我们都必须意识到,"一般"的理论、方法、术语等等不一定适用于儿童文学。人类学家、语言学家雪利·布赖斯·希思(Shirley Brice Heath)曾举例说,她研究的两种

---

① Meek et al. (eds.), *Cool Web*, p. 74.
② Stanley Fish, *Is there a Text in this Class? The Authority of Interpretive Communities* (Harvard University Press, Cambridge, Mass., 1980), p. 267.

不同的美国文化体系中,"构成故事的方式完全不同;两种体系对于故事的形态构成以及好坏的鉴别所依据的是完全不同的特征"①。简而言之,读者会影响义本进而影响文本分析,这就意味着我们成人必须接受"反阅读"的方式——即看起来是非正常的,或有悖于逻辑的阅读方式——这是儿童对文本进行释义的必要组成部分。

对文本的体验(或创造)是两个编码体系的融合(或冲突);这两个体系一个关于"生活"(对于世界、概率、因果性等的知识),另一个是"文本"(对于惯例、一般期望、文本间性等的知识)。这两个体系对于理论研究以及儿童文学的创作都非常重要,不过在这里,我主要关心的是文本编码(text codes)。

"儿童文学"的目标读者是一群"不成熟"的读者。将文本的与体裁的符码相结合是阅读过程的重要的组成部分;而从历时性上来看,这些"不成熟"的读者,比起"熟练的"、"成熟"的读者,其态度在重读的时候有可能会发生更多根本性的变化。"习惯性"阅读让我们能够在第一次阅读作品的时候就"对文本体裁有一个初步的假设",这个假设被我们记在脑子里,在我们倒回去看前面的文本段落的时候,在我们重新阅读整个作品的时候,提醒自己对这个文本的文学形式有着怎样的假设。② 但前提是我们必须有能力辨认体裁中所暗含的与分类和区别相关的信号,以此来做出这样的假设。玛格丽特·米克曾写道:"比较聪明的小读者会发现故事的发展和戏剧很像。他们……会感觉很安全……因为知道故事也是一种有规则可循的游戏。"③而E. D. 赫施(E. D. Hirsch)又指出:"文学体裁与其说是一种游戏,不如说是一套社会行为的规范。"④

---

① Shirley Brice Heath, *Ways with Words: language, life, and work in communities and classrooms* (Cambridge University Press, Cambridge, 1983), p. 184.
② Heather Dubrow, *Genre* (Methuen, London, 1982), p. 107.
③ Margaret Meek, *Learning to Read* (Bodley Head, London, 1982), p. 37.
④ E. D. Hirsch, *Validity in Interpretation* (Yale University Press, New Haven, 1967), p. 93.

所以,当不成熟的小读者遇上文本,他们对于传统叙事手段可能反对,可能认同,也可能在加以调整后接受。在这些小读者眼里,即使是程式化的文本形式也可能是陌生的,因为他们的意识里没有任何"常态的形式"可供参照;即使是最简单的开头、中间、结尾的结构也会让他们觉得非常不自然。当然,有些亚文化体系根本不相信故事有所谓的"可信度"。就像睿智的叙述者巴迪(Buddy)这样评论塞林格(J. D. Salinger)的《西摩简介》(*Seymour: An Introduction*):"最后那个令人讨厌的弗汀布莱斯怎么样了?谁修好了他的马车?"①

看待文本"发展顺序"(闭合式结尾、开放式结尾等)的角度和心理层面偏好的概念有关,皮亚杰和很多其他研究人员都指出,这种偏好既不相似,也非一成不变。面对相同的文本,读者可能会选择完全不同的概念体系(尽管作者试图让文本能够迎合特定的读者,又或许,恰恰是作者这 做汰,使读者做出了不同的选择)。

我们可以认为,不管时间有多么短暂,儿童主要还是属于一种口头文化系统,尽管这种系统和书面文化系统有着千丝万缕的联系。沃尔特·昂(Walter Ong)在《口头形态与读写能力》(*Orality and Literacy*)中指出:

> 我们知道读者经历了初级口头形态、传统口头形态、高度文字化这个智力的发展过程,但直到现在,我们对于这个过程中读者的反应还没有做很多研究。如果读者对于正式语篇的接受规范和期望受到传统口头形态思维的影响,那么他们看待文本的方式会和思维高度文字化的读者有非常大的差别……即使在今天……某些(高度文字化)的亚文化体系的读者在看待文本的时候,在根本上

---

① J. D. Salinger, "Seymour: An Introduction," in *Raise High the Roof Beam, Carpenters and Seymour: An Introduction* (Penguin, Harmondsworth, 1964), p. 156.

仍然用的是口头形态的框架，以"表演"为驱动，而不是以信息为驱动。①

沃尔特·昂指出，能够识字进行阅读的人必然很难理解一个口头文化的世界。书面上的文字不仅仅是把口头说出来的话记录下来；在口头与书面之间的转换地带，还存在着一种矛盾的现象，那就是口头文化将人们团结成有限的、互动的群体（特别是在叙事这种形态下），而另一方面，阅读/写作又是一种个体的行为，让人进入一个更加宽广，或者说更加松散的群体。正是在这种转换中出现了儿童文学的错位问题。

口头形态的思维模式对于叙事和情节发展有着"举足轻重"的影响，"在口头文化体系中，情节不再是我们理解中的典型情节"。② 在这里不能简单地认为，故事使用了程式化的手段是因为，这些手段在一个口头文化中对于保存思想至关重要（当然，对于儿童学习和理解的发展还是非常重要的），又或是这些程式化的角色有助于记忆、便于理解。而是应当看到，"在人们真实的生活里你是没有办法找到这种递进式的、线性的情节的，（除非）你大刀阔斧地把很多事件都排除了，只留下一小部分"③。在"表演性"的叙事中使用的是"字串式的"而不是有规则的组群，这种叙事方式也不在意时间顺序，对情节的回述与预叙也明显比较随意，比较少使用预指（cataphoric reference），不介意直接交代事件的来龙去脉等。这些不仅仅是方便记忆的

---

① Walter Ong, *Orality and Literacy* (Methuen, London, 1982), p. 171.
② Walter Ong, *Orality and Literacy* (Methuen, London, 1982), p. 142. Compare W. Labov, *Language in the Inner City* (University of Pennsylvania Press, Philadelphia, 1974), p. 363; A. K. Pugh, "Construction and Reconstruction of Text," in *The Reader and the Text*, ed. L. John Chapman (Heinemann Educational, London, 1981), pp. 70 - 80; Nancy Stein, "The Comprehension and Appreciation of Stories: A Developmental Analysis," in *The Arts: Cognition and Basic Skills*, ed. S. S. Madeja (Cemrel, St Louis, 1978), pp. 231 - 249.
③ Walter Ong, *Orality and Literacy*, p. 142.

"工具",也不是"向书面文化雏形靠拢"的策略①,事实上,这些手段反映了一种独特的世界观。

有趣的是,苏珊娜·罗曼(Suzanne Romaine)在《儿童与青少年语言》(*The Language of Children and Adolescents*)中举了一个间断叙事的例子。她得出的结论是:"可能在……表演性叙事的社会重要性上……儿童与成人之间存在关键性的差异……就叙事结构来说,在研究其复杂性的时候,我们一定要同时将语言学与社会性因素考虑进去。"②

如果我们将表演性叙事的这些特征,与儿童天生对于表演的偏好,以及霍华德·加德纳(Howard Gardner)所描述的"轻松理解比喻的能力"和处理复杂叙事行为的能力放在一起比较③,很清楚的一点是,我们面对的不是一种"更弱"的能力,而是一种不同的能力,这种能力似乎会让读者用不同于传统理论所描述的方式去看待叙事(以及文本结构)。另外,可能因为这些文本在实际上表现了一种"异常"的文化,也会导致人们用异样的、颠覆性的眼光看待它。再者,因为儿童读者一般被认为不具有和成人作者相同的"编码解读"能力,所以为儿童创作的文本很容易因为太强的叙事控制和频繁的总结而显得太过繁琐。但矛盾就在于,这样的刻意控制并不能解决问题,反而只能强化一种错误的概念,那就是儿童文学的结构非常简单,人人都能懂。

---

① 参见 Shlomith Rimmon-Kenan, *Narrative Fiction*: *Contemporary Poetics* (Methuen, London, 1983), p.118; Jeffery Wilkinson, "Children's Writing: Composing or Decomposing?" *Nottingham Linguistic Circular*, 10,1 (June 1981), pp. 85 – 99; M. A. K. Halliday and R. Hasan, *Cohesion in English* (Longman, London, 1976), pp. 32 – 33; Arthur N. Applebee, *The Child's Concept of Story*: *Ages Two to Seventeen* (University of Chicago Press, Chicago, 1978), pp. 56 – 70。

② Suzanne Romaine, *The Language of Children and Adolescents*: *The Acquisition of Communicative Competence* (Blackwell, Oxford, 1984), pp. 149 – 150.

③ Howard E. Gardner et al., "Children's Literary Development: The Realms of Metaphors and Stories," in *Children's Humour*, ed. Paul E. McGee and Anthony J. Chapman (John Wiley, Chichester, 1980), pp. 98,111.

以上就是我想说的有关"读者"这一维的内容。如果我们把"儿童文学"看作方程式,那么"读者"便是其中主要的变量;不过我们也看到,儿童文学也离不开另一个元素——书。

书

书作为一种物件,除了作为收藏家、藏书家的藏品或绘本(我会在第十章详细讨论绘本)以外,通常人们不会认为它有多么重要。"在某种程度上而言,"西摩·查特曼评论道,"书的外在形态并不会影响其内在美学价值。"[1]这句话中的"某种程度"很重要,它意味着,在某些特定的情况下,我们的确会根据一本书的封面来判断书的价值,另外书本的字体、装订的严实度、纸张的质量以及油墨的味道也会对我们产生影响。大多数的人(不仅仅是儿童)和书本都会有一种感性的关系,书本的触觉、拿在手里的分量、书的大小和形状(以及对于很小的孩子来说,书的"味道")都很重要。虽然这么说起来好像是对大师的不敬,但狄更斯作品愤怒、阴沉的氛围,是否也有一小部分应该归功于作品千篇一律的、沉闷的装帧以及浓重的衬线体字体?同样,放在书摊上出售的廉价简装版青少年小说,如果换成精装硬皮的版本或改成装帧精美的教学用书风格,阅读体验也会截然不同,最终对"意义"的理解也会发生变化。

在读者和书本的交集领域还有一样东西,那就是读者对于作品以及作者的知识。阅读技巧纯熟的读者会在开始阅读之前就对很多重要的问题做出判断,比如他们觉得这本书怎么样、需要用多少心思去看、作品会给他们怎样的享受等等。作者是谁显然很重要(之前看过该作者其他的作品吗),封面上的配图或是护封上的介绍也会提供线索。对于阅读老手来说,出版

---

[1] Seymour Chatman, *Story and Discourse: Narrative Structure in Fiction and Film* (Cornell University Press, Ithaca, 1978), p. 27.

商名称也会有很大的影响。另外，反对"阅读方案"(reading scheme)的人认为，通过对文本进行色彩和数字标记来教授阅读技巧的做法，把作品变得不像书了，实际上反而限制了读者的思维和阅读的流畅性。而支持的人则认为这些标记能够对阅读起到辅助的作用。① 这样看来，我们对书的反应都已经事先被设定好了。

翻过书本的封面，我们会遇上更多影响"可读性"的因素：留白的空间、行距、页边距、排版、字体、插图、对话占段落文字的比例等等。如果随意从一篇文本中摘一段文字出来，我们会根据用词、句长、句子结构等因素判断文本的"难易程度"。我们这时候所做的判断取决于我们自己、我们看这本书的动机，以及我们对"附文本"的满意程度。

阅读实例：《第十八号紧急措施》

著名评论家杰拉德·普林斯(Gerald Prince)说："文本，在某种程度上来说对阅读既是指引又是限制。"② 如果你想想我们大部分人在成长过程中接受的教育都在告诉我们文本具有内在的、固定的意义，而"在某种程度上来说"(甚至超出了西摩·查特曼所认为的程度)这种观点是很荒谬的。文本告诉你托德(Toad)掉到了河里，难道你要告诉我托德没掉下去？其实我想问的是，文本告诉你的，和你自己感受到的，哪个更重要？

不过请允许我，作为一个"非典型"读者，拿一本书做例子(和休·克拉格的方法相似)。③ 这是贝奇·拜厄斯(Betsy Byars)的作品：《第十八号紧急措施》(*The Eighteenth Emergency*)，英国海雀图书出版社的新版。当

---

① 参见 Jan Nicholas, "The Case for Reading Schemes," and Jill Bennett, "Reading, but What?", in *Books for Your Children*, 23,3 (Autumn/Winter 1988), pp. 16 - 17,19。
② 转引自 Suleiman and Crosman (eds.), *Reader in the Text*, p. 227.
③ Hugh Crago, "The Readers in the Reader: An Experiment in Personal Response and Literary Criticism," *Signal*, 39 (September 1982), pp. 172 - 182.

然,选这本书也是因为它正好出现在我女儿卧室外边楼道的书架上。我在准备去美国发表一个会议演讲的路上就带着它,此外还有其他几本美国儿童读物。这些书会出现在书架上是因为我们是一个比较爱读书的家庭,我和我的妻子希望女儿们学会阅读以后能够去看这些作品。

下面,我会把自己这个"非典型"读者拿到书以后的反应随意罗列出来,虽然这些反应可能在同一时间发生。在我看来,"海雀图书"的标志或多或少是一个让人肃然起敬的标志(正如有些人认为企鹅出版社出版的作品是"文学权威")。就某种程度而言,这个标志是对作品质量的一种保证,并且我觉得书里的字体看着挺舒服(我不是很喜欢美国图书的字体,总觉得它们给人一种很"散漫"的感觉)。封面上的插画是昆廷·布莱克的作品,他非常善于捕捉微妙的人物表情与衣着特点,我很欣赏他的这种能力(我也见过他一次)。这本书的封面并不是他最出色的作品。封面上画着一个逃跑的男孩,正被一群粗野的怪物围追堵截,这群怪物看起来更像是在和男孩闹着玩,并不是非常吓人。

这些反应看起来都很个人化,我想,习惯看专业文学批评的读者可能正不耐烦地等着我把这些不相干的话赶紧说完。我也准备说一些和这本书相关的具体内容,说到这些具体问题的时候,我不会用"在我看来"作为开头来展开叙述。不过,在现实情况下,书本营造出来的氛围只能用非常个人化的语言来进行描述。我们不能告诉其他人,他们应该有什么样的感受(除非我们是英国文学课程的考官)。评论家如果评论某些文本"有趣"或"讨人喜欢",不管他们说得多么诚恳、多么权威、多么独断,他们的评论只不过代表了走近文本的一种可能性。文学评论希望"自己对文本的评价是大家都认同的"[①],似乎只有归纳出具有普遍性的结论才是正确的方式。但如果这么做了,评论便没有真正反映出任何有价值的东西,只不过是指出了某段文本

---

① Mark Roberts, *The Fundamentals of Literary Criticism* (Blackwell, Oxford, 1964), p. 3.

和主流文化的某些方面之间存在的关系。

读者看到封面灰色、粉色的色调,可能会认为这是本沉闷的、不怎么样的书,或者是给女孩子看的书;看到纺锤体字体,可能觉得这会是本漫画书,或童话书;或者读者一看到作者是个叫"贝特西"的家伙,就觉得没有人会想看这样的作品。我们还可以顺着这条思路继续下去,不过有一点变得越来越明确,那就是在这个阶段拿到一本书,文字以外、阅读之前的很多因素都是非常重要的,甚至超越了书本的实际"内容"。(伊莱恩·莫斯在《梦想与现实:当一位儿童文学评论家重返校园》一文中对一些文本外的影响因素进行了细致的描述。①)

关于实际阅读之前的体验我还没说完。海雀版的《第十八号紧急措施》在正文之前还有一段超过300字的评论以及对这本书的介绍。根据通常的印象和习惯,这些文字很可能也是要阅读的,如果把这段文字看成"站在成人的角度对文本理解进行的控制",我们可能更容易理解在接下来的阅读过程中碰到的很多矛盾与问题。

首先,这段文字对故事情景做了介绍:"芒斯(Mouse)……怎样……勇敢地站出来,与学校里块头最大、最凶恶的男孩马福·锤门(Marv Hammerman)斗争?……故事里,芒斯很害怕。"(这段介绍概括了故事的大部分情节。)接着,又对故事的题目做了解释——"芒斯和他的朋友伊兹(Ezzie)花了很多时间对能想到的各种紧急情况做了准备方案",甚至还提到了"恶人"名字的由来:"可是,面对锤门的捶打,似乎没有任何好的解决办法。"为了让故事更加明白易懂,这段文字最后把解决芒斯难题的答案也明明白白写了出来:"最好的紧急措施就是把最困难的事做好。"

这么一来,还剩下什么?只剩下读者对文本的反应了,即使是这一点也已经有了答案:"任何在学校里曾感到害怕的人(我们大多数人在某个时刻

---

① Elaine Moss, "The Dream and the Reality: A Children's Book Critic Goes Back to School", *Signal*, 34 (January 1981), pp. 22 - 36.

都有过这种感受),看到可怜的芒斯心中的恐惧,看到这个有趣又让人同情的故事都会喜欢的;而在看到芒斯最终勇敢地克服了这种恐惧时,也会感同身受地呼出长长的一口气。"[1]显然,这段文字针对的是成年读者而不是儿童读者,因为在人们的普遍印象里,一个孩子(或任何其他人)又如何能够理解"感同身受"这个概念呢?

在这段文字的背后还有另外一个在童书领域非常流行的假定,那就是读者阅读的目的只是为了肯定文本中既定的观点,而不是一种探索活动。这种假定认为,所有读者的反应都是可预测的(比如"会喜欢"、"会呼出长长的一口气"),读者的任务就是把自己的情绪填补进去。同时它还认为图书编辑的感受("有趣"又"让人同情")就是读者的感受。虽说上面例举的这些措辞在出版界是一种常见的文案营销手段,但我们要意识到成人出版商和儿童读者之间存在巨大的差异,这种差异往往容易导致对文本的刻意控制。更糟糕的是,我们还自以为针对这本书说了一些很有用的话,但这些话是基于我们在学校接受的传统教育,即按照情节、人物、背景、环境、主体以及读者的反应将文本割裂开来。而现实生活中的阅读过程恰恰是相反的,我们并非先按照一个个批评范畴解剖文本,然后再去阅读,而且我们会不自觉地怀疑,一本书要表达的是否就是字面上呈露的意思。守旧的观念很难得到纠正,我们在书的简介里、书评里会一直看到它的出现。

那么,一旦进入文本本身,我们会怎样来讨论它呢?下一章我们就会探讨这个问题,即书本与读者之间复杂的关系。在研究组成一段文本的各种具体因素之前,我们先来看看文本和读者是怎样相关联的。

---

[1] Betsy Byars, *The Eighteenth Emergency* (1971; Puffin [Penguin], Harmondsworth, 1981).

第五章　文本与读者

理解一篇文本,特别是给儿童看的文本,和几个因素密切相关:一是对文本的控制程度;二是写作的技巧——作者可以用凌驾于读者之上的态度写作,也可以在一个平等的维度上写作。很多关于童书与儿童文学的地位以及作品质量方面的困惑都来源于一种观念,即儿童文学必须是,用罗兰·巴特的话来说——"可读型文本",而非"可写型文本"。[1] 所以,儿童文学作品往往是一些"封闭的文本"(closed texts),成熟的读者读起来"完全不用费脑筋"。换句话说,儿童文学作者恨不得把读者的任务都包了:限制多元理解的可能性,为理解提供大量指导,等等。而另一方面,巴特所说的"可写型文本"则是一种"开放的文本"(open texts),欢迎读者提供自己的理解和解释。

因为作者试图以各种方式对文本进行控制,相当于要求读者只能在作者设定好的、具体的条条框框下进行阅读;这样,用理论家米哈伊尔·巴赫金(Mikhail Bakhtin)的话来说,文本就变成了"独白型"的,而非"对话型"的或"复调型"的。[2]

下面我们来看两段小说文本,都是描写遇到大反派时的情景:

---

[1] Christine Brook-Rose, *A Rhetoric of the Unreal* (Cambridge University Press, Cambridge, 1981), p. 41.
[2] 参见 Raman Selden, *A Reader's Guide to Contemporary Literary Theory* (Harvester, Brighton, 1985), p. 17。

女孩拿着包站了起来,转过身看着丽贝卡。她棕色的眼睛眯成了一条缝,射出威胁性的光,给人的整个感觉非常慑人,有一种压倒性的气势。她有一头又黑又长的卷发,消瘦的身材,还有一个鹰钩鼻。她居高临下地俯视着丽贝卡——她已经快成年了,非常高挑优雅;她身上穿着剪裁得体的花呢大衣,大衣没有扣上,更衬托出她优雅的气质……

"你对我说什么?"

丽贝卡低下了头,双颊因为羞愧烧得发烫。①

当然,这里不仅仅是用词毫无新意的问题,从作者选择描述的事物还可以看出整个文本结构都带有浓重的先入之见。现在,让我们来看看《第十八号紧急措施》里的芒斯怎样面对另一个恶霸:

接着他抬起头,眯着眼看着锤门,锤门晃着脑袋,好像嘴里嚼着口香糖或是含着一个救生圈一样。

芒斯问道:"你说什么?"

锤门摇摇头。阳光从窗户射进来照在他身后,他的头发看起来像散开的鸡毛。他脸上的表情没变,但眼睛却闪着光。芒斯想这是因为他正在做一件非常擅长的事……

"你要是说话了,我真的没听清你说了什么。"芒斯又开口道,这一次有点结巴。

"放学后我再来找你。"锤门伸出手指,戳了戳芒斯的胸口,然后走过他身边,向楼下冲去。②

---

① Ann Digby, *First Term at Trebizon* (Granada, London, 1980), pp. 8-9.
② Betsy Byars, *The Eighteenth Emergency* (Puffin [Penguin], Harmondsworth, 1981), p. 59.

贝奇·拜厄斯的行文并不算特别有新意,她用了不少的"标准表达"("抬起头"、"摇摇头"、"伸出手指"等),但并没有让读者的体验也变成预先设定好的。这段文本没有要求读者去识别一连串已经设定好的编码(比如"鹰钩鼻"、"高挑优雅"、"剪裁得体"、"优雅的气质"等),也没有告诉读者作者的想法,只是单纯地描述了人物的心理("慑人"、"已经快成年了"等)。读者必须根据看到的文字自己做一些小小的推断,站在芒斯的立场上聆听他的心声。

当然我们要小心,别陷入评论哪本书更好的"势利"讨论里,因为我们还要考虑你看一本书的目的是什么。在这里,我们能说的只是:《在特莱比松的第一学期》(First Term at Trebizon)中作者把读者的反应都预先设定好了,并且明白地告诉读者要在哪个层面去阅读这本书,要花多少心思。因为作品的语言非常程式化,所以都在人的意料之中;因为不需要读者做很多推断思考,阅读起来就更加容易;也因为以上这两点,作品里实际上没有很多信息的转换(没有很多新的信息)。所以这部作品的侧重点在于设定了阅读的水平而不是读者的水平(这一点也同样适用于其他成千上万册面向成人、被归为"通俗文化"的作品)。这样的作品既不要求读者有自己的思考,也不提供新的东西,只是再一次肯定了小说世界里的程式化模式。如果你看一本书就是本着娱乐、打发时间、单纯阅读(而非拓展能力)的目的,不介意作品进一步强化了原本就故作天真的社会分级,而又喜欢通俗文化的行文用语等,那么《在特莱比松的第一学期》应该受到赞扬,而不是批评。这部作品很成功地达到了目的,符合读者期待,那么花在这本书上的钱花得值得。

而另一方面,《第十八号紧急措施》则要求和读者有更多的互动。这是一篇"开放"的文本,读者可以自由地发挥联想,联想各种画面,产生不同的感受。当然,它仍有比较严密的框架,有一些条条框框让阅读变得不再"自由"(见下文),不过,不管怎么说,作者没有把读者的活儿都抢着干了。

虽然我们在讨论可能性的时候要非常小心,但还是可以说,读者在碰到要求自己进行思考的东西时,有可能完全忽略,或有意识地"排除"这种要求。不过,文本是允许这一点的,它允许读者在几个不同的层面和文本进行互动。从发展的角度看,《第十八号紧急措施》是一篇有弹性的文本,允许读者在一定的能力范围内进行阅读、欣赏与互动。文中,关于芒斯思维活动的精准、明确的描写即是读者在阅读过程中的"参与点"。非常有经验的、成熟的读者可能还是会觉得,作者已经替读者做了太多工作,参与也是按照作者预先设定的模式而进行。

简而言之,与其笼统地用"好/不好"、"合适/不合适"进行判断,文学评论不如用这样的方式表达,或许更恰当:"这篇文本有和读者进行互动的可能性,也有让读者对意义产生不同理解的可能性。"这样一来,当前关于儿童文学究竟是"本身好"还是"对谁有益"的困惑就能迎刃而解。这种困惑让我们对明明质量欠佳的作品也大加褒奖,害怕如果不这么做,就会被贴上清高、摆架子的标签;因为我们成人缺少鉴别良莠的依据,让儿童接触到很多并不理想的文本。

对儿童文学的一般期待是一个不断自我加强的过程:童书的现状之所以如此,是因为儿童文学作家依据他们写作的经验判断,童书就应该是这个样子。由此我们看到,童书在定义上就经常被认为是质量欠佳的作品,因为童书的程式主要是由文本中隐含意义的肌质(textures)所无意识地决定的,而最能反映这些肌质的就是文本的文体特征。关于文体特征我们在下一章里会有详细讨论。如果有文本挑战了这些既定的观念,它们往往会变得两边不讨好——人们既不认为它属于成人文学范畴,也不认为它属于儿童文学范畴。

在阅读"平级文本"(peer-text)的时候,成人读者(典型或非典型)可以根据作者对文本施加的控制程度而作出调整。作为一个成熟的读者,在我选择文本进行阅读的时候,我可能会考虑我"想要"费多大的心思来读这段文本,以及判断这段文本"需要"费多大的心思来理解。当涉及为了儿童或"不成熟"而创作的作品,因为读者的状况,作者—读者(或叙述者—聆听者)这对关系之间的强弱对比就比一般情况更加悬殊。比起"平级文本",儿童文学文本的读者是更加直接地由作者决定的;作者在文本中不仅仅单纯地展现了编码、语法等,还决定了为了更好地阅读文本,读者必须是什么样的或必须变成什么样。如果用成人—儿童、作品—儿童以及书面—口语这三对关系的强弱情况来说,童书往往"预先设定"了读者"必须"是什么样子;而且,因为还涉及权威和教育性的问题,童书还设定了读者"可以"是什么样子。但这种强弱关系不是必然的,虽然它很普遍很典型,在很多读者心里几乎成为了儿童文学的定义标准。我们经常可以看到童书受到很多有意的限制,削弱了小读者与其互动的可能性。如果你认为"开放式"的文本对于文学能力的发展有根本性的作用,或者,同意杰奎琳·罗斯所说的,"没有办法"将儿童小说归入特定的范畴是一个不争的事实①——那么这些讨论都是非常有用处的。

文本的潜在含义

文学评论,特别是儿童文学评论,会受到文学风格的影响;我们能够从用词特点、语法结构、更高层次的叙事方式或是整体的语言策略,辨认出某部作品属于儿童文学吗?比如,以下文本的隐含读者是谁?从哪些地方可以看出来?

> 他浑身一颤,醒了过来。全身都因为冰冷的感觉颤抖着。他试着伸了伸蜷曲的双腿,一阵疼痛袭来。他睁大眼睛,在黑暗中环顾四周。他立即明白自己在哪儿了。他被关在了楼梯下的小隔间里。他透过小门一侧的一条缝隙向外望去,只能看到一片漆黑。②

---

① Jacqueline Rose, *The Case of Peter Pan*, *or*, *the Impossibility of Children's Fiction* (Macmillan, London, 1984), pp. 1 - 2.
② Michelle Magorian, *Goodnight Mr. Tom* (Penguin, Harmondsworth, 1983), p. 192.

我们可以看到"醒了过来"这样的表达方式,而第二句话精简的句式(标点符号使用较少)似乎有意将行文和人物思想活动联系起来。但可惜的是,过于简单的文体(缺乏对文学常规的背离和变化)只能让人看出文本在逻辑上和指代上的异常。(他怎么能在看不见的情况下透过一条"缝隙向外望去",还是说缝隙其实是一道口子?还有,如果四周这么黑,他怎么能够知道自己被关在楼梯底下?如果他是根据视觉之外的感官做出的判断,为什么不在这里写清楚告诉读者?)从这段文本的写作模式里,我们很容易感受到作者对文本明显的、强势的控制,这种控制成了一个标记(或被人们认为是一个标记),让人推断这段文本出自儿童文学作品。以上分析还没有包含对语法特征的分析——我们可以看到文本一共七句话,五句使用了相同的结构。但恰恰就是这篇米歇尔·马戈里安(Michelle Magorian)的《晚安,汤姆先生》(*Goodnight, Mr. Tom*),不仅获得了英国文学协会的卡耐基奖章,更(讽刺地)获得了1982年国际阅读协会年度童书奖章(International Reading Association's Children's Book Award)。我们上文摘录的片段是整篇故事中非常典型的一段,所以我们从这点上也可以看出一些端倪,明白评委对于儿童文学作品的内容与文体的要求是什么。

马戈里安的文本用的是"讲述"、"解释"的方式,而不是"展示"的方式。如果一部作品仍然使用这种控制性的叙事方式,就像一个传统的或变相的故事讲述人,那么本质上是由故事讲述人掌控着事件发展,而文本只不过是这种被掌控的故事讲述的"回声"。一般情况下,人们并不会轻易放弃这种控制(从这点上也可以看出成人—儿童这一对关系的情况),这当然不是出于儿童读者在没有内在控制的情况下就无法理解文本这么简单的理由。事实上,即使是非常有经验的读者,在"二维"的铅字纸面上看到故事讲述人"直接"对读者说话,理解也会有点困难。我们如果看比较早期的小说,可以发现故事的展开往往会包含一个讲故事的声音或立场,也就是暗含着一个讲述人,或隐含作者,或与讲述者大致相当(quasi-storyteller)的角色或功能,又或是起同样作用的一种文本装置,而这种情况也在语法以及心理—逻辑层面变得非常复杂。①

在专门写给儿童(或任何读者)看的文本中,如果有第一人称的标记出现,就会有理解上的问题。我们从《小猫汤姆的故事》里已经看到了这一点,更加复杂的例子是米尔恩的《小熊维尼》。后者的故事从一开头就是直接对目标读者说的话:"不管怎么说,他来了……准备好让你们认识他。"然后故事又转到第一人称的叙述者向克里斯托弗·罗宾描述他/她怎样讲一个故事,于是罗宾既是故事中的一个人物,又成了叙述者讲述的对象:"你非常小心地瞄准了气球,然后射击。'我没射中?'你问。"②

阅读这段文本的读者以及(听读者朗读的)实际听众会面临非常大的挑战,不仅仅因为文本所"暗示"(或要求)的读者对象和实际的信息接收对象不是同一个人,以至于两者的语言需求也发生了差异。在这里,就出现了一个有趣的矛盾。故事讲述者对于故事的控制本意是为了方便"听众"理解,可是当"读者"在白纸黑字的文本上阅读的时候,这些控制手段很有可能增加了"读者"的理解难度。因为这些手段不是出于读者的需要,所以反而要求将文本编码和读者编码刻意统一起来,而不像一些较为开放的文本里,读者可以对可能并不一致(或许也不需要一致)的编码进行自己的探索理解。(这种观点可以在罗伯特·利森叙述儿童文学历史的时候看到,他强调了儿童文学离不开社会政治环境,而在这种环境下口语模式与书面模式之间互相作用。③)

再举一个可以看到作者控制与"变相的故事讲述人"的例子,那就是露丝·帕克(Ruth Park)的小说《穿越时空的女孩》(*Playing Beattie Bow*,该作品获得了1981年澳大利亚年度童书奖):

---

① Shlomith Rimmon-Kenan, *Narrative Fiction: Contemporary Poetics* (Methuen, London, 1983), pp. 86 - 116.
② A. A. Milne, *Winnie-the-Pooh* (1926; repr. Methuen, London, 1970), pp. 16 - 17.
③ Robert Leeson, *Reading and Righting: the past, present, and future of books for the young* (Collins, London, 1985), pp. 15 - 109.

> 她站在那儿,抬头看着生了锈的、歪歪扭扭的滑轮,以及滑轮上方屋顶的边缘,天空有一个小角上的星星突然被遮住了。
> 有人躺在仓库房顶上看着她。
> 第七章
> 阿比盖尔意识到有人在监视她……①

这里我们可以看到,在相同的语义环境下,文本经历了三个过渡或三种变化,让文本逐渐"闭合"。"天空有一个小角上的星星突然被遮住了"需要读者费一番功夫去联想、理解,这句话有好几种可能性。"有人躺在仓库房顶上"限制了这种可能性。"看着她"以及"意识到有人在监视她"则把文本从"展示"的角度变成了单纯的"讲述",文本从"开放"变成了"封闭"。当然,有人也会提出这种变化反映的是阿比盖尔的心理推断,作者帕克是站在阿比盖尔的角度来进行叙述的。不过,文体上从新颖的表达法("生了锈的、歪歪扭扭的滑轮")到一般化的表述("有人在监视"),这种过渡实际上也重新让文本回到了作者的控制中。作者的解释工作在下一章(引文中的第七章)的第一句话就又一次得到了加强,当然我们不必假定,另起一章在这里会打断读者阅读的连贯性。

读者与意义

儿童是"不成熟"的读者,他们对于生活与文本的态度来源于一套和成人读者截然不同的文化标准体系。这套体系可能和成人的相反,或以口语文化为基础。所以,也可以说儿童确实以自己的方式"拥有"了文本,而且对文本的释义也是他们自己的、私密的,其个性化的程度甚至可能胜于成人。成人读者了解阅读的游戏规则(即便他们对于这种了解没有明确的意识),

---

① Ruth Park, *Playing Beattie Bow* (Penguin, Harmondsworth, 1982), pp. 96-97.

而且据我们所见,成人读者的理解可以说生成于诸种"解释的共同体"之内并且受到共同体的支撑,共同体中的成员不仅懂得游戏规则,更会分享他们的知识与看法。在这里,我要对其中的一些规则进行剖析,并且告诉大家儿童读者不可能掌握所有这些规则。所以,不管文本中暗含了怎样的"提示",儿童读者不一定有能力利用这些线索。

不过,对于儿童到底是怎样理解文本的,我们多少还是有一些领会,不然,这整个以儿童为对象的传播、出版、语言教学的庞然大物(edifice)就要轰然倒塌了。比如,要是我们对儿童如何理解文本真的一无所知,"阅读理解"这项测试怎么会仍然活跃在很多公共考试中?

显而易见的一点似乎是:现在如果我们问诸如"一段文本的'内容'或'意义'是什么"这样的问题,我们所做的一切都是在测试一个孩子的"社会能力"(这可能是我们全部的目的,或应该希望达成的目的)。这么说的话,能够顺利做对阅读理解题目的孩子,其展现的其实仅仅是他们能够找到考试题目所指向的答案。至于文本对于个体读者"真正"的意涵还是一个谜。孩子们逐渐掌握技巧(这个过程自此以后可能一直持续下去),说他们"应该"说的话,并且可能感到自己(在掌握阅读技巧之前的)个人化理解在某种程度上是"错误"的——就像考试出题人必须假定他们自己对文本的理解在某种程度上是"正确"的。

在《小说反应的形成》(*Developing Response to Fiction*)这本优秀的论著中,罗伯特·普罗瑟罗夫(Robert Protherough)认为,在"客观"上不容置疑的正确理解这一极(它指的是,同一种语言的所有使用者能在文本中发现的并一致认同的那些意涵),与主观的、纯粹个人化的理解这另一极之间,存在着由各种可能的理解组成的集合(spectrum)。在他的观念中,这个集合(我认为还可以做一些改动)大致由以下部分构成:

1 事质层面的事实;
2. 明确的意涵和指涉;
3. 文学效果的展示(比如象征、母题、叙事视点的转换等);
4. 人所共有的(文学)联想;

5. 读者基于"特定的立场"(即学说、教条或意识形态)所领会的含意;
6. 私人化的(文学)联想。①

其中有几条(应该是前面四条)可以看作是所有读者共同拥有或接受的东西。我们都是在一个"阅读的共同体"里进行阅读的,所以当然会对意义有共同的理解。但是,事实真是如此吗?

换个角度看,在我们创作或评论小说的时候,我们在不同的情形下接受的是否是不同程度上的理解?是否我们的认识存在于"完全理解作者的意图"和一种"自由的、完全个性化的理解"之间?比如把《第一次死亡之后》(*After the First Death*)②看作是一部会客厅喜剧,或者认为《狮子、女巫与衣橱》(*The Lion, the Witch, and the Wardrobe*)③是一部异教徒作品。(《狮子、女巫与衣橱》的例子并不是异想天开,在美国某些地区,这部作品的确因为这个原因而被禁。)而且真的有"完全理解"这回事吗?是不是存在不同的理解"程度"?比如我们会觉得,理解到这样的程度足够了,这样的程度是正常的,这样的程度应该得到好评呢?

显然,"共同的理解"是有其界限的。坦白地说,作者的真正意图,就连作者本人都不一定能完全说得清楚。但我们必须假设在你理解的、我理解的,以及儿童读者理解的东西之间有相交集的部分,否则,写书、评书都会成为毫无意义的行为。在关于意义的理解上,一定有我们大家都同意的"中间地带"的存在。

这样说可能没有让我们得到什么实质性的发现,但至少提醒我们一定要非常谨慎,不能一概而论地认为不同读者的理解都是相似的。接下来我们需要研究的是,文本是如何发挥作用的——有哪些共同的规则,这样我们

---

① 改编自 Robert Protherough, *Developing Response to Fiction* (Open University Press, Milton Keynes, 1983), p. 30.
② Robert Cormier, *After the First Death* (Gollancz, London, 1979).
③ C. S. Lewis, *The Lion, the Witch, and the Wardrobe* (1948; repr. Collins, London, 1950, 1982).

才能看清楚不同的读者是以哪一点为转折,开始沿着自己的理解走下去的。

同样,文本的组织方式以及我们对这种文本组织方式的理解对于我们的世界观也有着深刻的影响。罗杰·福勒(Roger Fowler)指出:"语言符码并没有完全中立地反映客观现实,它们对话语涉及的对象进行释义、组织、分类,它们将人们关于世界是如何组织运行的理论,即世界观或意识形态具象化了。对于个人来说,这些理论是有用的、令人安心的,因为这些理论让自己和世界的关系变得简单、可控。"[1]但前提是,我们要理解这些理论。正如福勒所说:"在连贯的文本里,句子和句子之间通过一个联结纽带组成的精妙复杂的体系而衔接起来。"[2]如果我们不懂得这个体系,就很有可能也不能理解文本。或者,如弗兰克·史密斯所说:"读者越是觉得文本新颖,对文本产生关联预期的可能性就越小,理解的难度也就越大。"[3]

阅读就是一个落实期望的过程。问题是,你我的期望和小读者的期望之间,到底存在怎样的差异?

解密文本

这么说来,文本本身不会告诉你任何东西。[4] 它们以复杂的语言、语义编码系统编排诸种可能的潜在意义。是否能够掌握这些意义取决于我们的"解码"技术。如果我们想要理解儿童对于文本的看法,我们自己先要知道这些"编码"是什么。以及实际需要哪些技巧来进行解码。不过,问题的根本在于,我们需要知道一个熟练的读者其解码的方式、理解文本的方式和儿

---

[1] Roger Fowler, *Linguistic Criticism* (Oxford University Press, London, 1986), p. 27.
[2] Ibid., p. 69.
[3] Frank Smith, *Writing and the Writer* (Heinemann Educational, London, 1982), pp. 95–96.
[4] 参见 Margaret Meek, *How Texts Teach What Readers Learn* (Thimble Press, South Woodchester, 1988).

童读者的方式之间有什么不同。

所以,我现在要研究的不是读者给文本带来的东西以及对文本的反应,而是文本到底包含了怎样的编码。然后我要探究的是儿童读者和成人读者阅读方式的不同——但不是研究儿童读者"能够"做什么,而是要看他们"不能"做什么。如果我们仔细观察一个经验丰富的读者是怎样阅读的——即我们成人获得意义的方式——我们或许就能知道儿童读者在这方面到底缺了什么。我们在"理解"文本之前需要对文本有哪些了解?文本给了我们哪些线索与提示帮助我们理解?

或许我们可以先停一停,问问自己我们在此说的"理解"到底是什么意思。从哲学上来说,或许根本没有"完全理解"文本这一说,因为作者真实的意图,恐怕连作者自己也说不清楚。所以,这么看来,就只有不同程度的理解。有些程度的理解或许是可以测试出来的,但正如弗兰克·史密斯所说,意义的理解总是非常个性化的。在"文学理解"上尤其如此,我们或许可以说,在文学理解上,"绝对确定"的状态是不存在的。①

要阐明这一点,最好的方法就是举一个实际的例子。首先,让我们来看一看,一段文本中到底包含着哪些潜在意义(我们会以"常识"为基础,尽量让自己处于成人读者都会同意的"中间地带"——虽然儿童读者不一定有和成人一样的"常识"概念),然后再看需要哪些技巧和知识来理解这些意义。

让我们用詹妮·霍克(Janni Howker)的著名短篇小说《艾萨克·坎皮恩》开头坎皮恩的一段叙述为例子:

> 好了,我们的丹尼尔被杀害的时候,我当时十二岁,快十三岁了。哎……(清嗓子)很久以前的事了。我现在说的是八十三年以前的事。八十三年。那是一个你们无法想象的年代。是一个完全

---

① Frank Smith, *Reading*, 2nd edn (Cambridge University Press, Cambridge, 1985), p. 83.

不同的世界。你也可以说是一个完全不同的星球,我就是在那个星球上诞生的。

  没有收音机。没有电视。没有世界大战。他们连泰坦尼克号都还没造出来,把她弄沉是更久以后的事了。①

这段文本告诉我们什么?我们怎么知道它告诉我们的是什么?

这种探究是一项有趣的集体游戏。我曾让几组大学生玩过这个游戏,对于这些学生作为"尚不成熟"的读者所拥有的阅读技巧,我还是非常有信心的——虽说我坚信他们现在还是处于"抗拒性"阅读的状态,也就是会在阅读的时候把"标准答案"和自己真正的想法做对比。他们的阅读体验给了我很大的启示。不过很快就产生了激烈的争论。

"好了"(Now then)是一个口语标志,表示有人在说话,也暗示了是年长的人在对年幼的人说话;从某种程度上看,也暗示了说话的人是位男性而不是女性。不管怎么说,这个表达方法表明有人在掌控叙事(而非开展对话)。它还表明了所属的地域方言(如果读者是兰开斯特人,就会觉得这种说法"很正常";要是读者是南威尔士人,就会觉得奇怪,因为他们一般会用"Arright"开头)。这个用词可能还暗示了说话人没有受过很好的教育(至少对南方人来说可能确实如此)。它把文本的"模式"设定为站在当下,讲一个发生在过去的故事。

正如你所见,这样的分析可以持续进行下去,不过,先让我们来找出第一段中出现的、最为重要的东西。

方言有多重要?地方性语言标志的作用不仅仅是凸显人物特点。"快十三岁了"让读者看到了文本潜在的吸引力和乐趣;"我们的丹尼尔"显示了说话人与所指对象之间亲密的关系,很可能是家人的关系,我们从中也可以看出这段叙述的口吻非常亲切。(顺便提一下,我们做测试的时候只有一个

---

① Janni Howker, *Isaac Campion* (MacRae, London, 1986), p. 1.

读者没有立即自动认为丹尼尔是一个人,而不是别的事物,比如一条宠物狗。可能是因为宠物狗有一些约定俗成的常用名;可能性更大的解释是在文本中这么靠前的重要位置出现宠物狗这样的角色一般不太可能。)"哎……我现在说的是……你们无法想象的年代"再次强调了说话者的特征,同时又暗示了后续文本包含的一些内容不会立即和行动有关。这样读者就可以选择利用自己的想象,把整本书当成一部惊悚小说来看,或调整自己对作品的期望。

现在,我们可以大胆地假定"丹尼尔被杀事件"既不会过分戏剧化,也不是无足轻重。换句话说,我们其实已经接收到很多线索,告诉自己应该用怎样的态度来阅读这段文本——就是说,我们不仅知道文本的目标读者是哪类人,也知道文本预设了读者在阅读的时候拥有怎样的专注度、具备哪些技巧以及怀抱什么期待。

这个故事讲的是什么?前面的引文中,说话人清嗓子之前,出现了一句"勾人心"的话(我们将其称之为"钩子"):"我们的丹尼尔被杀害的时候"。在经验丰富的读者看来,这句话是对叙事中第一个,或许也是最中心的一个事件的明确提示。但很重要的是要意识到这个"钩子"要能成立、能发挥效果,读者必须知晓这类文本的一般规则,而这又要求,读者能正确识别出文本属于哪种类型的体裁。在这个阶段,我们应该会马上对"被杀害"这一点做出反应。这对于大多数读者来说是能够让人产生兴趣的(不管是正面的还是负面的),因为它超出了日常生活的范畴,所以引起了某种反应。这个事件到底有多重要,或者我们应该以怎样的态度来看待它还是个未知数。我想起了美国的《布鲁姆县城》(*Bloom County*)这部报纸漫画中的一个人物,漫画里孩子们看电视的时候分不清这是虚构的杀人还是实际发生的,这时候这个人物发出了一声哀嚎:"有没有人告诉我是应该高兴还是不高兴啊?"①

---

① Berke Breathed, *Toons for Our Times*: *Bloom County* (Little, Brown, Boston, 1984), p. 91.

文本中这么早就出现了这个"钩子",表明"杀戮"在这本书里有比较重要的位置。如果叙述人在五页之后说道:"哦,对了,我们的丹被杀了,不过这没有什么可讲的;毕竟,他就是个臭虫一样的小人物,所以让我来和你说说我昨天看到的插花吧。"这对于一个成熟的读者来说会是非常令人惊讶的。不过,虽然这种认识(由该"钩子"的设置及其在文本中出现的位置,推测"杀戮"是个有分量的主题)在成熟的读者看来稀松平常、显而易见,对于我们青涩的小读者来说是不是也是如此呢? 如果不是的话,小读者眼里的这本书会是怎么样的呢?

我们在看一个故事的时候,我们需要记住的重要的部分是什么? 在任何一个文本里,并不是所有信息都具有同样的重要性。《艾萨克·坎皮恩》中提到的"八十三年"或许是非常重要的,因为这个词重复出现了几遍。不过"丹尼尔被杀"的重要性还是更高吧? 作为成人,我们一旦碰到和"死亡"相关的事件,都会把它的重要性往前排,而且对任何以书面形式出现的东西,都赋予它一定的重要性。但其他读者也一样吗? 弗兰克·史密斯在《写作与作者》(*Writing and the Writer*)一书中对作者的"全局"意向(即作者整体上希望写一本怎样的书)以及"焦点"意向(即希望每个词、句子、段落、章节发挥的作用)进行了区分。读者开始对文本进行解码的时候,这些意向就被读者的期望所取代。① 问题是,只有我们确切知道自己应该注意哪些东西,才能够合理地形成对文本的期望;如果不是这样的话,我们无法"预测"文本中到底会发生什么。

我们的好奇心何时才能得到满足? 在引文第一段结束的时候,甚至很可能在第一段还没结束以前,即可以认为讲述人明显的絮絮叨叨是在塑造人物性格,而不是推进故事发展。根据这个判断,成熟的读者就能够决定自己需要用"多少心思"去阅读这段文本。即使只读了这么一段,我们也很清楚这本书属于某一个特定的类别。它既有回忆,又有动作——虽然我们可

---

① Frank Smith, *Writing and the Writer*, pp. 88 - 89, 94 - 95.

能会想这种情况是不是只是暂时的。不过同样,我们会有这样的认识是因为我们对讲故事和文本构成都积累了一定的经验。

我们需要知道的知识有哪些?引文第二段要求读者在阅读的时候调用特定的知识。假设我们都知道收音机是什么(比如,收音机是大致在1991年前后装在汽车里的装置),以及除了一小部分人以外,所有人都把电视视为生活中一个非常自然的组成部分。但世界大战呢?世界大战是一个我们可以定义的概念吗?我们或许知道"世界大战的定义";我们也可以通过媒体的再现去"体会"战争的种种滋味,但这是另外一回事了。而且如果你恰好经历过战争的话,你对于战争又将会有完全不同的概念。(当我从父母那里听说,"二战"期间参战的将士碰到节日实际上还会回家过节时,总是觉得有些不可置信。对于不熟悉战争、没有亲身体验的人来说,战争好像应该无时无刻、无所不在地进行。)所以在这里,叙述人的理解,读者的理解,不同类型、不同年龄、不同时期、不同文化背景的读者的理解,它们之间就存在着相当大的距离。

再看下一句。如果你碰巧不知道"泰坦尼克号",你也可以从斜体形式(原文中有斜体形式)和前后文的内容推断出"她"指的是一艘船(因为你"知道"某些无生命物体的专有名称在书本里会用斜体形式表示,而且英语中对船的指称用的是阴性代词"她")。不过这艘船遇到什么事了?为什么有人要"弄沉"她?在这段文本中,这里是我们第一次碰到需要调用已知的、作品以外的知识来理解文本内容的情况。

稍后,我会总结几点从这样的分析中得出的结论,来看看我们是否可以归纳出读者需要怎样的知识与技能来对文本进行意义解码,以及儿童作为不成熟的读者,到底在多大程度上拥有这些知识与技能。不过在那之前,我要对三种可能的反对意见做一下回应。第一,有人会觉得这整个的分析行为是毫无意义的,因为人们不会用这样的方式来阅读文本。的确如此,不过,我们只有尽可能细致地勾勒出在和文本接触的时候会有哪些可能的反应过程,才能进入下一个更加重要的研究阶段,判断哪些过程是每一个读者都会经历的。第二种反对意见是,这样的分析太过于简单化了(虽然表面上看起来很复杂)。我自己对于很多读者反应理论(虽然这些理论都很富有启示)的反对意见之一是,这些理论都假设读者脑筋非常不灵光,需要费力地把每一行中的一字一句都读仔细,还经常因为看到词汇或语法变化而感到惊奇。我非常怀疑,即使是最笨拙的读者也不会经历这样的阅读反应过程。

写作和阅读至少在某种程度上是"直线性的",我们按照一定的先后顺序来收集信息,这点不假。但如我们所见,每句话的每个层面或多或少都会向读者"预告"某些东西(或者说给读者提供线索来进行预测)。在最简单的层面,我们可以预测语法结构的完整性,也可以预测对于用词的选择。比如有这样一句话:"你也可以说这是一个完全不同的＿＿＿＿。"这句话的结构和语境都提示了横线上的词应该是个名词,很可能是地点,也有可能是时间,比较不可能是某种修饰语。如果在用词选择上出现任何不协调,那文本就会变得"异常",可能的结果是造成理解上的困难("完全不同的打字员"),或是幽默的效果("完全不同的香肠"),或是具有暗示性("完全不同的思想观念")。而詹妮·霍克实际选择的用词("星球")也造成了一定的间离效果,促使读者进行思考。她利用了现成的、通俗的表达方式"一个完全不同的世界",在此基础上把"世界"的范围扩大了。

第三种反对意见可能会问:"你为什么不直接去问孩子们呢?"首先,得到什么样答案取决于你向孩子们提出什么样的问题;不仅如此,孩子们还倾向于说你想听的话。事实上,很多研究儿童的优秀作品都富有指导意义,都能够证明这一点。更不用说,其实大多数成人在阅读的时候都弄不清楚到底发生了什么,所以我们更加需要为阅读过程中发生的活动绘制一张地图;当孩子们说自己处在哪里的时候,我们成人能够分辨出他们到底说的是什么。

我们之前提到,获取文本意义有几个层面,前四个层面讨论和处理的是语义问题,这四个层面没有直接讨论让它们本身变得可以理解的那些代码。因为我们大多数人还是对"语义"本身感兴趣。我打算先来做这样一件事:

把我们作为成熟读者所掌握的东西去掉,看看会发生什么。显然,如果把所有读者所知道的东西都列出来,只有很小一部分是单个读者所知道的。而经验丰富的成人相比儿童读者所拥有的优势是,成人读者能够透过"编码"做出判断与选择。

让我们再来看一遍这段文本:

> 好了,我们的丹尼尔被杀害的时候,我当时十二岁,快十三岁了。哎……(清嗓子)很久以前的事了。我现在说的是八十三年以前的事。八十三年。那是一个你们无法想象的年代。是一个完全不同的世界。你也可以说是一个完全不同的星球,我就是在那个星球上诞生的。
>
> 没有收音机。没有电视。没有世界大战。他们连泰坦尼克号都还没造出来,把她弄沉是更久以后的事了。①

如果从文本"结构"技巧的角度来看这段话,我们可能会说文本还是比较简单的,因为它非常"口语化"。有一些方言性的表述和语句可能会增加一点理解的难度;我认识的一些专业教师可能还会对没有动词谓语的句子结构表示不满。不过,从阅读难易程度来说——即把语法之间的关联衔接起来——这段文本还是浅显易懂的。

不过,如果我们把"已知的知识"以及某些词的"外延"涵义去掉又会怎样?如果我们对某些具体的事物没有了解,那阅读文本的时候是否就会出现这样的理解情况(括号里是不确定的内容)?

> (我们的)丹尼尔被杀害的时候,我当时十二岁……我现在说的是八十三年以前的事。当时情况很不一样。没有……电视……

---

① Janni Howker, *Isaac Campion*, p. 1.

没有什么人会把船弄沉。

或者,如果我们有意识地把"内涵"涵义也去掉,文本在读者眼里可能是这样:

> (有人——可能是家里的人会这么称呼)丹尼尔被杀害的时候,我当时十二岁……我出生在一个不同的星球,没有收音机和电视,某样东西也没有沉没。

再比如,我们把对于文本一般惯例的了解(对段落和叙事惯例的了解)也去掉,那文本在读者眼里就只剩下一连串的问题:

> (是有人在说话?这是一封信吗?还是别的?)八十三年前(从什么时候开始算?)。丹尼尔被杀了(自杀?)(谁是丹尼尔?)(这个不同的世界在哪里?)(这是一个航海的故事吗?)

我做的这些删减和改写,并不是基于异想天开的、个别而又古怪的阅读方式。如果读者失去了获取意义的部分代码,上面的这些示例就是这些读者最有可能感受到的东西。

我们最初的问题是:意义是如何产生的?以上的分析就是答案的一部分。意义是通过外延涵义、内涵涵义、文本间(inter-textual)以及文本内(intra-textual)的各种意思相互联结而成的。特别是,如果我们作为读者不能掌握文本间与文本内的各种意思,那我们阅读起来就会非常吃力,如果想要继续把阅读进行下去,很可能会被迫把文本理解成跟实际完全不同的样子。

所以,我们在理解读者给我们描述一本书的时候一定要记住这一点。意义的层面越是丰富(通常,我们认为在一本书里有比较复杂的意义层面是一件好事),对于读者来说,趋近作者想要表达的意思或是大多数人认同的意义,其难度就越大。这和一本书在文本结构上的难度并没有直接关系。

当然,一个孩子看待文本的角度和成人判断文本的角度会有非常大的差异。暗指是感知文本的关键。它以极为复杂的诸种方式控制了对意义的获取。只有我们能够辨别出潜在的、对立的观点,讽刺才有效果;同样,要是我们不能推断出文本中蕴含的相反的道德视角,反讽也会失去用武之地。能够"胜任"阅读这项工作——即调和不同的个体读者之间的差异——不仅仅是掌握知识这么简单,还需要掌握图式(schemata)。心理学家理查德·安德森(Richard Anderson)指出:"读者是否拥有消化文本的图式应该是阅读理解过程中不同个体读者之间产生差异的重要原因之一。"①

阅读的其他方面

在接受文本的方式以及儿童学习阅读的方式之间存在怎样的联系,这个问题无疑值得我们进行探究。显然,我们对于作为不成熟的读者的儿童,相较于成人或经验丰富的读者,在阅读文本的时候能够获得怎样的意义始终感到很困惑。我之前已经提到过,儿童理解的意义不会和成人相同,因为:

——儿童属于一种对立文化或反文化;

——心理的不同;

——生活经验的不同(影响对于外延涵义的理解);

——文学经验的不同(影响对于题材类型的理解);

——整体的暗指结构的不同。

---

① Richard C. Anderson, "Schema-directed Processes in Language Comprehension," in *The Psychology of Written Communication*, ed. R. Hartley (Kogan Page, London, 1980), p. 37.

那么,儿童在阅读文本的时候,是不是"解构主义者"？他们随时准备"抗拒"文本(按:如中心化的意义和固有的常规等),并在此基础上进行"反常"的阅读——不用理会令人生厌的、限制理解的条条框框,从而可以任意地"误读"？"解构主义"是近年来非常时髦的文学批评方式,关于这个概念有如下描述:

> (在解构主义研究中)批评家的目的不是将作品作为一个整体进行研究,而是探究作品不同层面的、多样化的各种可能的意义,作品未完成的状态,作品显示出的但又无法描述的缺省,以及最重要的,作品的矛盾性……(这种方法)可以和英美传统的文学批评方法做对比,后者研究的是作品的整体性、连贯性……英美传统的方法弥合了作品中的矛盾,封闭了文本,让文学批评沦为了意识形态的同谋。通过建立起一套可接受的文本的准则,并给予这些文本相应的可以接受的解释,文学批评能够迅速侦察到"文学"领地内任何与主流意识形态相冲突的元素。①

而持更多怀疑态度的霍华德·菲尔培林则认为,"解构"实际上是一种游戏方式:

> 当文学批评意识到……自己制定的规则有不足之处……文学批评就往解构的方向发展,而解构实际上仅仅是语言怀疑主义的一种游戏方式,一种严苛的、谨慎的游戏方式,但本质还是游戏……毕竟,如果文学是文学批评的前提条件,如果文学文本以及解构必须放在"文学"这个类别里面,那么问题不是"文学"这种东西是否存在,而是这个类别的包容性应该有多大——如果文学总

---

① Catherine Belsey, *Critical Practice* (Methuen, London, 1980), p. 109.

是提前知道批评家想要探寻和发现的东西,那么后者再怎么努力(虽然看上去是批评家在设立规范)也永远不可能有圆满的时候。①

那么,从某种程度上说,站在儿童读者的立场上,阅读的每一步行动都是儿童根据自己所知道的话语世界(或反话语世界)的规则来对文本进行重新诠释,而这些行动都是"解构",一种和文字玩的游戏。不过很快儿童就会被教导:文字是不可以"玩"的;但只要他们还在做这种游戏,他们就是最出色的解构者。

对于所有读者,特别是小读者来说,对于文本的体验虽然某种程度上而言受到规则的控制,但整体的体验还是非常反复多变的。所以关于儿童是否有能力进行"文学"阅读这个问题,不管从哪种"文学"定义的角度出发,都是非常复杂的。弗兰克·哈特(Frank Hatt)指出:

> 同一个读者会用不同的方法来阅读不同的文本;同一篇文本不同的读者也会用不同的方式来阅读。同一个读者在不同场合下阅读同一篇文本的方法也会不同;而且他在同一个整体的阅读行为过程中,对于同一篇文本的不同部分,也会根据自己情绪、目的以及知识的变化,使用不同的阅读方式。②

这就引出了一个问题:是否存在真正"单纯"的功能性意义或外延意义?在某种程度上说,所有的阅读行为都包含着那个正在阅读着的"自我",带有几分主体性,因此所有阅读行为都可以说是具备"文学性"的。至于阅

---

① Howard Felperin, *Beyond Deconstruction: The Uses and Abuses of Literary Theory* (Oxford University Press, London, 1985), p. 131.
② Frank Hatt, *The Reading Process: A Framework of Analysis and Description* (Clive Bingley, London; Linnet, Hamden, Ct, 1976), p. 71.

读过程的观察者,不论是作者、出版商、老师或心理学家,对于读者内在不可捉摸的文本反应,都只能做一些尽量合理的猜测。正如迈克尔·本顿所说,"文学性阅读要求读者全身心的投入"①,而这并不是可以轻松评判的事情。

简而言之,读者与文本之间的互动取决于复杂多变的读者本身以及文本本身。

> 如果读者从文本中获得的东西取决于他带着怎样的问题来看这段文本,那么这些问题其实早在读者实际开始接触文本以前就已经通过读者自己的期望而产生了……读者一旦有能力默读,他的感知活动就和预测文本意义联系在了一起:读者从页面上获取文字图像的信息,并不是把信息存到了一个真空的地带,而是存到了一系列期望之中;而一旦发现信息与期望不符,他就必须对期望进行调整。②

到目前为止,我们研究的对象都是看得见摸得着的。不过,这里当然还涉及另外一个元素。哈罗德·罗森(Harold Rosen)指出:"故事文法家们要注意了。句子有句号来作结,故事却没有。"③

---

① Michael Benton et al., *Young Readers Responding to Poems* (Routledge, London, 1988), p. ix.
② Frank Hatt, *The Reading Process*, pp. 66, 74.
③ Harold Rosen, *Stories and Meanings* (National Association for the Teaching of English, London, 1985), p. 38.

第六章　文体与文体学

文体论介绍

正如我们所见,要区分我们在文本中感知到的东西以及文本里引起我们反应的东西只是一种刻意的行为。我们并不会有意将信息和作为信息载体的媒介区分开来,就像我们不会刻意区分自己带给文本的东西和文本本身提供的信息。不过,对文本"表面"所显示的各种元素分别予以考察,并对这些元素组合在一起所可能产生的效果加以研究,这的确是一项很有意义的工作。

那么,文体与文体学在整个交流过程中扮演了怎样的角色? 首先,我们不能把文体以及将它作为研究对象的文体学和阅读这种行为割裂开来。阅读是一个互动的过程,而我们通过对文本的解码以及自己带给文本的"编码"来理解文本意义。读者需要自行填补文本中的"空白"来减少意义的"不确定性"(indeterminacies)。(虽然也存在这样一个矛盾,那就是文本提供的信息越多,不确定性也越大,因为每增加一个词语,非但不能对文本意义起到更好的澄清作用,反而会扩大内涵意义的可能范围。)在这里,读者自己需要做出的努力,用沃尔夫冈·伊瑟尔(Wolfgang Iser)的话来说就是:"最出色的文学作品就是要促使读者对自己习以为常的规则与期望有新的、批判性的认识。"[①]而这个产生新认识的过程的第一步就是对于文体上的"异常

---

① 转引自 Terry Eagleton, *Literary Theory: An Introduction* (Blackwell, Oxford, 1983), p. 79.

之处"的感知。不过,伊格尔顿认为,这种观点代表了自由人文主义的理想中的阅读状态(即我们的心灵会开放地接受文本带来的影响),而且,这种观点背后还隐藏着一种权力结构,即读者仅仅是机械化地根据作者提供的线索,用组装 DIY 套装的方式,重新拼搭出文本所蕴含的意义。[1](这种方式所带来的一些后果在第八章中将有更详细的讨论。)

上述讨论和儿童文学之间的关系是非常重要的。比如,就儿童文学而言,当读者对文本的表意模式进行探寻时,当遭遇不确定性成为某种更为基础、更为核心的学习过程的一部分时,伊格尔顿对自由人文主义读者的批评是否也适用于儿童文学文本的目标读者?如果说,伊瑟尔不遗余力地支持"开放"的文本(虽然伊格尔顿指出了这一概念的不足之处),我们怎么看待这种现象,即只要牵涉到儿童,限制与束缚在一些评论家眼里反而成了一种美德?的确,认为儿童读者不能够给文本带来一套完整的、足够复杂的符码体系,这一点并没有错;但仅仅因为这一点,我们就要否认儿童其实也有可能给文本带来丰富的符码?同样,对待"儿童读者不能理解文本复杂的不确定性"这种观点,如果把"复杂"换成"简单"就能解决问题,那么这一观点会更具有说服力。但事实是,人们往往把"简单"等同于俗套的用词,或者认为,"简单"的文本有种时不时对思想和行动作总结的癖好。[2]

虽然上述这些都源于将口述的故事变成书面文本的传统方法,但总结(或曰概述)和暗指本身对"解码"有比较高的要求,就此而言,它们其实是比较复杂的文本手段,也正是这两种手段为"陈词滥调"提供了语义内容。所以这里矛盾在于,虽然总结和暗指要求读者有较多的信息输入,但它们的作用是减少文本不确定性,而不是增强互动。

下面这段文本是一个比较典型的例子:

---

[1] 转引自 Terry Eagleton, *Literary Theory: An Introduction* (Blackwell, Oxford, 1983), pp. 79-80.
[2] 参见 Justine Coupland, "Complexity and Difficulty in Children's Reading Material," unpublished Ph. D. Thesis (University of Wales, Cardiff, 1983).

> 他们运气很好,恰好碰到了约翰叔叔正在把一棵倒了的大树砍断,用来感谢好心的两兄弟对他的热情招待。约翰叔叔看到他们俩,把斧子往树上一插,邀请他们坐在树桩上。①

总结性的语句"他们碰到了"和"约翰叔叔看到他们俩"放在这里用来彰显在信息传递的视点上叙述者的控制地位。而修饰语"用来感谢好心的两兄弟对他的热情招待"不能直接和"他们"关联起来,此外,任何对话也都选择用非常正式的词汇进行暗示("邀请他们")。相似的情况还有开头的句子"他们运气很好",这是一个非常精确的判断,限制了其他联想的可能性。但某种程度上,由于它在整个句子结构中所处的位置,"他们运气很好"这句话和作为文本"意识焦点"的人物角色之间的关系却是模糊的;很显然,这也是一句需要经过比较复杂的"解码"过程(参考不同类型的文本通则)才能理解的"陈词滥调"。

所以我们也可看到,文本的诸多限制与关于儿童文学的理论、与儿童文本教学和写作的实践都形成了直接的对立。大家都认可语言与思想的关联、语言与教育的关联以及语言与社会化的关联的存在。既然如此,为什么在儿童文学领域会如此忽视语言本身?从某种程度上来说,看起来似乎是因为批评家的兴趣并不在此;从根源上来说,是因为文本研究不受欢迎。

按理说,"实用主义文学批评"的遗产不应该让这种情况产生。毕竟,这一文学批评思潮在过去五十年中在英美两国的文学教育领域一直占据着主导地位,但我们也要看到另外三种观念产生的影响与作用。

第一种观点强调儿童文学的"用途"。这种观点让儿童文学文本的关注点都集中到了"影响"上来,从而产生了一些非常简化的阅读模式以及对于作品"主题"分析的关注。第二种观点认为,文体学分析一直都处在一个模

---

① Cynthia Harnett,*The Woolpack*(1951;repr,Penguin,Harmondsworth,1981),p. 211.

糊的地带。早期的"形式主义"文体学和"实用主义文学批评"有同样的问题,伊恩·瓦特(Ian Watt)指出:"形式主义文体学推崇的客观性带来的是一种虚假的权威,通常作用于对未经推敲的判断进行合理化的过程。"[1]而文体学与文本的影响效果之间的关系也经常受到质疑,结果就是,文体学与生动有趣、蓬勃发展的叙事分析相比,经常被人认为是一项不富有成效、没什么创见的工作。第三,最近二十年间,文学批评的主要关注点已经转移到了研究语境、读者反应、阅读的多重性(plurality,这个术语本身就容易产生误导,正确的术语应该是阅读的多样性,multiplicity)以及文本哲学(持怀疑态度的人可能会说,所谓的文本哲学不过是方便学生记忆的、更轻巧的概念)上来。

不过,如果我们认为对文体的研究是有意义的,能够供我们使用的研究方法有哪些? 文体学,或语言批评学的发展历史可谓喜忧参半。早期文体学研究认为自己是语言学与某种批判性的"注疏笺证"式阅读的交集[2],并认为文体学"使得人们有意识地关注只有'习得直觉'(trained intuition)才能感知到的文本特征,从而为美学欣赏提供了基础"[3],但这些观点都受到了质疑。因为文体与读者反应没有直接的联系[4],在一段时期内,文体学研究也被视为一种"前批评"行为(pre-critical activity)、一种机械的行为,用罗杰·福勒的话来说,"支持了一种自我陶醉的、落后的文学意识形态"[5]。不

---

[1] Ian Watt, "The First Paragraph of *The Ambassadors*: An Explication," repr. in *Twentieth Century Literary Criticism*, ed. David Lodge (Longman, London, 1972), p. 59.

[2] Geoffrey N. Leech, *A Linguistic Guide to English Poetry* (Longman, London, 1969), p. 225.

[3] Henry Widdowson, "Stylistics," in J. B. R. Allen and S. Pit Corder, *The Edinburgh Course in Applied Linguistics*, vol. 2 (Oxford University Press, London, 1973), p. 204.

[4] 参见 Stanley Fish, *Is there a Text in this Class? The Authority of Interpretive Communities* (Harvard University Press, Cambridge, Mass., 1980). pp. 68-96。

[5] Roger Fowler, *Literature as Social Discourse* (Batsford, London, 1981), p. 19.

过,安妮·克鲁申纳尔(Anne Cluysenaar)以及其他人也指出,对于文本以及分析方法的选择本身就是一项批评行为——对于形式的描述就是在表达一项批评意见。① 斯坦利·费什的观点是,因为分析方法决定了感知和研究过程,故而文体学是一个"封闭"的体系;如果文体学非要认为自己是"断定性"(definitive)的而不是"建议性"(suggestive)的,那它只能沦落为一块绊脚石。福勒的近作,以及学界对以巴赫金等为代表的若干学者重新燃起的兴趣(这些学者都将文体学与意识形态关联起来),使文体学重回文学批评技术的主流。②

文体分析和叙事分析一样,容易遭受如下质疑:它们仅仅是"一种机械化的操作,把分析意义如何构成留给其他研究,所以,就算文体学留给我们一些思考的价值,也并没有留给我们多少实用价值"。③ 不过,这种"机械化的操作"是非常重要的,催生出了非常实用的分类体系,通常遵循从特定到一般的研究顺序。④ 比较典型的是卡明斯(M. Cummings)和西蒙斯(R. Simmons)的研究方式,他们从音系、语音开始,再到字相(从句、组群、单位组合、层级转换等),再到词汇(词汇搭配与组合)、语境以及语言的各种变化。从研究本身来说,这些做法并没有多少批评的意味,但卡明斯和西蒙斯指出:"文体研究说到底就是对于语境和环境的研究……文学文本中的元素……能够互相进行定义。"⑤同样,福勒也指出:"语言结构并不是随意形成的,而是由它的功能决定的,是以功能为动机的……在一个特定的群体

---

① Anne Cluysenaar, *Introduction to Literary Stylistics* (Batsford, London, 1976), p. 16.
② 参见 Raman Selden, *A Reader's Guide to Contemporary Literary Theory* (Harvester, Brighton, 1985; 2nd ed. 1989), pp. 16 – 19。
③ Horst Ruthrof, *The Reader's Construction of Narrative* (Routledge, London, 1981), p. 123.
④ David Crystal and Derek Davy, *Investigating English Style* (Longman, London, 1969), pp. 15 – 19; Geoffrey Leech and Michael Short, *Style in Fiction* (Longman, London, 1981), pp. 75 – 82.
⑤ M. Cummings and R. Simmons, *The Language of Literature* (Pergamon, London, 1983), p. 218.

中,通常人们会对某些特定类型的语言结构赋予一定程度的重要性。"①

文体和童书文本之间的关系很显然是非常复杂的,在本章下面的篇幅里,我会对文体的两个方面进行研究。一是"语体"的概念——即人们认为什么才是适合儿童文学作品的语言;二是作者立场的隐含意义和实现方式,以及对话这一表现方式所反映出的权力结构和对文本的控制。

语言的重要性

首先,我们一般是通过用词情况来分辨儿童文学作品的。似乎人们普遍认为有一套特定的用语是适合儿童文学创作的,即"语体"。虽然很多作家与文学评论家对此发表了慷慨激昂的反对意见,但情况还是如此。这些意见有:

> 作家……不应该因为儿童在意义理解方面和成人有所差别,而觉得自己有必要对情节的复杂程度进行刻意限制;就像作家没有必要对用词进行限制一样。——埃莉诺·卡梅伦②

> 我认为还有一项非常重要的因素是……语言有拓展读者思维与词汇的作用,所以语言本身对儿童而言就是一种乐趣——即使是最贫瘠的童年也有丰富的语言相伴。——琼·艾肯(Joan Aiken)③

> 任何人如果在为儿童写作的时候刻意降低作品水准纯粹就是浪费时间……有些作家会故意不使用他们认为儿童不能理解的词

---

① Fowler, *Literature as Social Discourse*, p. 28.
② Eleanor Cameron, *The Green and Burning Tree* (Atlantic, Little, Brown, Boston, 1969), p. 87.
③ Joan Aiken, "Purely for Love," in *Children's Literature: Views and Reviews*, ed. Virginia Haviland (Bodley Head, London, 1974), p. 148.

语。这种做法削弱了文本的魅力,同时在我看来也让读者觉得索然无味。儿童的天性就是把一切都当成游戏。只要全神贯注地沉浸在语境当中,他们其实喜欢有点难度的文字。——E. B. 怀特(E. B. White)①

事实上,我们可以很快地就从这类有特色的语言中分辨出哪些是儿童文学作品。而 E. B. 怀特的观点"有些作家会故意不使用他们认为儿童不能理解的词语"是非常贴近事实的。

从教育的角度看,E. B. 怀特的话有一个矛盾的地方,那就是"只要全神贯注地沉浸在语境当中"——这就意味着语言仅仅是一种载体,全神贯注会将某些文本要素"前景化",而"前景化"会导致阅读和感受的"自动化",尽管这是限制在一定语体内的"自动化"。贾妮丝·多姆(Janice Dohm)曾这样评价伊妮德·布莱顿的作品:"不可否认,伊妮德·布莱顿的作品读起来很容易,读者不需要费任何心思或学习新词汇,甚至跳过整个句子或段落也不影响对故事的理解,所以读者大可以轻轻松松地像看电影一样看故事如何展开。"②

在语言上加以限制不仅没有必要,还会削弱孩子的学习能力,这个观点也得到了教育学家的支持,虽然他们仍然不认为讲故事这种方式在语言学习中占据多重要的位置。发展心理语言学家为语言习得的过程提供了非常有价值的证据,比如他们证明了儿童掌握句法的时间比人们普遍认为的要早很多。③ 教育学家也普遍赞同这样的观点。大卫·霍尔布鲁克(David

---

① E. B. White, "On Writing for Children," in ibid., p. 140.
② Janice Dohm, "On Enid Blyton", in *Young Writers, Young Readers*, ed. Boris Ford (Hutchinson, London, 1963), pp. 99 – 106, at p. 99.
③ 可见 Carol Chomsky, *The Acquisition of Language in Children from 5 to 10* (MIT Press, Boston, 1969); David McNeill, *The Acquisition of Language* (Harper and Rowe, New York, 1970)。

Holbrook)就曾叹息,学校里的教材用的都是过时的文本和概念,也感叹文学欣赏(在某种程度上说,就是对语言的敏感度)被考试这种机制所限制。①约翰·霍尔特(John Holt)在著作《孩子如何学习》(*How Children Learn*)中认为,儿童是如饥似渴的信息收集者,而教育体制则会泯灭这种天性。②詹姆斯·布里顿(James Britton)在《语言与学习》(*Language and Learning*)中坚定地认为儿童需要和语言有非常广泛的接触。他举的例子是在儿童自己写作的时候,他们会"尝试站在其他人的角度说话"。③ 康妮·罗森(Connie Rosen)与哈罗德·罗森在《小学儿童的语言》(*Language of Primary School Children*)一书中提出,虽然儿童可以接受语言上的限制,但这些限制对他们不一定有好处。④

在讲故事的时候,对任何元素进行限制都是毫无道理的。但不管怎样,这种限制是一个循环的过程。杰弗里·萨默菲尔德(Geoffrey Summerfield)指出:

> 文学在激发想象力上起着至关重要、不可或缺的作用……它可能是我们工作中最具有教育意义的一部分……一个非常不幸但又很少有人愿意承认的事实是,随着年岁的增长,我们的语言也会变得陈旧、缺乏新意,变得更加雷同、更加普通;我们的语言不再那么容易引起共鸣、不再那么个性化、不再那么生动。我们希望自己的语言符号能够越来越遵循某种特定的模式,更加理性化、机械化;于是我们的用词越来越落入俗套、越来越如出一辙……而且我

---

① David Holbrook, *The Secret Places* (Methuen, London, 1964); idem, *The Exploring World* (Cambridge University Press, Cambridge, 1967).
② John Holt, *How Children Learn* (Penguin, Harmondsworth, 1970).
③ James Britton, *Language and Learning* (Penguin, Harmondsworth, 1972).
④ Connie Rosen and Harold Rosen, *Language of Primary School Children* (Penguin Education, Harmondsworth, 1973).

们往往还会把自己陈旧的、毫无生气的语言强加在学生身上；如果不留心的话，我们会试图把孩子们使用的生动的、奇怪的、敏锐的、新颖的、大胆或粗犷的语言都抹去。①

文体与"语体"

"适合"儿童文学的语言，其最显著的特征就是大量使用口语化的文本"标记"，比如"很久以前"、"好了，故事是关于"、"你找到一个舒适位置坐好了吗？我要开始讲故事了"、"永远幸福快乐地生活在一起"、"好了"、"然后"、"当然"、"自然"、"对了"、"接着"等。这些用语本身并没有害处。问题在于，作者/叙述人显然在故事发展过程中占据了绝对控制的地位——他们无时无刻不在彰显自己的存在、自己的主导地位，以及他们比起目标读者掌握着更多知识这一点，这样一来，读者与文本之间的互动显然不可能是平等的。因为用语简化与相似性被认为是长辈对儿童的保护，这种情况现在不仅存在于儿童文学作品的语言当中。

文本表面的语言被读者接受以后也会控制读者的思维。这样一来，如果语言受到限制后带来的结果是陈词滥调的使用和某种特定语体的形成，其在思想上带来的后果往往就是（甚至不可避免）思维的简单与幼稚。举一个极端的例子就能说明问题，并且这个例子还能表明，评论家在文本的引导下，可能只看重结果而忽视了原因。我们拿一段典型的伊妮德·布莱顿的短篇小说作为例子。小说讲的是一个小孩拯救了邻居家的圣诞树并获得了合适的奖励：

> 哎呀，想想看！詹妮简直不能相信自己的耳朵！她拉着妈妈

---

① Geoffrey Summerfield, *Topic in Education for the Secondary School* (Batsford, London, 1965), pp. 16 – 17.

的手跑过了马路。短短几分钟里,妈妈就听说了詹妮如何拯救了圣诞树,没有让它砸到茶桌的全部过程;而詹妮则激动地梳着头发,并穿上了她粉红色的派对连衣裙!

罗宾站在那儿看着。他多么希望自己也能像詹妮一样善良!要是自己和她一起跑去救了那棵圣诞树该有多好!这样说不定他也会收到邀请了。可是他只能羡慕地看着,在一旁闷闷不乐——这种态度可不像乐于助人那样能够带来礼物与惊喜!

詹妮来到派对上,哦,这是一个多么好的派对呀!所有参加派对的孩子们都知道了詹妮如何拯救了这个派对,他们都觉得詹妮棒极了。

那么你们猜猜詹妮最后从圣诞树上拿到了什么?猜猜!她得到了圣诞树顶上那个漂亮的仙女娃娃,因为所有人都认为詹妮应该得到一份最漂亮的礼物。詹妮很幸运对不对?但她值得拥有那个娃娃,不是吗?①

这段文本的难度在于要对一种物质化的道德观做出直接的回应,以及要在安全问题上进行隐秘说教("拉着妈妈的手")。在阅读这些内容的时候会有些别扭。还有让人觉得不舒服的一点是讲道理和故事现实之间的关系。以上特点让读者没有工夫去留意语言本身的贫乏,而故事浓重的时代/阶级语调则盖过了用来表达这种语调的、极为俗套的用词。故事过分强调简单化的回报/惩罚模式,掩盖了典型的语体用词以及处于控制地位的叙述人模式,采用这种模式的主要目的不是建立起一种平等的读者与作品的关系,而是为了说教。虽然"半口语化"的叙述方式具有简素之美,但在这里,只能让人觉得一切都在预料之中,没有惊喜的感觉。作品的语言表达模式决定了在作者—读者这对关系中没有一点不确定的、可供探索的地方。对

---

① Enid Blyton, *Tricky the Goblin* (Macmillan, London, 1950), pp. 138-139.

于熟练的读者来说,这样的文本可能沦为"嘲讽的对象";但对于还处于发展早期阶段的儿童来说,不管文本表达的社会观念是否正确,他们都可能误以为,这样低要求、缺乏探索潜力的文本就是文本应该有的样了。

贾妮丝·多姆指出了这类文本的一些主要的文体特征:

> 成人读者越来越注意到(恐怕儿童读者同样越来越意识到)这类文本中的重复现象、前后不一致现象,文本里尽是些雕虫小技,显得十分琐碎。文本里的听众永远在问问题,满篇都是惊叹号,叙述用的语调则听起来就像一个大人面对着小孩子才会犯的低级错误,夸张地进行恐吓与说教,又或者是一个假装相信童话的大人所具有的那种口吻……童话世界,一个充满无限可能性的神奇的世界,在这类文本里往往沦为了一个微型的郊区。[①]

所以,针对这类文本的批评性反应,主要都集中在内容以及含义上,而不是语言和用词层面——虽然这种现象部分要归咎于文学以及书面语在语言习得方面的作用没有得到一致的认可或缺乏足够的证据。不过,这种情况已经逐渐改观,因为作品中的文学性如何由书本传递给儿童得到了清晰而融贯的理论支持,而阅读过程不仅被包含在了这种理论之内,也对理论的发展起到了促进作用。

俗套的用词、口语化的表达,以及简单化等现象自从19世纪初以来就一直是儿童文学的典型特征,而儿童文学作家则不自觉地遵循着这些规则。一个比较隐蔽的现象是,即使是颇受赞誉的儿童文学作品其实也存在相同的问题。我们可能会觉得,一般在"故事改编"里,由于受到强烈的传统写作模式与维多利亚时代翻译风格的影响,这样的情况会比较普遍。比如下面

[①] Janice Dohm, "On Enid Blyton," p. 100. 亦见 Sheila Ray, *The Blyton Phenomenon* (André Deutsch, London, 1982), pp. 111-131。

的这段文本：

> 一个士兵雄赳赳气昂昂地走在大路上——左、右、左、右！他背着背包，挎着长剑，刚刚参加完战争，现在正在回家的路上。半路上，他遇到了一个老女巫，这个女巫相貌真是丑陋呀！
>
> "晚上好，士兵先生，"女巫说道，"你真是个帅小伙！你是一个正直的士兵。所以我要告诉你一个方法，让你想要多少钱就有多少。"
>
> "谢谢啦，女巫。"士兵叫道。①

这类故事改编作品其实不一定非要使用这样的语言，菲奥娜·法兰西（Fiona French）改编的白雪公主——《白雪公主在纽约》(*Snow White in New York*)②或者艾伦·加纳的英国民间故事整理与新编③就是很好的例子。

还有一个常常被人忽视的现象是，因为其主题而受到较高评价的作品很可能在语言上仍然没有达到应有的标准。看一部作品的写作质量是否上乘，语言是最准确不过的判断标准。

我们就拿 C. S. 路易斯的《狮子、女巫与衣橱》为例。这本书在将近四十年的时间里都是一本销售势头强劲的畅销书（有几次还荣登畅销书榜首），因为故事的道德意味而备受赞誉。不过我们来看下面这个段落，有多少语句是"回收利用"的——即属于其他人的思想？

> 露西发现自己正和这些奇怪的生物手挽手走在树林里，就好

---

① Jean Roberton, *Hans Christian Andersen's Fairy Tales* (Pan Books (Piccolo), London, 1974), p. 7.
② Fiona French, *Snow White in New York* (Oxford University Press, London, 1986).
③ Alan Garner, *A Bag of Moonshine* (Collins, London, 1988).

像他们彼此一直以来都非常熟悉。他们没走多远就来到了一个地方，脚下的地面变得很难走，到处都是岩石和起起伏伏的小山丘。在一个小山丘的脚下，吐纳思先生突然转向一边，好像要直接走进一块巨大的石头里，在最后一刻露西发现，原来他带自己来到了一个洞穴的入口。一走进洞穴，露西发现自己正冲着一堆木头生起的篝火眨眼睛。①

当然，我承认我对有些句子的判断可能比较武断。不过用这样的方法来分析一段文本还是比较客观的，没有让"文学优越性"干涉我们的判断。作者在一百多字的段落里让女主人公三次"发现自己"正在做什么事，而且使用的形容词不外乎"小"、"奇怪"这些最普通的词语。作者还要解释篝火是"木头"生起的，地面是"难走"的，人物到了一个新的场景只能"眨眼睛"，这些都未能留给作者自己或作品的读者任何思考和想象的空间。很多评论家都认为这部作品是一则出色的寓言故事，但上述这些语言特征实在让人对这样的赞誉感到不是很舒服。的确，路易斯是一个名声非常好的作家，但上述分析结果提示我们应该停下来思考一下。我们刚刚所看到的作者对读者"隐秘"的控制在儿童文学作品中非常普遍。

文体学与控制

通常，人们认为作者对读者施加控制（或试图施加控制）最有效的办法就是修改（即限制）作品的内容、词汇、情节类型等等。我想要说的是，不能因为这些限制的手段非常明显，我们就认为它们实际发挥的作用要大于表达这些手段的文体特征。另外，文体特征还可能很好地表现了作者隐秘的

---

① C. S. Lewis, *The Lion, the Witch, and the Wardrobe* (1948; repr. Colins, London, 1950,1982), pp. 17-19.

态度,因为句段或语篇的组织结构最能够忠实地反映出作者想要表达的意思——就是说,文体不仅反映了作者"有意识"的语言选择,还能够反映作者潜意识里的偏见或想法。

正如我们所见,读者们之所以"知道"他们看的是儿童文学作品,主要的判断依据是用词、典型的作者态度或是叙事的模式。这些因素放在一起就组成了儿童文学特定的"语体",但这种语体很有可能带来的是对儿童有害的潜文本。伊格尔顿指出:

> 所有文学作品都包含……潜文本,从某种程度上说,潜文本可以被称作作品的"潜意识"。作品的观点和所有写作方式其实都和这种潜意识密切相关——作品没有表达的东西、用怎样的方法故意没有明说,这些和作品表面上明说的东西一样重要。看起来空缺的、边缘化的,或是模糊的东西往往对作品意义的理解提供了最重要的线索。①

平庸的儿童文学作品的缺点在于,作者假设儿童没有能力把各种不同的写作方式区别开来(他们认为儿童也不应该有这个能力),所以在作品中展现的是一种居高临下的态度,其实这也反映了成人读者在阅读儿童文学作品的时候往往自己也不能够,或不愿意做出这些基本的判断。于是,儿童文学作品的主要目标读者没有机会去比较创新和俗套、陌生和陈旧,去比较挑战权威的写作和顺服传统的写作、"新鲜"的写作和"陈腐"的写作。(如果你觉得这种说法是未经验证的判断,那么请让我指出:这一对对关系中的前面一项是大部分儿童文学作家和评论家旗帜鲜明表示推崇的;它也代表了信息传递最有效的方式,或许也可以看作是"文学"的另一项有效定义。)

---

① Eagleton, *Literary Theory*, p. 178.

传统的故事讲述方式倾向于引导读者的反应,采用"告诉"的方式而不是"展示"①;就算叙述者的角色出现空缺,我们还是会看到用不同文体手段来代替叙述者角色的情况。

为了叙述"话语"以及"思想"的需要,作家们设计了一系列较为复杂的文体"工具"来区分叙事的干预程度。人们会使用不同的术语来描述表现思想与话语的叙事手段,这些术语有着微妙的、干预程度上的差异。② 宽泛地说,大致可分为"加标记的"、"自由的"、"直接的"和"间接的"叙事手段。"加标记"是指思想活动或话语用引号(或转述引导从句)加以表示,比如"她说"。"自由"表述没有标记。而"直接"和"间接"的差别就是传统的"展示"与"告诉"的区别。查特曼举的例子是"我得走了"和"她说她得走了"。当然,在很多例子里"标记"是暗示性的,再加上使用了非常抽象的叙事总结手段,便有效地将表述方式放到了另外的类别里,这就是杰弗里·N. 利奇(Geoffrey N. Leech)和迈克尔·H. 肖特(Michael H. Short)所说的"言语行为的叙事报告"③,或变成了"自由间接的表述"。这种叙述方式将直接表述和间接表述结合在一起,不仅同时包含了两种声音,而且还有叙述者的声音以及文本中人物的"前语言"的感官觉知或感觉。④ 福勒将其称之为"思

---

① Wayne Booth, *The Rhetoric of Fiction* (University of Chicago Press, Chicago, 1961), pp. 2ff.; Shlomith Rimmon-Kenan, *Narrative Fiction: Contemporary poetics* (Methuen, London, 1983), pp. 106 – 108.
② 可见 Seymour Chatman, "The Structure of Narrative Transmission," in *Style and Structure in Literature*, ed. Roger Fowler (Cornell University Press, Ithaca, 1975), p. 230; idem, *Story and Discourse: Narrative Structure in Fiction and Film* (Cornell University Press, Ithaca, 1978), p. 201; Helmut Bonheim, *The Narrative Modes: Techniques of the Short Story* (D. S. Brewer, Cambridge, 1982), p. 51; Roger Fowler, *Linguistics and the Novel* (Methuen, London, 1977), pp. 102ff.; Rimmon-Kenan, *Narrative Fiction*, pp. 108 – 116; David Young, "Projection and Deixis in Narrative Discourse," in *Styles of Discourse*, ed. Nikolas Coupland (Croom Helm, Beckenham, 1988), pp. 20 – 49。
③ Leech and Short, *Style in Fiction*, pp. 323 – 324.
④ Rimmon-Kenan, *Narrative Fiction*, pp. 110 – 111.

想模式"——"对于人物的心理自我的任何明显的语言表述"。① 目标读者层次越丰富,表述方式就越容易摆脱"控制",向"自由直接"或"自由间接"的思想过渡。

针对这些"话语"和"思想"的表述方式的类别还可以有更加细致有趣的分级,在这种分级体系下,感官觉知与感觉、思维与表达的界限不再那么清晰。② 利奇和肖特根据叙述者的控制程度设定了等级范围,从叙述者以强势的姿态完全掌控叙事——术语称之为"言语行为的叙事报告"(narrative report of speech acts),逐渐降低为"间接标记言语"、"间接自由言语"以及"直接标记言语",到最后控制几乎不存在的"直接自由言语"。③ 他们还认为:"表达思维活动的准则或基本方式是'直接标记'。"④这些准则都可以表达让人能够接受的言语和思维活动。虽然我们习惯了逐字逐句地去看待言语,但要"直接感知别人的思想却是不可能的"。⑤ 所以"间接自由思想活动"就占据了"展示"和"告诉"之间的中间地带,而"直接标记思想活动"则是最刻意的表现形式,最受叙述者的强势控制。

让我们来看两个例子,在传统的"质量"优劣范围内,这两段文本一个被认为是优质作品,另一个属于劣质作品。第一段文本摘自一本大众化的、程式化的青少年小说《隐形的入侵者》(*Invisible Intruder*)。

>"对了,章鱼很幸运——它有三颗心脏。"
>"哦,"贝丝说道,"它们都有什么用处呢?"
>普莱策先生笑了一声:"我想它们能让章鱼的循环系统更好地工作,把血液输送到它的八条腿上去吧。"

---

① Fowler, *Linguistics and the Novel*, p. 103.
② Bonheim, *Narrative Modes*, p. 52.
③ Leech and Short, *Style in Fiction*, p. 324.
④ Ibid., p. 344.
⑤ Ibid., p. 345.

趁着他停顿的时候,芭芭拉指出章鱼在碰到敌人的时候会喷出墨汁一样的烟雾。

"海鳗是章鱼的天敌。"

芭芭拉问普莱策先生她能不能看看他收集的其他贝壳藏品。

"这些还没有打开呢。不过我倒是有几样漂亮玩意儿。"

老人没有再坐下,客人们觉得这是在暗示采访应该结束了。于是他们感谢他跟他们做了这么有趣的谈话,不过南希和奈德注意到老人没有邀请他们再来。一群人慢慢沿着山路向大路走去的过程中,他们把这一点和其他人说了。①

上面这段文本使用的是非常基础的、程式化的写作方式,这从用词上("笑了一声"、"慢慢沿着"等),以及以合适的形态明显插进来的"解释性信息"可以看出来。这些特征都反映了读者看到的是受控制程度非常严重的对话展示。上述文本中有九项言语行为,只有两项是直接展示出来的(有趣的是,两段话的说话人都是成年人)。其余七项中,一项是"加标记的"("贝丝说道"),接下来两项也是通过暗示标记表现的。再接下来四项不是采用间接表达("芭芭拉指出"、"芭芭拉问"),就是以叙述总结的形式出现("他们感谢他"、"他们把这一点和其他人说了")。这些对话表现形式似乎暗示了读者"需要"作者把所有事情都解释清楚、需要作者替他们做总结。可能对于不成熟的读者来说,这种方式对于阅读比较有帮助;但事实是它不信任读者的能力,限制了读者对文本的参与程度。可能对于一个没什么思想内容的作者来说,这样的写作方式非常便捷,但很多教育学家从教育以及文学的角度出发,都认为这种阅读对于读者是有害的。

另一个极端是作者在表现对话的时候完全没有加入自己的声音,或者看起来完全没有施加任何控制。(在这里也有个矛盾的地方,那就是作者和

---

① "Carolyn Keene", *The Invisible Intruder* (Collins, London, 1972), pp. 332 - 333.

故事叙述者之间的关系。书面的"标记"必须代替叙述人的声调、语气的变化,而声调和语气恰恰能够突显叙述人的特点。这些标记会让读者意识到书面语言的刻意性,但如果不用这些标记,又会让读者看到作者在角色分配上所花的力气而更加意识到这种刻意性。)虽说想要明确"开放式"文本、"封闭式"文本和"标记"数量之间的关系不太可能,因为如果是仿照其他媒体而生成的文本(比如从电视脚本或现成的电视剧、电影剧本衍生出的文本等),都会同时带有"开放式"文本和"封闭式"文本的特征,但有一点是肯定的,那就是"自由"元素占主导地位的文本会对读者有更高的要求。

有选择性地对言语表达进行控制所产生的效果在下面这个例子里就得到了很好的展示。下面一段话是艾伦·加纳的作品《红移》(Red Shift)里关键的一幕:简正穿着比基尼做日光浴,她的男朋友汤姆看到这一幕非常沮丧(特别是他最近发现简一直和别人有染):

"听我说,"简说,"我们要在一起,好吗?我就是这个意思。这才是最重要的。保持沉默,好不好?穿比基尼是个错误,不过那仅仅是因为我不懂。不要惩罚我的无知,好吗?我爱你。"

"懂什么?"

"求你了,汤姆。"

"懂得聪明不等于玩弄手段?……你在折磨我。你在折磨我!比基尼!"

"我只是想对你坦诚!我不懂,这是我的错。我爱你,我爱你胜过一切。"

"比基尼!"

"我爱你。"

"比基尼!"

"它这么让你难受,"简说,"那我就脱了它。"

"你还不明白么?"

"不明白。"

"我只是想知道。"①

  硬把《红移》归类为"青少年文学作品"是一种武断的行为（从这种行为本身也可以看出控制儿童文学作品创作出版的标准），这部作品展现了"开放式"阅读和读者推断是"可写型文本"的一个特征。这两个特点之间并不是毫无联系的。尼尔·菲利普指出了加纳写作技巧的微妙之处，并认为这种妙处性的来源之一就是对"标记"的限制使用。"这种写作方式的有趣之处在于加纳不需要用文字就能传递很多信息。比如，汤姆与简整个的两性关系就是在句子和句子之间的停顿中表现出来的。读者可以看得很明白，但没有明确地描写出来、提出来。"②事实上，加纳用两个标记的言语行为（"简说"）就把暗示的性行为表达了出来，和《隐形的入侵者》作者大肆使用这种工具（虽然可能是作者无意识的行为）相比，想必这是一种对于标记的更为有益的使用。

  写作方法的不同（至少在理论上）能够让叙事的地位发生很大的变化。查特曼指出："在叙事中使用间接表达形式暗示了叙述者更强的控制意图，因为我们无法确定叙述者转述的言语完全忠实地反映了人物实际说的言语。"③相反，"自由"对话比起其他形式的对话，要求读者更多使用自己的推断。和一般情况相比，自由对话要求"读者对人物所说的话语表象做出自己的解读……来推断这些话在上下文语境中的'意义'……从文本整体的角度出发，自己给出正确的动词标记"。④

  当然，我们在这里谈的都只是可能性，目前还没有任何量化的方式可以证明，在某一种特定类型的文本里，某种对话表达形式比其他形式出现得更

---

① Alan Garner, *Red Shift* (London, Collins, 1975), p. 130.
② Neil Philip, *A Fine Anger* (Collins, London, 1981), p. 106.
③ Chatman, *Story and Discourse*, p. 200.
④ Chatman, "Structure of Narrative Transmission," pp. 244-245.

为频繁,或有更决定性的作用。不过,不管怎么说,利奇和肖特的观点还是非常有启发性的——儿童小说更倾向于使用标记?这种现象能够得到扭转吗?如果我们觉察到一部作品在表现言语和思维活动的时候总带有控制的痕迹,是否能就此判断,我们正在读的就是儿童文学作品?我们在第一章中所做的实验告诉我们答案是肯定的。

我们再举一个英国儿童文学作品的发展历史上"第二个黄金时代"(通常认为是 1950—1970 年)的例子,应该能够说明问题。在我看来,《记忆中的玛妮》(*When Marnie Was There*)这部作品的文体风格很明显地"暗示"了作品创作的年代和目标读者群体:

> 安娜笑了:"是的,你当时在沼泽地里画画。"她本来还想加一句,说自己从那时起就一直记得她,好像两人是很好的朋友一样。但又觉得这么说有点夸张了。
>
> 林德赛一家人又惊又喜,都很想知道这两个孩子是怎么认识的。而且为什么当时他们不在场呢,他们问道。吉尔小姐告诉了他们。就是她最后一次去巴纳姆画素描,在那儿待了几天的时候。①

这段文本中,就算是预期的想法也被重重地打上了标记("她本来还想加一句"),"但又觉得这么说有点夸张了"这一句虽然省略了"她",但也显示了作者对于叙述的控制。我想说的是,一旦作者使用了间接表达的方式,总结性的词汇("又惊又喜")代替了读者自己的推断,而文字标记("问道")则成为了一个纯粹的功能性标记(所以或多或少不会引起读者的注意)。因此,文本对于成人读者来说可能看起来非常简单,甚至有点居高临下的意味。

---

① Joan G. Robinson, *When Marnie Was There* (Collins, London, 1967), p. 200.

在儿童文学作品中,我们会发觉对话形式占了作品很大一部分篇幅("'这本书有什么用,'爱丽丝想,'又没有图画,又没有对话?'"),而且是组织非常严密的对话;当表达思维活动的时候,我们则会看到使用标记以及间接表达的情况(也有可能看到用直接标记表达思维活动,因为这是最简单的表达方式)。此外,因为作品到底是写给儿童看的还是成人看的不确定,儿童文学作家对儿童文学的定位也很模糊,所以在文体风格上差异性也很大。(当然,具体的、个别的作家的文体风格可能和我们归纳的一般特征有所冲突,比如艾伦·加纳。再比如在马尔科姆·布拉德伯里1977年的作品《历史人》以及1984年的作品《汇率》中,其一贯的"中间风格"就被大量使用标记所替代,而这种方式导致的结果就是对于叙述口吻的刻意强调,或令人难以忍受的过分强调。①)

比较粗略的统计显示,和成人文本相比,儿童文学作品使用"间接标记表达思维活动"的频率是成人文本的两倍。而使用"直接标记思想"和(稍微少一些的)"直接自由思想"的频率在儿童文学作品中也更高。不过,对于那些认为应该对儿童文学作品和成人文学作品使用相似的评判标准的人来说,很不幸的一点是——"标记"手段在"流行"成人小说中使用的频率要比在"严肃"成人文学作品中高很多(当然,不同作品之间也会有差异)。

一个作家的既定地位及其文体风格的倾向之间可能也存在一定的关系。比如,我们对于《记忆中的玛妮》这部作品已经形成了这样的印象,那就是作品有一个传统的、故事讲述人的声音对情节对话施加严格的控制。在艾伦·加纳1976年的作品《石书》(*The Stone Book*)中,很多感觉的描写都可视作主人公内心的思维活动的转换表达,所以很多句子都是介于"直接自由思想"、"言语行为的叙事报告"以及"自由间接言语"之间。我们来看一下这本书的开头:

---

① Malcolm Bradbury, *The History Man* (Hutchinson, London, 1977); idem, *Rates of Exchange* (Hutchinson, London, 1984).

一瓶冷茶,面包和半块洋葱。这就是爸爸带的东西。玛丽把围裙里装的、从田地里捡来的石头都倒了,用布把东西包起来。

这是一天中最热的时候。屋檐下放着一张床,妈妈躺在那儿,阳光只能射进来一束束蓝光。玛丽一直在田地里捡石头,直到累得不得不停下来休息。①

带有指示性的词包括不加限定语的"爸爸"、"妈妈",但没有用"她的爸爸"、"玛丽的妈妈"这样的表达。而在第三句中出现的"玛丽"则回过头来对"爸爸"进行了限定,也暗示了第一句话其实是从玛丽的角度进行的一种思维活动,而不是叙述者观察的结果。第二段也是这样的情况,虽然主语"玛丽"出现的位置比较靠后,使得有些句子的状态显得有些模糊。"石书四部曲"在文学评论和销量上获得的双重成功让我们看到,在儿童文学领域很多既定的观念并不一定准确。

但文体学有个倾向——去证明希望证明的东西,因为分析文体的工具都是依照最初的"直觉想法"进行设计的,或根据直觉对工具进行修改。斯坦利·费什指出:"正式文体模式(formal pattern)本身就是解释与阐述的产物,所以从根本上来说,至少从文体实践的必要性(将文体学作为一种绝对的科学)上来说,并不存在'正式文体模式'这种东西。就是说,如果我们在进行解释之前就认定某种文体模式,这是很危险的做法,会让我们在理解和解释上有所偏好。"②

所以,对文体分析最有成效的应用方式就是用它来肯定或驳斥某种具有既定的"社会政治"因素的观念。在儿童文学这个不存在等级权威的领域,这类观念,这类肯定和驳斥比起在其他大多数文学类别领域,会对文本创作产生更直接的影响。

---

① Alan Garner, *The Stone Book* (Collins, London, 1976), p. 11.
② Stanley Fish, *Is there a Text in this Class?*, p. 267.

受到控制的叙事方式会降低读者与文本互动的可能性，从而在根本上限制读者的思维。通过缩短叙述者和故事之间的距离，叙事关系变得更为具体；当这种方法应用于有一个"潜在叙述者"的作者控制模式之中，叙事关系就会变得非常脆弱，特别是作者认为目标读者的情感能力（从文本的内容和结构上就可以看出）和这种控制模式并不一致的时候。这造成的结果就是我们所看到的"过分简单化"、"过分强势的叙事关系"等。（这或许也可以解释为什么那么多"青少年""问题"小说都得不到成人的肯定，为什么那么多"儿童读物"不被儿童所喜欢。）

或许人们已经自动将"陈词滥调"、"标准用语"辨别为儿童文学的标志，因为控制与总结的需要，它们出现的频率会很高。而总结程度是由控制程度决定的，控制程度则是由作者对于目标读者能力的估计决定的。所以儿童文学中指引性的叙事者声音本身就成为了叙事关系中的一项明显的"老套路"，叙事声音这种工具原本是为了鼓励自由思想，却在暗地里限制了思想的自由。"教条主义"（这里指刻意的说教或明显的陈词滥调）在儿童文学领域仍然随处可见；可能因为一旦变得明显，这种"教条主义"就会失去效力，故而它往往会隐藏在故事讲述模式以及控制手段之中。

如果大家对于这种限制性、封闭性的文本一概接受，那么它不仅会限制读者对于作品的想法，更会从根本上限制读者思考的能力。忽视这个问题也从侧面反映了社会语言学家和心理语言学家在整体上对于儿童文学这个领域的不重视，也反映了很多并不成熟、并不合格的儿童文学从业人员对于儿童文学创作的巨大负面影响。大多数读者在看儿童读物的时候都会觉得内容对于自己来说过于简单，所以也更倾向于随意下结论。

在这章里我们看到了儿童文学中的特定思维模式、写作模式怎样通过文体风格显露出来，这两者之间的关系也反映了儿童文学中隐秘的、潜意识的修辞手段和将它们表现出来的语言之间的关系。不过这些都和意识形态紧密相连：人们普遍认为儿童文学是"纯洁"的。因为儿童文学作品在儿童教育方面所扮演的角色，它们的语言特征有非常直接的重要性。

所以,文体学也能够反映出在儿童读物这个问题上,儿童和成人之间非常复杂、矛盾重重的关系。文体学还可以被用作衡量文本"原创性"的一个卓有成效的工具。我只想说,文本的原创性,或新鲜度,对于拓展读者思维是有很大的好处的,并且这种原创性只要看一些独立的句子就可以甄别出来。我们可以做个实验,随意翻开一篇文本,选择几个句子,根据文体特征判断它的原创性。这种方法就不是"根据书的封面判断一本书",而是"根据文体的特性判断一本书了"!

不过从某种程度上说,文体还只是作品的外在;我们要看的第二个元素是文本的结构,即叙事方式。

第七章　叙事

> 是的，哦，真是的，小说就是讲故事。这是所有小说共有的、最高级的特征；可我多么希望事实并非如此，希望我们可以用别的特点来概括小说的特征——比如编排、比如对真理的感知等，而不是这等肤浅的形式。因为我们越是仔细地看故事……越会发现它并没有什么值得我们赞叹的。
>
> ——E. M. 福斯特《小说面面观》(*Aspects of the Novel*)

叙事与读者

儿童文学作品是以叙事为中心的；从某种程度上来说，它们都是和叙事相关的。不过直到最近，叙事在文学批评中的地位还是很低。儿童文学也因此受到了"牵连"，被视为低人一等的文学类型，拿 C. S. 路易斯的话说，儿童文学仅仅是"纯粹的叙事"而已。①

但另一方面来说，主要的文学批评理论都扎根于弗拉迪米尔·普洛普(Vladimir Propp)对于民间故事形态学的研究。② 关于文学反应的发展阶

---

① C. S. Lewis, "On Stories," in *Essays Presented to Charles Williams* (Oxford University Press, London, 1947); repr. in *The Cool Web*, ed. Margaret Meek et al. (Bodley Head, London, 1977), pp. 76-90. at p. 87.

② Vladimir Propp, *The Morphology of the Folk Tale* (University of Texas Press, Austin, 1968).

段的理论,和我们对文学批评的理解方式有着惊人的相似①,甚至连小说的发展历史本身——从"植入性"的故事叙述者到19世纪经典的、现实主义作品,从"绑定"的叙事方式到复杂的、交错的叙事方式,都和儿童读者与文本之间的发展性的关系有着异曲同工之处。

同样,大部分实验性的小说会试图用情节的"启示性"代替叙事的"绝对性"。正如查特曼所说:"某种对时间顺序的强烈意识在'绝对性'的情节里要比在'揭示性'的情节里发挥着更加重要的作用。"②正如我们所见,儿童文学作品比较偏好使用"绝对性"情节。

这种特点有其政治意义。罗斯指出,任何试图将发展阶段和"特定的、恰当的"文本联系起来的做法都不免带有意识形态色彩:

> 现在有一个越来越普遍的现象,那就是用"能力"、"技能"以及"行为能力"等术语来描述儿童获得理解叙事的能力的方式。理解小说的能力的获得是分阶段的,有一个特定的渐进的过程——叙事上的跳跃、顺序、初级叙事、无一定目标的连锁事件、有特定目标的连锁事件、叙事本身——从亚瑟·艾坡比(Arthur Applebee)到列夫·维果茨基(Lev Vygotsky),直到进入理性的范畴,理性主导了儿童发展的一个重要的方面。③

不过,过去二十年的研究情况表明,韦勒克和沃伦对于叙事研究的担心是不必要的,至少在数量上是不需要担心的。雨后春笋一般崛起的各种叙

---

① 参见 Arthur N. Applebee, *The Child's Concept of Story: Ages Two to Seventeen* (University of Chicago Press, Chicago, 1978)。
② Seymour Chatman, *Story and Discourse: Narrative Structure in Fiction and Film* (Cornell University Press, Ithaca, 1978), pp. 47-48.
③ Jacqueline Rose, *The Case of Peter Pan, or, the Impossibility of Children's Fiction* (Macmillan, London, 1984), pp. 63-64.

事理论以一种"姗姗来迟"的方式,反映了叙事性小说在"实际"读者生活中所占据的地位。叙事有着古老的起源以及深刻的心理学和文化渊源;同时,它又是读者最常见的、看得最多的文学模式。可惜的是,很多叙事理论都是描述性的,试图将叙事过程进行分类,这种做法并不能带来什么突破性的发现。大师级论著里,像韦恩·布斯(Wayne Booth)的《小说修辞学》(*The Rhetoric of Fiction*)①这样的开创性的作品是例外;而像施劳密斯·里蒙-凯南(Shlomith Rimmon-Kenan)的论著《叙事虚构作品:当代诗学》(*Narrative Fiction: Contemporary Poetics*)②这种对"各个叙事部分进行定义"的沉闷研究则是叙事研究的常态。最糟糕的是,叙事理论仅仅对于显而易见的东西进行了复述,所以得出的结论也都显得画蛇添足。比如乔纳森·卡勒引用米克·巴尔(Mieke Bal)这位叙事学家的观点(很不幸的是,卡勒对此表示赞同):"(小说中的)事件彼此之间存在着时间顺序。一个事件和其他事件的关系可以是在前的、同时的,或是在后的。"③

叙事的理论研究落到这个田地让我觉得很遗憾,因为这明显是一个以研究儿童读者、儿童文学作品为己任的文学评论家应该进入的领域(我们显然还需要更多对儿童文学评论家开放的领域)。为什么叙事能够打动人心,故事讲述者用怎样的方式来讲述一个故事,是什么让我们对一个故事有读下去的冲动,我们如何分辨在叙事中哪些东西更为重要(我们"需要"知道什么、我们"喜欢"知道什么),这些应该是理论家和儿童文学从业人员都关心的问题。

西摩·查特曼认为,叙事理论应该是一项拓展能力的、描述性的事业,而不是一种更宽泛意义上的文体学研究:"叙事理论不用特别考虑文学批评

---

① Wayne Booth, *The Rhetoric of Fiction* (University of Chicago Press, Chicago, 1961).
② Shlomith Rimmon-Kenan, *Narrative Fiction: Contemporary Poetics* (Methuen, London, 1983).
③ 引自 Jonathan Culler, *The Pursuit of Signs* (Routledge and Kegan Paul, London, 1981), p. 171。

的原则。它的目标是确立叙事中最小的结构要素。"①最近,"话语文体学"也成为了这门学科的一个正式分支。②

不过,我认为,从实际应用的角度来看,叙事理论还远远不能令人满意。普洛普对于民间故事中各种元素的分类可能有助于我们"依样画葫芦"地理解某些特定类型的故事,也对我们理解新的文本有比较广泛的借鉴意义,但分析一篇文本中三十一种功能作用并不能给我们更好的启发。热拉尔·热奈特(Gérard Genette)对于"故事原构"、"叙事"以及"文本"进行了区分,并指出故事是一种抽象的事物,我们将它在文本中叙述出来并加以提炼,在我看来,这比对文本特征进行详细的分类更加有用。

在儿童文学领域,很多这种优雅细致的分析在碰到儿童阅读文本和成人阅读文本之间的"文化错位"问题的时候都失去了用武之地。叙事理论也不能避免读者的问题。感知和信息接收决定了文本在读者眼中的地位,因此也决定了对文本的评论情况。正如里蒙-凯南所说:"读者……既代表了带给文本的某种能力,也代表了文本内这种能力的组成。"又或者用更直白的话来说:"如果没有在叙事结构方面的默会能力,读者就没有办法创作或理解故事……这种能力是通过广泛地读故事,反复地讲故事而获得的。"③如果这是真的——并且我们大多数人的确是这么认为的——那么这种说法只能进一步突出"熟练"读者和"发展中"读者之间的差距,并掩盖了一个事实,那就是这种区别让任何将读者"同质化"的理论不再站得住脚。

对于情节的目的,特别是小说情节的目的,成人的理论观点和人们对于儿童文学的传统期望是相背离的。比如罗伯特·卡西里奥(Robert L. Caserio)就认为情节是一种"陌生化的媒介"。④ 我们讲故事是为了引起改

---

① Chatman, *Story and Discourse*, pp. 18 - 19.
② 参见 Ronald Carter and Walter Nash, *Discourse Stylistics* (Routledge, London, 1989)。
③ Rimmon-Kenan, *Narrative Fiction*, pp. 118,119.
④ Robert L. Caserio, *Plot, Story, and the Novel* (Princeton University Press, Princeton, 1979), p. 8.

变,而现代小说中对于结局的"磨蚀"事实上就是"人性的回溯"。① 不过如果对象是儿童,我们不是都一般要求他们认同文本、遵从文本,并尽量把小说变得"亲切熟悉",而不是把作品放到真正的世界当中,不是吗?所以我们理解的一个"恰当"的结局应该是什么样子,实际上只是我们成人自己希望看到的,而不是孩子眼中看到的。

相似的是,相对于弗兰克·克莫德(Frank Kermode)的观点,即认为小说家的任务是"为我们的生活赋予意义",迈克尔·泽拉法(Michael Zeraffa)表达了一种截然不同的看法,他认为从巴尔扎克和狄更斯开始,"小说家追求的是揭露个人内心世界最本质的'无序'状态;事实上小说家所做的不是为我们的生活赋予意义,而是揭示生活的无序的本质"。② 从这个角度来说,最优秀的当代小说正是要打破儿童文学所致力于教授给孩子的那些定式和传统——这样一来,我们就面对着一个非常有意思的难题:传统叙事模式和基本的批判性阅读之间到底存在怎样的关系?

大部分叙事理论不加怀疑地默认读者和作者之间是平等关系——即认为读者拥有"文学理解能力",并且认为读者的感知技能是同样成熟的,而不是线性发展的;是共时性的,而不是历时性的。如果我们认为叙事理论是比文体学更"高级"的研究,我们马上就会面临对分析的"有效性"的质疑,因为正如简·汤普金斯(Jane Tompkins)所说:"一个人的感觉与判断是他所属群体之观点的表现。"③

---

① Robert L. Caserio, *Plot, Story, and the Novel* (Princeton University Press, Princeton, 1979), p. 169.
② Michael Zeraffa, "The Novel as Literary Form and as Social Institution," in *Sociology of Literature and Drama*, ed. Tom and Elizabeth Burns (Penguin, Harmondsworth, 1973), p. 32.
③ Jane P. Tompkins, "An Introduction to Reader Response Criticism," in *Reader Response Criticism: From Formalism to Post-Structuralism*, ed. Jane P. Tompkins (The Johns Hopkins University Press, Baltimore, 1980), p. xxi.

解读叙事：实例

为了对各类阅读（或"误读"）的可能范围有一个更明确的认识，也为了证明传统叙事理论确实需要做出适当的改变，我们就以一段"经典"文本为例——肯尼斯·格雷厄姆（Kenneth Grahame）的《柳林风声》。[①] 虽然作品的雏形是作者给儿子口述的故事[②]，但在文本里你很少会发现口述故事的风格特点，而对于其"经典儿童文学"地位的质疑也只集中在作品重要的叙事元素上，比如分散的结构、"成人化"的角色以及社会和两性关系方面的影射等。

为了更好地对这些叙事元素进行理解和判读，为了更好地对叙事这一整体文学形式进行理解，我们必须对构成文本的具体"事件"进行仔细辨别。理论家们已经花费了很多时间精力研究如何分辨这些事件。这些元素（又可称为"叙事单位"或"情节单位"），用卡勒的话来说，可以被看作是"带有浓重文化色彩的重要行为……读者在情节中希望看到的是从一种状态到另一种状态的转变，并且读者能够为这些转变赋予主题性的意义……所以分析人员的任务不单单是用描写或论述语言的元语言（metalanguage）对情节进行描述，而是要挖掘读者内心的元语言，并加以明确的解释"[③]。

但问题是，卡勒所说的"文化"到底是谁的文化？并且不同的元语言能够相互理解吗？让我们来看一看《柳林风声》第十二章"荣归故里"的开头，看看作者是如何对"事件"或"叙事单位"进行描写的。

---

① Kenneth Grahame, *The Wind in the Willow* (1908; Methuen, London, 1975).
② 参见 Elspeth Grahame (ed.), *First Whisper of "The Wind in the Willows"* (Methuen, London, 1944)。
③ Jonathan Culler, "Defining Narrative Units," in *Style and Structure in Literature*, ed. Roger Fowler (Blackwell, Oxford, 1975), pp. 138-141.

天色渐暗,老鼠带着兴奋又神秘的神情把大家召回到客厅,让他们排成行,并让他们一个一个都扶正站好,然后开始给他们穿着打扮,为即将开始的探险做准备。他对于准备工作非常专注,非常细致,所以用了很长的时间。首先,每个动物都要围上一条腰带,然后每条腰带一边要挂上一把剑,另一边配一把短刀用来平衡。然后是一对手枪、警棍、几副手铐、一些绷带、膏药、一个瓶子以及一个三明治盒子。獾好脾气地笑了,说道:"好了,老鼠!你觉得这样很有趣,对我也没什么影响。我拿这根棍子就可以了。"不过老鼠只是回答道:"行了,獾!你知道我不喜欢你事后又来怪我,说我忘了什么东西!"

一切准备完毕后,獾一只爪子拿着一个暗掉的灯笼,另一只爪子拿着他的粗棍,说道:"好了,现在跟着我走!鼹鼠第一个,因为我对他很满意;老鼠第二个;蟾蜍最后一个。蟾蜍看这儿!你别像平时那样嘴里只顾着聊天了,不然,你立马回去,这是毫无疑问的!"

蟾蜍非常担心只有自己被留下,所以没吭一声就接受了最后的位置。动物们出发了。獾带领他们沿着河走了一小段路,突然一个转身闪入河岸上的一个洞穴里,洞穴比水面只高了一点点。鼹鼠和老鼠也照着獾的样子成功地转进了洞里;但轮到蟾蜍的时候,他不出所料地滑了一跤,伴随着巨大的哗啦声跌进了水里,发出阵阵求救的尖叫。蟾蜍被朋友们拖上了岸,大家急忙给他擦干身子,安慰了他几句,让他赶紧跟上;但獾非常严肃地生气了,警告蟾蜍说,下次要是他再出丑,就马上把他从队伍里赶出去。

这支队伍终于到达了这条秘密通道,这场特别的探险真正开始了!①

---

① Grahame, *The Wind in the Willows*, pp. 236 – 237.

最简单的看法认为,叙事单元是可以根据语法进行判断的,比如"天色渐暗"、"一切准备完毕后"、"轮到蟾蜍的时候"等,或者认为可以根据总结性的语句判断叙事单位,比如"老鼠……然后开始给他们穿着打扮"、"动物们出发了"、"这支队伍终于到达了这条秘密通道"等。不过,正如迈克尔·斯塔布斯所说,总结与阐述(既是理解方式的表现,也是理解本身的表现形态)在本质上是一种语义概念。① 这不是一个简单的语法问题,虽说语法可能可以体现作者自身的判断,但我们还可以用其他不同的方法来对"重要单元"进行归类、总结。比如我们可以根据环境来划分叙事单元——老鼠的客厅、河岸边、洞穴入口、洞穴里等;或根据行动来划分单元——着装打扮、出发、转身、蟾蜍落水、擦干、交谈;也可以根据中心角色的连续变换来划分——老鼠、所有动物、獾、蟾蜍、獾、鼹鼠和老鼠、蟾蜍、所有动物、獾。从一个极端来说,我们甚至可以认为这段文本是一段非常详尽的阐述(paraphrase)——召集、着装、獾对老鼠说话等等;从另一个极端来说,这整段文本又可以被视为是整部作品中的一个"大单元"——"一场特别探险的开始"。从故事的发展来看,我们还可以把元素分成"准备阶段"、"行动开始"、"受阻"、"总结"等。从主旨来看,元素还可以分为行动、讲话、旅程、成功、失败、重聚等。从角色特点来看,还可以分成老鼠可靠、獾直率又强势、鼹鼠低调而有效率、蟾蜍缺乏能力。

任何一种分类以及其他分类方式都是可能的;不过我想要强调的是,读者对于所有的分类不都是一视同仁的。(这是一个对成人非常富有启示性的游戏。我发现如果让成人来阅读这段文本,十分钟以后让他们描述文本内容,各人的描述会出现非常大的差异。比如很多人根本没有提到蟾蜍落水,有些人的关注点在獾的领导地位上,有些人只提到了武器装备,还有些人只提到了三明治盒子。)如果我们把这段文本当作是单纯的"行动"情节,

---

① Michael Stubbs,"Stir until the plot thickens", in *Literary Text and Language Study*, ed. Ronald Carter and Deirdre Burton (Arnold, London, 1982), p. 51.

围绕"重大"行为单元,我们可以做出一个最为宽泛的划分,那就是将"蟾蜍落水"作为一个重要的中心事件。因为第一,这是整段文本中最激烈的一次行动;第二,它提出了文本中占据主导地位的角色特征;第三,它满足了对蟾蜍这个角色的特点的铺垫;第四,这个行动偏离了常规,所以在整个故事环境里制造出一种紧张的氛围。正如我们所见,心理学研究证据表明,上述事件可以作为一种合理的叙事单元的形式,所以我们不应该想当然地认为儿童文本的阅读理解本身是原始的、低级的。如果我们把《柳林风声》这部作品看成是围绕"家园安全"这一主题发出的一系列行动,那么叙事单元的形态和本质都会发生变化。同样,如果人物关系分类被视为重要叙事元素,那么不管读者对于角色的看法如何(比如獾扮演的是父亲的角色,老鼠是哥哥,蟾蜍是不听话的孩子,鼹鼠是听话的孩子等),结构性单元就会是言语行为组成的一个又一个小片段。

如果叙事理论关心的是如何分辨叙事元素,或是和"故事的叙述方式"这一基本概念相关,又或是卡勒所说的"情节结构的自主层面",我们必须意识到,关于一个故事如何"实现",可以用很多不同的方法来进行描述——不仅仅是"抽象"这一层面,还可以是不同"类型"的抽象元素。要做到这一点就意味着我们必须摒弃"站在成人角度看待儿童行为"这种阅读模式,摒弃这种阅读模式所大力推崇的"合适"的故事形态。[①] 只有这样,我们才能对特定的文本有很好的判断,这有助于我们研究文本中的哪些东西会引起儿童读者和成人读者的反应。

很多评论家认为,《柳林风声》这部作品可以分为——如果这么做不会导致某种割裂——"行动式"和"内省式"两个部分——蟾蜍不成熟的(也可以说是孩子气的、犯傻的、不负责任的)冒险,与"重返家园"、"黎明前的笛声"以及"天涯旅人"等章节中更为诗意、静态的经历。A. A. 米尔恩巧妙地

---

① 见 Nicolas Tucker, *The Child and the Book: A Psychological and Literary Exploration* (Cambridge University Press, Cambridge, 1981), pp. 14 - 16, 97。

将作品改编成舞台剧似乎更加证实了这种分割——在舞台剧里,蟾蜍成为了中心角色,并在实际上消除了原作者格雷厄姆在作品中展现的神秘主义色彩。①

当然,在阅读"内省式"章节的时候你会发现,它们在结构上有很多相似之处:很少的角色、很少的场景、很少的"事件"(虽然关于这最后一点我们会看到有一些争议)以及相似的"结尾"——这些章节都以"睡眠"作结或在静态中结尾,比如鼬鼠安睡、河上的宁静、老鼠写诗等。这些章节穿插在更加跌宕起伏、更加紧凑的描述蟾蜍历险的章节之间("蟾蜍先生"、"蟾蜍历险记"以及"蟾蜍历险续记"),而且不是在历险结束以后,而是穿插在历险最压抑的时候——蟾蜍被困在地牢、蟾蜍迷路并在一棵树洞里睡着等。这种阅读体验似乎也印证了这部作品有两种不同的目标读者。②

不过,其他围绕蟾蜍展开的章节——"大路"以及最后两章"蟾蜍泪如雨下"、"荣归故里"是混合型的。这些章节没有很多场景,但有很多"事件",这样的和谐共存是通过鼬鼠和老鼠这两个角色实现的。毕竟,一开始的时候,蟾蜍只不过是通过鼬鼠的眼睛才让读者看到的小角色;在第一章里,蟾蜍只不过是一闪而过,而到书的最后,中心角色是鼬鼠,而最后的话则是出自獾之口。

所以从某种意义上而言,整部作品可以看成是鼬鼠的一部成长小说——他从住在郊外的别墅到成为坚定的"露营者",从外人到自己人,从孩子到成人,从底层到中层,实现了一系列的转变。(而獾明显是老派的地主阶级代表,因为和鼬鼠共同的道德观念而被鼬鼠所吸引,这一点非常具有象征主义色彩和浪漫主义色彩。)这些强有力的元素组成了贯穿整部作品的一系列交错的角色关系,在第五章("重返家园")——老鼠亲切友善地照顾鼬

---

① A. A. Milne, *Toad of Toad Hall* (Methuen, London, 1940), pp. v-vii.
② 参见 Humphrey Carpenter and Mari Pritchard, *The Oxford Companion to Children's Literature* (Oxford University Press, 1984), pp. 274 - 275。

鼠,以及第九章("天涯旅人")——鼹鼠照顾老鼠,还有第二章("大路")——蟾蜍支配鼹鼠,以及第十二章("荣归故里")——鼹鼠默默地守护蟾蜍等章节中得以集中体现。

从结构上和操作上来看,《柳林风声》的前五章可以被认为是一个大单元,第三章中鼹鼠在树林里陷入孤独的一幕是中心高潮,开端和结尾则都发生在鼹鼠的家里。当然,鼹鼠在成长,但"家"始终可以作为他的一个参照点。再看"重返家园"一章里鼹鼠最后的想法,简直就像从儿童文学的心理学研究的教科书上摘录下来的一样:"上面的世界太强大了,它一直召唤着自己;即使是在这么深的地下,他仍然知道自己必须要回到那更大的舞台上。不过,知道自己还有这个地方可以回来,这种感觉很好;这个地方是真正属于自己的,这里每一样东西都会热切地期待着自己的归来——在这里,自己永远能得到最真心的欢迎。"[①]如果说《柳林风声》中有两类文本,那么它们是按次序排列的,并不是交叉存在的:看完了鼹鼠深沉的思考后,我们接着就能看到蟾蜍更加滑稽、更戏剧化的表现。

要解释为什么《柳林风声》这部作品具有如此长盛不衰的魅力,有些持怀疑观点的人倾向于认为它其实和《鲁滨逊漂流记》或是更加奇幻的《彼得·潘》一样,本身就是一个文化故事——作品传达的只不过是一种家庭/文化的既定价值观。从另一个方面来说,作品中关于"外人/自己人"的这条线看似和格雷厄姆的自身经历有直接关系,实际上只是一个在儿童读物中非常常见的主题思想,比如吉卜林就在《普克山的帕克》(*Puck of Pook's Hill*)一书中大肆渲染了这一主题。[②] 同样,米尔恩在《小熊维尼》系列中也描述了儿童世界的等级,作品当然还包含了万物有灵思想并加入了笑剧的元素。不过在所有这些表象背后,根本上是叙事的形态。

如果我们从心理学的角度看待《柳林风声》的"结尾"模式,可以发现描

---

① Grahame, *The Wind in the Willows*, p. 106.
② Rudyard Kipling, *Puck of Pook's Hill* (Macmillan, London, 1906).

写鼹鼠故事的章节有一个渐进的变化过程。一开始的章节都有一个非常安定的结尾（第一章的结尾是鼹鼠躺在老鼠家的床上；第二章的结尾是鼹鼠在河岸边和大家在一起）；之后的章节结尾就没有这么"安稳"了，比如第三章里，虽然大家来到了獾安全的家，但鼹鼠和老鼠仍然离家很远，还有第四章的结尾是鼹鼠在从树林回家的路上，"热切地盼望着他重新回到家的那一刻"①。这些不那么安稳的章节结尾可以说象征了鼹鼠正在逐渐成熟与成长。如果我们把前五章鼹鼠的经历看成是一个大的单位，那么其中各个章节的结尾不一定要具备封闭的、完成的形态。

如果人们认为"封闭性的环形故事形态"对于某一类特定的读者来说是一种"合适"的叙事模式，并且利用这类叙事模式能够有效地对文本进行描述与分析，那么像《柳林风声》这样的作品虽说显然要求读者掌握一定的阅读技巧，但它们的魅力以及带给读者愉悦的方式和传统儿童文学作品并不相同。还有一个很明显的问题在于，我针对作品所做的所有描述与分析都是基于我自己的背景——从一个成年的、中产阶级的英国白人男性的视角来看待故事结构，认为"事件"（比如"鼹鼠和老鼠去鼹鼠的家"）在某些普遍认同的边界范围内，是存在于文本中的、不可争辩的事实。那么我们如何摆脱这种"独断"的看法？或许我们可以认为关联性语义场（semantic field）为儿童文学作品提供了共同的特性，而每一个语义场都会由一个重要的、单独的刺激因素激活。② 这种观点的危险性在于它的多变性与不确定性，但其吸引人的地方也正在于此。

故事形态

比故事内容更为重要的可能是故事的形态。在儿童认知发展的早期阶

---

① Grahame, *The Wind in the Willows*, p. 83.
② 参见 Applebee, *Children's Concept of Story*, pp. 62 - 63。

段,孩子们喜欢"闭合性"的故事,这一点确实如此。所谓"闭合性"就是指一种明确的"结尾感"——在这个阶段,儿童读者更喜欢问题都解决了、重新恢复到常态、一切都安定了这样的感觉。

经典儿童文学作品也符合这种模式——"爱丽丝系列故事"的结尾是主角又回到了故事开始的地方,一切又恢复了原样;"彼得兔"的故事结尾是彼得又回到了树洞里,围绕在他身边的是和开头一样的人物角色;《燕子号与亚马逊号》(Swallows and Amazona)的开头和结尾都是在湖地农场外一片叫作"圣豪"的田野里,出现的人物角色也一样;《母鸡萝丝去散步》则是一个非常彻底的"环状"故事,从标题页的插画就可以看出故事大致的内容——最后母鸡萝丝并没有因为她的经历而有任何改变。① 这种风格强烈的大团圆结局对于某些特定类别的文本来说是非常重要的,因为它能够带来安定、安慰。我们在很多"低层次"的成人文本里也可以看到这一现象。但不论作品本身的内容有多么跌宕起伏,这种安稳的结尾至少会削弱紧张的效果——当然,克拉格的研究(以及我们的常识)都告诉我们,这就是一种简单化的处理。② 托尔金的《霍比特人》的副标题就是"去而复归"(or, there and back again)。③ 但有趣的是,随着主人公比尔博离家园越来越远,作者的语言也越来越脱离"变相的故事讲述人"模式。在很多作品里,特别是维多利亚时代后期的作品,整本书讲的就是"恢复常态"的过程,比如内斯比特的《向善者》(The Wouldbegoods)和《铁路少年》(The Railway Children)就是典型的例子。④ 事实上,人们普遍认为《铁路少年》这部作品稍逊一筹,正是因为这种封闭性过于强烈,比如父亲的回归这一点被反复强调到了一种夸

---

① Pat Hutchins, *Rosie's Walk* (Bodley Head, London, 1968).
② Hugh Crago and Maureen Crago, *Prelude to Literary: A Preschool Child's Encounter with Picture and Story* (Southern Illinois University Press, Urbana, 1983).
③ J. R. R. Tolkien, *The Hobbit* (Allen and Unwin, London, 1937).
④ E. Nesbit, *The Wouldbegoods* (Fisher Unwin, London, 1901); idem, *The Railway Children* (Wells Gardner, London, 1906).

张的地步。

　　适合更大一点孩子的小说可能是"教育小说",或者我们称之为"成长小说"。在这类小说中,主人公虽然在经历一番冒险后也会安全地回家,但他们并不满足封闭式结尾的所有元素——他们会发生改变,因此这类作品从某种意义上来说是具有一定的矛盾性的。而这些作品的故事形态也没有明确的指向性。我们以大卫·麦基(David MacKee)备受诟病的作品《不是现在,伯纳德》(*Not Now*, *Bernard*)为例①,可以这么总结这篇平淡无奇的文本:小男孩伯纳德试着告诉爸爸妈妈花园里有只怪物;没有人理他,他被花园里的怪物吃了("吃得一点都不剩")。怪物取代了伯纳德在家里的位置,它吃了伯纳德的晚餐,被安排睡在伯纳德的床上("'可我是个怪物呀。'怪物说道。")。房间的灯关上了,故事到此结束。有一部分读者可能会把这个故事看成是经典儿童小说《消失的树枝》(*The Shrinking of Treehorn*)②的一种变体,表达的是孩子相对于麻木的父母体现出的优越性。另一部分读者可能从成人的角度来看待这个故事,认为故事单纯地将伯纳德等同于怪物。我也曾听说,有人担心缺乏安定结尾的故事会让有些孩子感到担忧(虽然不是关于伯纳德被怪物吃掉这一情节)。的确,在文本大篇幅的跨页上出现的很多视觉元素很有可能给读者提供了另一类"叙事单元",这类单元和传统意义上的语法单元或"明显突出"的叙事单元并不完全吻合。所以,我对于文本的总结所传递给读者的只是——用斯坦利·费什的话来说,"一种自己的思维方式和生活形式"③。我这样的解读,大部分读者肯定觉得是一种"误读",认为我关注的"叙事单元"是错误的,没有把注意力放在中心事件上。

---

① David McKee, *Not Now*, *Bernard* (Andersen Press, London, 1980).
② Florence Parry Heide, *The Shrinking of Treehorn* (Holiday House, New York, 1971; Kestrel, Harmondsworth, 1976).
③ Fish, *Is there a Text in this Class? The Authority of Interpretive Communities* (Harvard University Press, Cambridge, Mass., 1980), pp. 303–304.

另一部儿童文学经典作品——罗素·霍本和昆廷·布莱克的《汤姆怎样打败那约克队长和他的雇佣运动员》①之所以吸引人,似乎仅仅是因为汤姆在和菲基特·沃克汉姆·斯壮(Fidget Wonkham-Strong)阿姨以及可怕的约克队长的较量中取得了胜利。而故事的叙事形态从另一个角度强调了这种胜利。故事最后没有让情节在"家"这个熟悉的环境里结束,而是让汤姆逃离了这个环境。

> 汤姆上了他的船,踩着踏板沿着河来到了下一个小镇上。在那儿,他在报纸上登了一则寻找新阿姨的广告。在找到了一个自己比较喜欢的阿姨后,他告诉她:"不准让我吃油腻腻的腌熏鲱鱼,不要羊排,不要卷心菜土豆汤……这些是我的条件。"
>
> 这位新阿姨的名字叫邦多乐·可舒甜(Bundlejoy Cosysweet)。她戴着一顶蓬松的遮阳帽,上面缀着花朵。她有一头飘飘长发。
>
> "我没有问题,"她说道,"我们试试吧。"

霍本对于两个阿姨做了精细的对比(菲基特阿姨走过的地方花儿都无精打采的)。汤姆彻底的胜利虽有结局的意味,但书的最后还有一个正式的结尾——在作品的最后一页,我们看到的是菲基特阿姨和约克队长幸福地结了婚,而可怜的雇佣运动员们则接替了汤姆的工作。所以汤姆并不是单纯地逃离,从某种意义上说,他离开了故事的中心场景,离开了故事本身。而汤姆的胜利同样体现在视觉上,因为纵观全书,所有配图都在强调儿童世界内在的优越性,并在很大程度上限制了语言文本这一成人化的、文字性的因素。

---

① Russell Hoban and Quentin Blake, *How Tom Beat Captain Najork and his Hired Sportsmen* (Cape, London, 1974).

有时候，人们会质问为什么在故事《秘密花园》(*The Secret Garden*)的最后玛丽没有出现，而是科林取代了她的位置。① 不过我认为，我们完全可以说因为这是一段"开放"的文本。玛丽已经成长了，她已经足够成熟，所以不需要出现在结尾里。科林的故事是一个"闭合"的故事，而玛丽的故事则是一部"教育小说"。

从这个意义上说，有些文本是介于两者之间的。《消失的树枝》在结尾的时候，"树枝"恢复了原来的大小，可是他也正在变绿。当然，因为我们对树枝家庭的了解，这个结尾的开放性相对地被冲淡了。

故事形态的不同可以在《汤姆·索亚历险记》和《哈克贝利·费恩历险记》两部作品的差别中体现出来。有很多人认为《哈克贝利·费恩历险记》并不是真正写给儿童看的小说，原因之一就是主人公哈克贝利·费恩和"安定"之间完全没有任何联系；而故事结尾汤姆·索亚对吉姆毫不留情的捉弄与故事形态以及作品整体的基调都不相吻合。

上述故事可以被认为是儿童小说的第三种形态，为了方便起见，我们可以称之为"成人模式"或"成熟模式"。在这类故事里，结局是有矛盾性的；我们可以看到真实生活的部分痕迹。成人小说倾向于解决部分问题，但留给读者更多的是开放的空间——比如《儿子与情人》(*Sons and Lovers*)或《法国中尉的女人》(*The French Lieutenant's Women*)的结尾就是如此。（这些作品和维多利亚时代具有高度封闭的结尾的"优秀"小说形成了鲜明的对比；一般来说，人们认为封闭程度越高，小说的价值就越低。）

典型的开放性文本是托尔金的小说《指环王》，这部作品的主题可以说具有多重性，若说它是奇幻小说，它又和神话故事有紧密的联系，而神话在很多评论家看来是一种只有儿童才会倾注兴趣的体裁，因为成人不需要借由这么象征性的转化手段来接受道理。同样，托尔金的语言（特别是在开头

---

① Lissa Paul, "Enigma Variations: What Feminist Criticism Knows about Children's Literature," *Signal*, 54 (September 1987), pp. 198-199.

阶段)在"变相的故事讲述人"、夸张的传统浪漫小说以及快节奏的惊险小说之间变换,看起来没有一种统一稳定的风格。

我想说的是,在这些表现背后是情节形态在起支撑作用,正如情节背后起支撑作用的是主题结构。在《指环王》这部作品里,我们首先接触到的是一个封闭性的、令人安心的故事结构,它描述的是山姆·詹吉(Sam Gamgee)这个最孩子气的、身形样貌也如孩子一般的霍比特人。山姆没有因为自己的冒险经历而有所改变。他也不明白身边发生的一切;他虽也有成长,但是以一种相对简单的方式成长;作品最后的一段话体现了山姆故事完全的封闭性:

> 他向前走去,看见了昏黄的灯光和屋里的火光;晚餐已经准备好了,就等他了。萝丝把他迎进门,让他在自己的座位上坐好,把小伊丽娜放在他膝上。
>
> 他深吸了一口气:"嗯,我回来了。"①

第二种故事形态是"教育小说",佛罗多(Frodo)的故事就属于这一类型。托尔金在前言中写道:"要说作品有什么内在的含义或想要传达的'信息',作者没有这类意图。这个故事既没有寓言性,也没有主题性。"但接着,托尔金又狡黠地说道:"我对寓言有一种友好的'敌意'……我比较喜欢历史……历史对于读者的思想和经历有更灵活的适应性。我觉得很多人会把'适应性'和'寓言性'搞混;其实前者存在于读者自由的思维当中,后者则体现在作者有意的掌控之中。"②尽管如此,佛罗多却的的确确(或者说在象征层面)受到了自身经历的影响,这种经历在某种程度上打破了他身上的纯

---

① J. R. R. Tolkien, *The Lord of the Rings* (Allen and Unwin, London, 1978), pp. 106 - 109.
② Ibid., p. 9.

真。再回到霍比顿这个故事开始的地方,佛罗多已不是当初的佛罗多,他发生了改变。接着,在故事的结尾处,他选择离开家园而前往灰港,一个未知的世界,一个成人的世界。他选择离开这个故事。

第三种类型,当然就是"成人模式"。这些角色在故事里沿着一条直线发展;他们进入一个故事,一段历史,然后以死亡告别这段故事。这些角色的代表就是精灵和人类。所以这三种不同的故事类型的交织让这部作品引起一些争议也就不足为奇了。

这些不同的故事形态也会按系列作品的顺序相继出现。特别为儿童读者创作的系列故事通常描述比较错综复杂的事件,并且一般很少有回溯引用(back reference)的现象出现;人物角色通过即刻发生的行动塑造出来。在亚瑟·兰塞姆的"燕子号与亚马逊号"系列中,作品的故事形态也反映出角色的发展与成长。正如我们所见,系列之一《燕子号与亚马逊号》是一个典型的"封闭环形"故事;系列之二《燕子谷历险》(Swallowdale)稍稍打破了这种封闭性,故事的开头是孩子们已经航行在湖上,结尾是苏珊正在岛上整理生火用的柴火,并且说道:"能够回家真是太好了,不是吗?"①在系列之二之后的作品里,我们可以看到,开头和结尾地点的"错位"成为了非常普遍的现象——系列之三《蟹岛寻宝》(Peter Duck)这本早期探险作品除外,它还是一个封闭的故事。② 系列之四《向"北极"进发》(Winter Holiday)结尾的时候主人公们离家很远,虽然有成年人在他们周围确保安全③;系列之六《鸽子邮差》(Pigeon Post)故事发展到高潮的时候戛然而止④;系列之七《雾海迷航》(We Didn't Mean to Go to Sea)的结局最出人意料⑤;到系列的最后一部《保卫白嘴潜鸟》(Great Northern?),故事最后是孩子们(这时候应

---

① Arthur Ransome, *Swallowdale* (Cape, London, 1931; repr. 1936), p. 448.
② Arthur Ransome, *Peter Duck* (Cape, London, 1932).
③ Arthur Ransome, *Winter Holiday* (Cape, London, 1933).
④ Arthur Ransome, *Pigeon Post* (Cape, London, 1936).
⑤ Arthur Ransome, *We Didn't Mean to Go To Sea* (Cape, London, 1937).

该已经是成年人了,只不过作者没有这么写)坐船离开了,连正式的结尾都没有。①

而很多现代青少年"问题"小说的矛盾之处正是在于故事形态与内容之间的"冲突"。这种现象非常严重,但真正能够将两者处理好的却非常少见。

要想弄清楚这些问题,一个比较理想的研究对象是"儿童绘本"。这是儿童文学领域一个独特的分支,它偏离了"经典现实主义"的文本模式,发展成一种在本质上有断续性的、互动性的文本。在绘本里,文字与视觉元素两者同时承担了叙事任务,而不仅仅是互相补充或说明的关系。(关于绘本我们会在本书第十章有更加细致的讨论。)绘本并不是只适合幼龄儿童或初学者的简单读物,它已经发展成非常复杂的形态,需要我们用一种新的元语言对其进行描述。虽然加入了视觉元素,对于孩子来说,绘本这种实验性的文本形式却和口述形态更为接近,所以比起纯文字文本,儿童读者阅读绘本要更为流畅、更为灵活。因此,虽然封闭式的故事形态能够给读者带来愉悦和满足,有一定的吸引力,绘本这种文本形式却可能会削弱这种封闭性。在绘本中,我们仍然可以看到之前讨论过的三种类型的"叙事形态",但因为有更多元素的参与,绘本的阅读过程会更加难以控制。从某种意义上来说,绘本的文本可以在三个"维度"进行阅读:线性维度、时间维度和空间维度。

衔接与类型:我们如何理解叙事

如果我们觉得个人对于故事形态和叙事单元的理解有偶然性,而理解叙事所提供的"技术性线索"在更大程度上取决于读者的"文本技巧",即理解叙事利用哪些手段发挥作用——文本内编码、影射、类型限制等。这些线索是最为重要、也最容易被忽视的文学特征,利用它们我们能够:

——理解文本悬念;

---

① Arthur Ransome, *Great Northern?* (Cape, London, 1948).

——辨认文本的"衔接元素";

——决定不同事件所需要的关注度;

——了解我们看的是一本什么类型的书;

——了解阅读这本书需要花费的精力。

在我们知道自己应该理解哪些东西之前,必须知道文本中哪些内容对于我们自己来说是重要的、哪些内容对于文本结构来说是重要的。比起知识积累的多少,这种"预知"的能力才是不成熟的读者和成熟读者之间最大的差别。在多短的时间内,我们能够意识到某些内容对自己来说是重要的、是需要在阅读故事的时候加以牢记的?弗兰克·史密斯指出:

> 读者对文本进行"解码"的时候,作者的写作意图就被读者的期望所取代……问题是,除非我们知道需要注意哪些东西,否则就无法拥有这些期望——这也就意味着,我们没有"预知"的能力……读者越是觉得文本"不符合常规",产生期望的难度就越大,理解的难度就越大。①

对于不成熟的读者来说,所有的文本都是"不符合常规"的。罗杰·福勒也指出在连贯的文本中,"句子是由一个连续性的内部系统链接而成的"②,所以如果我们不能够理解这个系统,我们很可能无法理解整个文本。

同样,即使是再次阅读同一个文本,读者也可能产生更加微妙的期望,而不是单纯地满足于知道"谁干了什么";所以重读的乐趣可能正是来源于这些期望——在第一次阅读的时候我们只顾着摸索,没有精力去关注所有的东西,而重读的过程让我们能够充分地感知文本。从这个角度而言,

---

① Frank Smith, *Writing and the Writer* (Heinemann Educational, London, 1982), pp. 88-89,94-95,95-96.

② Roger Fowler, *Linguistic Criticism* (Oxford University Press, London, 1986), p. 69.

经验丰富的读者永远在"重读"——每一次的阅读过程都可以看作是阅读他们曾经接触过的主题和结构的另一种形式,这一点对于儿童读者来说是不可能实现的。

韩礼德(M. A. K. Halliday)和哈桑(R. Hasan)认为衔接有 157 种类型,可以分成四大类,其中最关键的类别就是"照应"引用(anaphoric),即回指——包括当前回指、中距离回指和远距离回指,以及"后指"引用(cataphoric)。[1] 一般来说,任何层次的作品都会出现预期和期望满足的现象,从《母鸡萝丝去散步》到简·奥斯汀的《诺桑觉寺》(*Northanger Abbey*)都是如此。我们"知道"在某些类型的小说里,主人公永远不会死,或是肯定能够赢得女主角的芳心,或是找到真正的凶手等等;甚至在我们开始阅读作品之前,我们也知道女主角是不可能被狐狸吃掉的。但即使我们知道某本书的题材类型,疑问仍然存在。正如埃里克·拉伯金(Eric Rabkin)所说:"我们可以把阅读视作一个连续不断地形成、加强、发展、修改假设,有时再用其他假设取代原有假设或完全放弃原有假设的过程……即使是被放弃的假设仍然可能产生某些影响力……"[2]

让我们举一个例子看看假设到底是如何发挥作用的。下面这段文本摘自之前讨论过的一部儿童文学作品《艾萨克·坎皮恩》,这一次我们摘取的文本篇幅会更长一些:

> 好了,我们的丹尼尔被杀害的时候,我当时十二岁,快十三岁了。哎……(清嗓子)很久以前的事了。我现在说的是八十三年以前的事。八十三年。那是一个你们无法想象的年代。是一个完全不同的世界。你也可以说是一个完全不同的星球,我就是在那个

---

[1] M. A. K. Halliday and R. Hasan, *Cohesion in English* (Longman, London, 1982).
[2] Eric S. Rabkin, *Narrative Suspense* (University of Michigan Press, Ann Arbor, 1973), p. 121.

星球上诞生的。

没有收音机。没有电视。没有世界大战。他们连泰坦尼克号都还没造出来,把她弄沉是更久以后的事了。你瞧,这就是当时的世界,这就是我想要给你描述的世界。回过头去看过去的这些岁月,你会觉得该发生的一定会发生。你完全无法想象如果这些事不发生会是什么样子。

人们对于过去、对于历史就有这样的感觉——忘记了生活在其中的人——好吧,我们的确不知道将来会发生什么。年轻人也是一样,他们总觉得自己能一直这么活下去。祝他们好运,我说!祝这些年轻人们好运,保佑他们能活到 96 岁!保佑他们能活到 100 岁!

八十三年前……原本死的应该是我,被埋进坟墓里的应该是我,可我告诉你,我现在还能清楚地记得丹死的那一天,记得清清楚楚!

那天,我和木屐匠的儿子乔·弗里奇在一起。我们的学校在查普尔大街上,学校后面有一条满是烂泥的小水沟——"恶臭沟",我们这么叫它。我们蹲在酱黄色的臭泥巴里,谁也看不见我们。

"来呀,"我对乔说,"来呀,我看你敢不敢!吃一个!"你瞧,我正撺掇着他。

我们当时已经在怀特海德小姐像上帝一样俯视我们的目光里念了一天乘法口诀表以及"十二英寸等于一英尺,三英尺等于一码……"这个女老师真是个可怕的人物。我们都很怕她。终于我们离开了学校。

在这里她可看不见我们。"吃呀!"我催促着乔,看看他到底敢不敢。可怜的梅齐·乔开始咯咯发笑,用鼻子哼哼。他脑子不正常,脑袋缺根筋。我们总是逗他做一些傻事。倒不是说捉弄他很有趣,捉弄乔·弗里奇太容易了。不是的,要我说,真正的乐趣在于想一些疯狂的事情让他去做,然后事后你可以向别人炫耀一番。

"俺能,艾萨克!俺能吃了它们!"他结结巴巴地不停重复,"俺有一次还吞了一只木屐的钉子呢。"

我现在还能想起他当时的样子——蹲在泥巴里,像一只从巢里跌下来的雏鸟,他的一撮头发竖立在脑袋上,纤细的胳膊和膝盖从袖口和裤管里伸在外面。唾沫四溅,咯咯直笑。

我看着水从他手指之间滴下来,两只蝌蚪在他手心里扭来扭去。好吧,我其实认为就算是梅齐·乔·弗里奇这么蠢的人也不会真的吞下一只蝌蚪。

我真是不应该低估了他。

"好了,把它们放回去吧。"我说。蹲在那儿让我的膝盖都疼了,不管怎么样,我想走了,我还要在"啤酒屋"外面和丹尼尔见面呢。我正要伸手把乔手里的蝌蚪拍掉,重新放回水沟里,突然乔停止了嬉笑,把手捂到嘴边,用力一吸!①

在阅读这段文本的时候,让我们问问自己:有多少问题还没有得到回答?我们认为哪些内容是重要的?要用多长时间来寻找问题的答案?是否可以通过花费时间的多少来体现某个事件所需要的关注度?

到第一段结尾,可能还没到结尾,我们可以看出叙述人非常明显的"絮叨"目的在于塑造人物的性格,而不是推进故事发展。所以,一个熟练的读者就会据此对这段文本所需要的"关注程度"有一个判断。就算只读了第一段,我们也可以知道这本书属于某一个特定的类别——故事既有回忆,又有动作,虽然我们可能还不确定这种情况是不是暂时的。但需要再次强调的是,我们能够有的这些认识,都是来源于自身对于故事叙述和文本的经验。

文本最勾人心的情节明显是"丹尼尔被杀"(第一段第一行)。这是全文

---

① Janni Howker, *Isaac Campion* (MacRae, London, 1986), pp. 1-2.

最脱离常规的信息,并且我们认定,在一段或长或短的时间以后,我们的好奇心一定会得到满足。不过我们在这里要等到第四段,这个信息才得到了再次强调(并且用的是"死"这个平和一点的词);接下来要到最后一段"丹"这个名字才又一次被提起。在这里,叙事的主线频繁地被打断。(要想看清这一点,有一个好办法就是将起连接作用的"指示语"圈出来,然后用直线连起来。通过这种方法,我们就能看到"隐藏"的叙事主线以及各个事件可能的重要程度。做完之后,我们就能够对读者可能的反应做出自己的推断。)

插在叙事主线之间的内容不仅仅是为了营造故事的氛围和基调,也暗示了这部作品需要用怎样的方式进行阅读。从这个角度来说,第二段和第三段不仅向读者展现了主人公艾萨克·坎皮恩的性格,也告诉了读者这个故事不会很快就出现激动人心的情节。这些不仅暗示了作品的"目标读者"是怎样的人群,同时也暗示了读者需要以怎样的方式去阅读这部作品。

第三段进一步奠定了故事的叙事类型;值得注意的是,这一段里还出现了对于年龄的照应指代(回指)。而这种指代是不具备任何实用意义的;它不像第四段,第四段是对第一段的呼应,通过再次提到"年份"和"被杀事件",把我们又拉回了主线;并且根据下一行文字使用的时态和语气,我们可以判断,接下来看到的就是事件发生的那一天。

到这里,读者很可能会认为我们马上就要进入主题了,但令人困惑的地方又出现了。乔·弗里奇这个人物和整件事有什么关系呢?更让人疑惑的是,他们躲在臭水沟里在做什么(总的来说就是为了"谁也看不见我们")?

第六段会让我们多次产生疑问,到底主人公在撺掇乔·弗里奇做什么事情?吃?究竟吃什么?我们现在已经进入了一条次线。乔要吃某样东西,这一点很重要吗?还有,这个事件的重要性可以从我们要等多久才能看到答案体现出来。到这里,我们可能会感觉进入了另外一条分支,而作者希望我们对这条分支产生兴趣(提到度量衡的学习、确立角色年龄、引入更多的场景),或希望我们认为它是非常重要的。但因为这段内容出现在"次线"上,有经验的读者就会知道它不可能造成非常关键的影响。比如,我们知道怀特海德小姐是不重要的(有趣的是,对于"怀特海德小姐这个人物到底是谁"的疑问立即在下文得到了解答,而且场景又一下子转回到了臭水沟,让我们继续回到"两个人在臭水沟里干什么"这个问题上来)。可是接下来作者又用了整整三段文字来描写主人公捉弄乔·弗里奇,然后我们才看到"蝌蚪"。这在我看来很有"虎头蛇尾"的危险,特别是叙述人似乎是厌倦了不断给读者营造紧张感,在给出了"蝌蚪"这个答案几行之后就写到了"吞蝌蚪"事件。

看起来作者用了太长时间才又回到丹尼尔、酒馆以及情节主线上来。但故事才讲了一半。要理解一段文本是怎样构成的,并且在自己的期望和期望落空之间寻求平衡是阅读过程不可分割的一部分。明白面对某种类型的文本,什么是可以做的、什么是不能做的,这种认知控制了我们对文本的反应;至于我们需要记住哪些内容,取决于这一类型的文本"内在"的阅读规则。我们对于故事里这些还没有答案的疑问、暗示、线索有多少耐心,或者说多长时间之后文本会让我们开始觉得无趣,既和文本内容有关系,也和我们对于文本阅读规则的了解有关系。

在论著《叙事的悬念》(*Narrative Suspense*)一书中,埃里克·拉伯金指出了"影射"的强大影响力,并展示了一旦缺乏影射关联,儿童读者的阅读体验就会从根本上发生改变:

> 正确的影射显然是决定小说代入感的重要因素。和文字本身不同,只有当读者掌握了某些专有名词的意义后,才能对它们产生关联与联想。而读者的教育程度不仅会影响他们与普通名词的关联,也会影响他们对出现在引用、文体戏仿等更高层次中的影射的理解。幸运的是,因为很多被称为"影射"的内容并不会影响我们的实际阅读,所以只有当作品中的其他因素表明影射是一个合理的过程时,我们才会将其视为作品阅读体验的一部分。[①]

[①] Eric Rabkin, *Narrative Suspense*, p. 47.

所以说，要确定文本中不同内容的重要程度就需要读者对隐藏在文本里的"信号"进行辨认，而这种辨认依靠的是读者自身的经验。

拉伯金认为，经验丰富的读者能够跳过某个词引发的不相关的联想，从而限制不同理解的可能性。拉伯金还指出："对于成熟的读者来说，这些关联和联想并不会导致歧义，因为文本语境已经排除了这些歧义的可能性，所以它们不会干扰我们的阅读。"[1]

弗兰克·克莫德在《秘密的起源》(The Genesis of Secrecy)这本优秀的论著中写过这样一段话："文本的'秘密性'是所有叙事形态的一个共同特性，而读者通过什么手段才能够对其进行'解密'呢？外行人能够看到，却不理解；内行人能够看到并理解，但这种理解却不尽相同。文本仿佛是一张网，我们透过网眼，窥探着它的秘密。"[2]对于文本的"秘密"，相比起成年人，儿童是"外行"；要理解为什么说他们是"外行"，我们不仅要知道儿童读者掌握了什么，也要知道文本这张网是如何织成的。

---

[1] Eric Rabkin, *Narrative Suspense*, p. 47.；着重号为笔者引用时所加。
[2] Frank Kermode, *The Genesis of Secrecy: On the Interpretation of Narrative* (Harvard University Press, London, 1979), p. 144.

第八章　政治、意识形态与儿童文学

　　（国王）说,他认为：人如果有离经叛道的想法,完全没有义务非改不可,但又完全有义务把这些想法隐藏好。如果有哪个政府要求"非改不可",那就是独裁统治；但要是放任自流,那就是政府的软弱。这么说吧,一个人把毒药藏在自家衣柜里是可以的,但要是把毒药当果汁饮料四处兜售,那是绝对不允许的。

——乔纳森·斯威夫特（Jonathan Swift）
《格列佛游记》(Gulliver's Travels)

　　文学本身并非精英主义的,是人们通过有意识的限制行为使之成为精英主义的。

——艾丹·钱伯斯《书谈》(Booktalk)

　　文学理论遭受贬斥不是因为有明显的政治倾向,而是因为这些倾向基本上都是很隐蔽的或是无意识的——还因为这些理论自以为向世人阐述了"专业的"、"显而易见的"、"科学的"或是"放之四海而皆准"的真理,却看不到这些所谓的金科玉律其实代表了某一特定时期、特定群体的特定利益,且又反过来巩固了这些利益。

——特里·伊格尔顿《文学理论》(Literary Theory)

　　艾伦·加纳被称为20世纪最重要的英国儿童文学作家之一,几年前在一次非常重要的采访中,艾伦·加纳和另一位优秀的作家艾丹·钱伯斯讨论起了审查制度问题。加纳的作品"石书四部曲"之一《汤姆·福伯之日》(Tom Fobble's Day)的一章中有这样的情节：他设定的人物是个小孩子，在夜里乘雪橇玩。加纳说："有人对我说这很危险。我说我只不过在叙述一项行为，并不是鼓励这种行为。这场争辩最后没有任何结论。"

在加纳看来，这样的举动并不是在保护孩子，而是"将儿童图书变成了政府当局宣教的工具。这样催生出的作品或产业和生活本身完全搭不上边，你只能看到一种不真实、非自然的整洁，一种在极权主义下的文化领域里特有的整洁……这样的死气沉沉、中规中矩只能吸引只懂附和与模仿的庸才"①。在这样的情况下，一边是希望自由写作的作者，一边是希望保护孩子免受这些作者"荼毒"的社会，自然就产生了矛盾。而这种矛盾自儿童文学诞生之日起就一直伴随我们左右。正如著名儿童文学作家特里默夫人（萨拉·特里默，Sarah Trimmer）1802 年在一篇文章中所写的："书写出来……就是为了在下一代年轻的头脑里种下反叛的种子，和所有不正确的原则。"②

不过问题显然没有这么简单。首先，我们完全可以说加纳的辩解说得好听一点是"幼稚"，说得不好听就是"狡猾"。半夜玩雪橇这种行为不是他直接对周围听众"说"出来的，而是"在书里面写出来"的；对于很多人来说，书本身就有一种权威性——只要是书里面出现的，就仿佛盖上了令人崇敬的印章。这就是书神奇的地方，其他新媒体之间日趋激烈的竞争恰恰进一步增强了这种权威性。所以我们还是无法逃避这些问题：究竟是谁在负责，或者谁应该负责对哪些内容进入儿童图书做出判断？作者、家长或这整个社会要扮演一个怎样的角色？

---

① Aidan Chambers, "An Interview with Alan Garner," in *The Signal Approach to Children's Books*, ed. Nancy Chambers (Kestrel (Penguin), Harmondsworth, 1980), p. 327.
② Sarah Trimmer, "Observations on the Changes Which have Taken Place in Books for Children and Young Persons," (1802) in *A Peculiar Gift: Nineteenth Century Writings on Books for Children*, ed. Lance Salway (Kestrel (Penguin), London, 1976), p. 21.

在美国,"非官方"的儿童图书审核行为要比英国普遍得多。如果把这理解为,美国的家长一旦看到和自己观点不一致的书就要烧掉,或是因为书里出现了"男人穿着围裙洗碗"这样的情节一怒之下将出版机构告上法庭,那就有失偏颇了;而且这样的情况我觉得也不太可能出现。可能这和为学校以及图书馆采购图书的流程有关——在英国,即使有道德方面的压力与诉求,也没有正式的"权力中心"可供施压;而在美国,有些州在为学校采购图书的时候采取"统一采购"的方式(虽然这种做法在逐渐减少),这样就有一些人自动扮演起了审查人的角色,这些人能够影响州政府的采购政策,进而影响主要出版机构的选题和编辑方针。审查也可能和法律态度有关。1959年通过的《英国淫秽出版物法案》,经过同年《查泰莱夫人的情人》一书引起的轩然大波的洗礼后(1959年出版此书的英国企鹅出版社被控犯有出版淫秽作品罪),英国的司法机构对于意义理解之多元化的深刻认识恐怕堪比任何解构主义批评家。在我们身处的这个相对狭小且文化日益交融的社会,审核制度或许能够在反对性别歧视、年龄歧视、种族歧视上发挥积极作用,但也有可能适得其反。

我们还是要面对这些问题,比如现实世界中的堕落与丑恶和童年时期是否有关系?不过这也要看人们如何定义这些东西。帕特里克·香农(Patrick Shannon)在《对于儿童图书中的社会及政治观点之无意识的审查》(Unconscious Censorship of Social and Political Ideas in Children's Books)一文中(该文是《儿童文学协会季刊》刊载的长篇系列文章之一)阐述了自己的观点。香农注意到:"公众会设立'自然'的界限,定义何为恰当的社会思维与行为。"[①]这就意味着,我们所有人都不自觉地接受了某种社会准则来指导自己的行为。公然的、特定的审查制度实际上要比乍一看上去的远远复杂得多。香农接下去还说道:"如果我们不教自己的孩子去质疑我们这些

---

① Patrick Shannon, "Unconscious Censorship of Social and Political Ideas in Children's Books," *Children's Literature Association Quarterly*, 12,2 (1987), p.105.

基本的信条……那我们就是在用隔绝历史的态度自欺欺人,等于告诉自己,不管是过去、现在还是将来,都和我们当下的生存状态完全一致。"[1]当然了,这也只是一种观点,事实并非一定如此。

我们也不能低估作者受到的复杂影响,从海外版权购买方到某个特定的孩子,从一开始作者就会受到各种社会性因素的限制,甚至也愿意接受其他潜在或外在因素的限制。

罗伯特·利森的《阅读与纠正》(*Reading and Righting*)一书对于政治和儿童文学的关系做了一个非常客观的阐述。他认为这两个看似"矛盾对立"的元素——作者与社会,实际上是可以互相调和的:

> 这是一种特殊的文学。儿童文学作家在家庭和学校里的地位非常特殊——他们能够施加影响,又不需要为孩子的抚养教育负直接责任。这种特殊的位置非但不应该滋生不负责任的态度,恰恰相反,这是一件非常值得尊敬的事情——一方面要考虑到那些抚养、教育孩子的人,考虑到他们的担心与忧虑;另一方面,对于那些用毕生精力为孩子们写作的作者,他们无拘无束的创造力也值得人尊敬。在和家长、老师交流的过程中,包括一些对我的作品持批评甚至反对意见的人,我发现,总体上来说这种尊敬是相互的。[2]

不过这是一个既复杂又私人化的问题。因为很显然,文本中的"重要"意思,即那些感性的、关联性的、内涵性的意思,都是非常私人化的,它们凌驾于那些普遍的、功能性的、外延性的意思之上。我想,这就意味着不仅仅自由主义的理解角度的合理性得到证明,它还转化成了理性主义的理解角

---

[1] Ibid., p. 139.
[2] Robert Leeson, *Reading and Righting: The Past, Present, and Future of Books for the Young* (Collins, London, 1985), p. 170.

度。套用一句老俗语,你可以让孩子去看一本书,但你不能让他们按照你的思维方式去看待这本书。所有心理学与教育学上的证据都表明,孩子拥有和成人完全不同的思维方式,理解与联想的方法也不尽相同。当然了,虽然这点显而易见,不过基本上没人愿意承认。我们都喜欢用更为简单的方法来想问题,那就是"书本对人有非常直接的、单一的影响"。有影响这一点毋庸置疑,但具体是什么影响我们就不得而知了。这也是为什么列举"参考文献"这样的行为一直都为人质疑:谁能够确切地说明某本书对自己产生了怎样的影响?更别说是对孩子的影响了。就连尼古拉斯·塔克这样赞同皮亚杰儿童思维发展阶段理论的人也不得不承认:"因为本质上的多样性,对于文学的反应一直以来就无法进行准确的描述。"[1]所以很有可能,不仅是性别、种族、阶级这些"显而易见"的标记在儿童读者面前变得"不可见"——除非我们千方百计让它们"可见"——而且那些明明看起来纯洁动人的文字反倒给孩子带来了不良的影响,而我们却无法意识到这一点。

因而,最主要的问题其实是一个态度的问题:儿童文学是一项纯洁的事业吗?

分辨假象

最近我受邀参加了"意识形态与儿童文学大会"并发表了讲话。聆听我演讲的朋友和同事的反应完全在我意料之中。非专业人士哀叹政治竟然侵入了纯洁的儿童文学世界,这太令人惋惜了;专家学者向我表示祝贺(可能多少有点讽刺的意思),因为儿童文学批评终于和其他题材的文学批评站到了同一高度;还有些和儿童文学事业相关的人士则表示,儿童文学也要追赶"学术的潮流"是一种悲哀。

---

[1] Nicholas Tucker, *The Child and the Book: A Psychological and Literary Exploration* (Cambridge University Press, Cambridge, 1981), p.20.

这些观点构成了大部分儿童文学评论的主流观点,也对儿童文学评论造成了伤害。这些观点的形成来源于两种相互关联的态度,本章我会对这两种态度加以探讨。第一种态度认为任何人都可以成为儿童文学的专家;第二种态度则认为我们都是站在道德的制高点。

　　这两种态度背后是同一种非常危险的心态。第一种态度的结果就是我们在第一、二章中提到过的"反智主义",即认为"思想"对于儿童文学来说是不合适的。这就为第二种态度铺平了道路,即儿童文学和儿童一样都是"纯洁"的,所以不管是作者、评论家、家长还是别的什么人,我们的思想在意识形态上都是中立的。在这两种态度的共同作用下,我们无法意识到儿童文学根本做不到完全和政治隔绝,也看不到很多存在和围绕于儿童文学周边的意识形态是很隐蔽的——并且往往还要伪装成完全中立的样子。

　　这两种态度在我参加的这次会议上也明显地被展现了出来。虽说会议的主题是"意识形态",实际上很少有人关心抽象的意识形态问题,比如没有人对马克思主义文学理论家特里·伊格尔顿的理论表现出兴趣。伊格尔顿的观点是"现代文学理论史是我们所处时代的政治和意识形态历史的一部分"[1]——就是说你没有办法完全撇开政治来评论一本作品。正如鲍勃·狄克逊(Bob Dixon)在他1977年饱受争议的著作《趁着年轻抓住他们》(*Catching Them Young*)中所指出的一样:"任何人如果有兴趣探究观念——从最广义、最根本的角度来说就是政治观念——是如何在社会中形成并发展起来的,他们一定无法忽略儿童读物这个环节。"虽然评论家们不一定赞同狄克逊的推论:"儿童读物中的很多内容就算不是反人类,也是反社会的,非但不能帮助孩子们健康成长,反而会妨碍、扭曲他们幼小的心灵。"[2]

---

[1] Terry Eagleton, *Literary Theory: An Introduction* (Blackwell, Oxford, 1983), p. 194.

[2] Bob Dixon, *Catching them Young 1: Sex, Race, and Class in Children's Books* (Plenum, London, 1977), pp. xv, xiv.

那届大会还讨论了儿童文学中存在的性别歧视和种族歧视,以及某些书是左翼还是右翼立场,是中产阶级还是工人阶级立场,是属于发达国家还是第三世界。这些讨论都是以参会人员的社会准则为基础的。随着大会的进行,有两点突显了出来。第一点是很多人都理所当然地认为儿童文学是非常"简单"的。我把这种观点称之为"望文生义之谬误"。持这种观点的人把表面的文本内容和它的影响力画上了等号,同时又把儿童和成人的理解角度画上了等号,这显然是有悖于基本常识的。他们没有想到,对我们成人来说通俗易懂的文本内容可能对于儿童来说一点也不"易懂";他们也没有意识到,文本真正传达的其实是文字背后的一种态度、一种基本的处世哲学和立场,是书本文字所包含的一种整体的精神。真正会危害到孩子们的不是书里面出现了某项具体的暴力行为,而是将暴力本身当成了一种处世准则;真正有杀伤力的不是什么"不恰当"的语言本身——况且不管怎样,也没人有胆子将"淫秽之语"印在儿童读物里——而是这些不恰当的语言以铅字的形式出现,一旦成为了白纸黑字,它们就拥有了不一样的力量。正如吉尔·佩顿·沃尔什(Jill Paton Walsh)所说:"在很多人眼里,印刷成铅字的文字仍然有一种特殊的力量。在某种程度上来说,书里面的东西就是权威的、正确的。"[1]

第二点就是关于"社会准则"的问题。如果我们在对待儿童文学时的社会准则完全一致,那么为什么在其他领域,我们之间对于性别、种族、文化、年龄、阶级、意识形态以及政治观念的差别又会如此巨大?难道儿童文学是一块有魔力的避邪物,能够净化、团结所有谈论它的人?

不论儿童文学业内人士相聚于何时何地,通常我都能看到这些态度的存在,它们的存在损害着交流与谈话的质量。而且最有趣的莫过于看到这些态度出现在批评家嘴里,而不是儿童文学的书里。要是这么说显得有点

---

[1] Jill Paton Walsh, "The language of children's literature", *Bookquest*, 8,1 (1985), pp. 4-9, at p. 9.

奇怪的话，我会辩解说：说到底，"成就"一本书的不是儿童读者，而是批评家。孩子们没有选择的自由；他们或许只有选择"已经被选好的"书的自由，但这不一样。是批评家们营造了整个的学术氛围，所有的文本都是在这个氛围下创造出来的。

我还可以进一步说：就算在孩子选择书的时候，他们选择的"能力"也已经受到了身边大人们的意识形态的"熏陶"。

要分辨主要的意识形态是一项艰巨的工作。在这里我想做的事情要稍微简单一点，即看看我们是否能揭示围绕着儿童文学评论的某些"双重思维"的现象。

"任何人都可以成为专家"

那么，关于控制童书生产与传播过程的人群有着怎样的态度和盲点，所有那些针对儿童读物的评论与声音又告诉了我们些什么呢？

我想先从认为"任何人都可以成为童书专家"这种现象讲起。对于我们这些认为自己才是真正的"童书专家"的人来说，这种情况当然是非常让人不快的。在《适合孩子们吗？》(Suitable for Children?)一书中，尼古拉斯·塔克说道："儿童文学……是幸运的，因为对它产生的反应与兴趣是原始的、真诚的。"但这种反应的基调是怀旧，且"这种受欢迎的行为有其自身的限制"[1]。（显然，做出这样的判断很容易被人诟病是为了维护自己的一亩三分地。）

我自己的看法是，对于大多数不怎么热爱阅读的成年人来说，儿童读物是一片开放的乐土，因为在这片领域里，没有什么令人生畏的东西。即使是不敢对任何成人读物发表自己看法的读者都可以自如地表达他们对儿童读

---

[1] Nicholas Tucker (ed.), *Suitable for Children? Controversies in Children's Literature* (Sussex University Press, London, 1976), p. 11.

物的看法，因为童书不会让他们想起学校老师和考试的阴影，不会有"正确答案"悬在头顶。所以，对于成人来说，儿童文学不仅可以用一种居高临下的心态放心地去阅读，作品中的内容还需要得到评价和审查。儿童文学不属于高高在上的"文学经典"的圈子，它们是现实世界的一部分，它们可以被提问、被质疑——它代表的是真正的"大众文化"，并且我怀疑对很多人来说（说得极端一点，对那些学校董事会中赞成焚书的成员来说），儿童文学还给予他们一个机会，一个对"书"这种本质上异端的、精英主义的、充满排外性的文化符号进行报复的机会。当然，所有这些围绕书展开的探讨都是非常有益的。罗伯特·利森这个激进派的英国作家和小说家就盼望看到一个"'自发'的文学评论成为全民行为的时代"①，一个文学传播过程彻底民主化的时代。但这有可能实现吗？它不会导致一个"反智主义"时代的到来吗？

在任何讨论儿童文学作品的大会或聚会上，最受欢迎的环节就是作家或插画家谈论自己的作品（个性的体现）；第二受欢迎的是讨论儿童文学作品在课堂上的应用，怎样给孩子们讲故事、讲童话（怎样扮演好老师的角色）。比较受冷落的环节是对儿童文学文本的分析研究，最不受待见的就是儿童文学批评和理论。因为通常我负责演讲的就是最后一项最不受人欢迎的环节，所以如果我据此得出结论说，大家在阅读、研究儿童文学的时候似乎只是在作品"周边"打转而没有"深入"作品本身，一定会有人指责我没有本着一颗公平公正的心。

不过，我的这种意见仍然带有意识形态色彩：它恰恰反映了对于文学评论"两大支柱"的支持，即"排外性"和"去语境化"，这两点我在引言中也曾提到过。为什么读者不能在文本周围打转？如果我们对于工作在一线的教学人员和图书管理人员的"学术性"有很多怀疑的话，那不可否认他们的看法至少有一部分也是有道理的、被认可的。眼下，经典文学这个矿藏已经日

---

① Robert Leeson, *Reading and Righting*, p. 142.

渐枯竭——或者说，至少已经不再安全，如果想要在"学术名声"方面有所收获，儿童文学提供了新鲜而丰富的资源。所以，当利森说"我不认为学院派批评家会对威廉·梅恩作品中展现出的'焦虑情绪'进行详尽的研究"①，不管他的观点多么坚定，都是错误的。因为对威廉·梅恩作品中的"焦虑情绪"或其他情绪进行研究，在学术上既"保险"又能够带来地位与名声。

不过，我们还要记住，学术研究并不等同于严肃的思考，有些文学批评也会具有"装腔作势"、"散漫拖沓"或是"为自我服务"等缺点，但我们不能因此就拒绝思考和研究。更要注意的是，这样的拒绝表面上看起来似乎是注重实用和实际的表现，似乎是不愿干涉儿童和童书这个快乐、实用、干净、纯洁的世界，实则也是戴着假面具的。

利森还说过："我看到在未来，图书管理员、老师、家长，最重要的是孩子们，都能成为童书评论家，这种可能性越来越大。"②有人认为这种观点是常理，也有人认为那会造成混乱与无序，不管哪种态度，我们的反应——这一点非常关键——表达的都是我们自身的意识形态。在这里，没有"绝对"的真理，因为，自从我们跨出摇篮以后，就再没有"纯粹的纯洁"。

"所有人都是为了孩子好"

我们在第二章中提到过，小说家琼·尤尔认为学术评论以及"故作清高的文学作品"对儿童都没有益处，这种观点代表了一部分作家的看法。因为我本身也创作儿童文学、评论儿童文学，我的话很容易有"偏袒"之嫌。但我还是要像其他人一样发出同样的声音：我的出发点是好的——和大家一样，我也希望做对孩子最有益的事情；和大家一样，我也认为"何谓最有益"是显而易见的。

---

① Leeson, *Reading and Righting*, p. 142.
② Ibid.

艾丹·钱伯斯犀利地描述了在20世纪70年代，关于如何出版、教授儿童读物的观点一下子从"精英主义转向了同样狭隘的、平民主义的极端"。

> 话语权和决定权不再属于一群拥有文学背景的成人群体……而是迅速转向拥有其他特殊利益的群体……这些"监护人"严格遵照两大标准，用一种近乎癫狂的态度挑选给孩子们看的书——第一，这本书是否符合他们自己的、特定的观念；第二，孩子们在没有成人指导的情况下是否能够一下子喜欢上这本书……教师们是否应该干预孩子们的阅读过程被当成一个严肃的问题加以探讨。①

钱伯斯虽然没有特别强调，但上述两种态度都有其意识形态根源，而不仅仅是实际利益和方法上的冲突。

关于这个问题的实质，特里·伊格尔顿在一篇名为《英语的主题》("The Subject of English")的文章中作了总结。文章发表在1985年春季刊的《英语杂志》(*The English Magazine*)上。他的观点大体如下：人并不是"自身造就"的，而是社会造就的。在这个过程中，人被给予"某种形式的主观性"；在我们的（西方）社会，这种主观性让我们相信"自己的确就是自身造就"的。而"文学"成为了"一项关注能指而非所指的事业"，这意味着我们说话的"方式"比谈论的"内容"更为重要；文学以及对文学的"自由人文主义"态度（当然这里的"文学"也是在这种态度下诞生的）成为了一种"权威认同"的思维方式。自由人文主义文学批评的关键词是"可感性、敏感度、共鸣"，这类批评认为自己对读者的帮助是"让读者自身的体验得到提炼、浓缩、升华"，这些说法都是以自我为中心、为自我服务的——它们绕成了一个死结，既没有中心，也没有结论。

更糟糕的是，这些传统的价值观"看上去"是开放的、没有政治意味的；

---

① Aidan Chambers, *Booktalk* (Bodley Head, London, 1985), pp. 14-15.

它们似乎面面俱到,似乎真的有益于人的自我发展与幸福。但实际上,要想做到"去政治化"就意味着维持现状,即"自由资本主义"这种社会体制。(你可能"喜欢"自由资本主义,但喜欢的同时即意味着你不能说自己的态度是中立的。)借用伊格尔顿的例子,比方说自由人文主义文学批评鼓励我们去看《李尔王》(*King Lear*),认为这部作品讲述了"压迫"主题的故事,这类批评还鼓励我们去深刻地体会这出戏剧,去宣泄我们面对真实压迫时想要奋起反抗的激愤之情。在这里,抽象的移情就是最终的目的。

伊格尔顿继续说道:"所谓的现代主体性的空间是一个牢笼,人们却认为自己所处的是一片自由、广博的天地。"而短视的自由人文主义者们宣称自己的"文学"蔑视垄断与压迫,实际上却扮演着狱卒的角色,支持着这种压迫。简而言之,"任何宣称自己热爱和平、公正和爱的自由人文主义者根本上都是自相矛盾的",因为要实现这一切就要经历挣扎、辨认、行动与改变,而这些都被排除在自由人文主义领域之外。所以,我们需要一片新的领域。

伊格尔顿这些话是对教师群体说的,很遗憾,教师群体在听了这些话以后有怎样的反应,并没有明确的记载。毕竟,他的观点并不是很讨人欢心,原因有两点:第一,按照他的观点,我们是不是可以认为所有满怀爱心,尽心尽力希望将最好、最纯洁的价值教给孩子们的老师其实是一群残暴的"法西斯主义者";第二,自由人文主义的"现代主体性空间"的形成就等于告诉你,如果你贸然表示不同意,就恰恰证明了你的短视、你的专制。

人们总是喜欢说一套、做一套,而关于儿童文学的很多分歧正是来源于此。让我拿意识形态立场完全不同的两位作家举一个例子:一个是坚定地要揭露儿童故事中的政治因素的罗伯特·利森①,另一个是身为记者和学者,间或也关心儿童文学的汉弗莱·卡彭特(Humphrey Carpenter)②。利

---

① Leeson, *Reading and Righting*.
② Humphrey Carpenter, *Secret Gardens: A Study of the Golden Age of Children's Literature* (Allen and Unwin, London, 1985).

森的《阅读与纠正》一书希望从左派的角度重写儿童文学历史,并为儿童文学作品赋予政治意义:"儿童文学的未来,特别是儿童小说,是我们创造更美好生活的非常重要的组成部分。"①卡彭特的作品《秘密花园》则更"学术化",作者在书里提出疑问:"为什么在六十年间,在英国会出现这么多特定类型的儿童文学经典作品?"②

这两本书是否只是简单地占据了儿童文学评论领域里两个截然不同的位置?或者我们能够从两位作者的话语以及他们没说出口的话中觉察到意识形态方面的深刻差异?从表面上看,双方的立场再清楚不过。卡彭特温文尔雅的口气给人的感觉是,他这一辈子都是在宁静的牛津大学博德利图书馆(The Bodleian Library)度过的;而利森的书粗犷而富有激情,有时候甚至到了语无伦次的地步,他关心的不仅是在学校里学习的年幼学生,还有流落街头的孩子。

但恰恰是两位作者没有说出口的东西泄露了各自的意识形态立场。让人意想不到的是,在互相对立的表面背后,从某种程度上来说,他们是非常相似的。这两人关注的东西的确截然不同——卡彭特评论乔治·麦克唐纳(George MacDonald)在《公主与柯迪》(*The Princess and Curdie*)中"用民间故事的元素构建起了一个有关基督徒世界的寓言故事……作者创造了一个孩子们可以探索的、另类的宗教领域"③。利森选择关注的是"19 世纪 80 年代到 20 世纪初,流落在外的'野'孩子正在托儿所里捣乱,在树林里游荡,还有近五十万儿童正饿着肚子去上学"④。卡彭特的著作看起来是"纯洁"的,似乎没有涉及政治或意识形态的话题,它就是一本纯粹的、由一个优秀的英国学者撰写的、评论儿童文学作品的书,而这位英国学者还和他的妻子共同编辑了《牛津儿童文学指南》(*Oxford Companion to Children's*

---

① Leeson, *Reading and Righting*, p. 171.
② Carpenter, *Secret Gardens*, p. ix.
③ Ibid., p. 83.
④ Leeson, *Reading and Righting*, p. 104.

Literature)。但卡彭特并不是完全中立的。比如在某个有趣的、"盲目"的瞬间,他非常不明智地赞同利森阶级意味强烈的看法,认为大部分孩子都处于"文化隐形"的状态,那些低人一等的、工薪阶层的孩子都被中产阶级儿童和作家给忽略了。因此,在讨论理查德·杰弗里斯的作品《毕维斯》的时候,卡彭特注意到"毕维斯找到了农夫约翰,想贿赂他帮忙一起拉木筏,可是管家正看着约翰呢,所以这事做不成。最后,他说服了赶车的男孩子,借后者的马来帮忙。木筏终于被拖到了水边,航行开始了"①。卡彭特悄悄地删掉了后面描写赶车小男孩(身为劳动阶层的一员)遭遇的语句:"赶车的男孩立刻感觉到有一只手掐住了他的后颈。管家拎着他走向草地……毕维斯和马克全神贯注在木筏上,都没有注意他们的帮手已经被拖走了。"②

比起具有政治意味的潜文本,更令人感到困惑的是卡彭特的文学评论潜文本——我们会疑惑卡彭特对于他评论的对象到底持有怎样的一种态度。在谈论艾伦·加纳的作品时,他认为加纳的作品已经达到了儿童文学的"极限",他认为《石书》并不是真正意义上为儿童创作的作品",它体现了加纳想要"写的是重要的东西,关于诚信、正直与成长的作品"。③ "儿童文学作品"和"重要"之间是互相排斥的吗? 当然,这种争论由来已久,但人们不会预料到在这样一本书里也会发现这种争论的痕迹。如果我们将这段文本"去语境化",我们会发现这个在表面上秉持"自由人文主义"立场、以书为研究中心、备受尊敬的作家不仅有可疑的右派倾向,而且他对于自己所研究的对象是否怀着一种尊重的态度也很值得商榷。

从表面上看,利森无疑是反对这种态度的。针对伊莱恩·莫斯所说的儿童文学作品"成人化"的观点,他表示了抗议:"儿童文学存在的意义就是让孩子们的生活更加丰富多彩,它不能够说现在自己没有更多东西可以教

---

① Carpenter, *Secret Gardens*, p. 113.
② Richard Jefferies, *Bevis*, ed. Peter Hunt (Oxford University Press, London, 1989), p. 10.
③ Carpenter, *Secret Gardens*, p. 221.

给孩子们了,也不该口是心非、言不由衷地表示'儿童'文学是为了'儿童'。"①不过,当涉及儿童文学作品的意识形态问题,情况就不同了。再者,利森的态度对我们所有人来说都很有启发意义,它反映了我们内心深处一种根深蒂固但又没有意识到的意识形态观念。

书的地位

作为一本叙述儿童文学历史的论著,《阅读与纠正》有很明显的偏向性和争议性,这一点恰恰令人眼前一亮。利森没有"生硬地将政治和儿童文学作品拉到一起",他所做的只不过是把自己的观点坦诚地展现在众人面前,而不是像大部分文学批评家那样,表面上宣扬自己中立的态度,实际上却在为自由人文主义或其他政治阵营摇旗呐喊。利森的目的是要拓宽童书市场,改变童书的面貌,使之能够面对其他媒体的挑战。他认为每个人都应该具备写作的能力,这样,"我们才能够在全面开发自身潜能的道路上更进一步……我们应该鼓励每一个孩子不仅要具备阅读故事的能力,也要具备创作故事的能力——这是探索生活奥秘的精髓所在,这是一种积极而非被动的参与"②。很明显,这段话的出发点也是为了孩子好,虽然这种观点不再把作者捧到一个高高在上的位置,从而对文学的等级体系形成了冲击。当然,不可能所有人都成为作家——不然就没有人有空参加各种文学批评的会议了。

毫无疑问,很大一部分儿童还没有获得经常看书的权利;但支持"书"本身这种行为就泄露了利森骨子里"传统"的左派思想——相比较而言,伊格尔顿则属于"新派"的左派思想,这倒不是因为在其作品的封面上,作者名字写的是"罗伯特·利森"而不是"鲍勃·利森"(鲍勃是罗伯特的昵称)。对于

---

① Leeson, *Reading and Righting*, p. 171.
② Ibid., p. 185.

利森而言,解决问题的办法不是找到一条"书"以外的新途径,而是大众必须要把"书"变得更合适。现在的"书",代表的是中产阶级的价值观,这一点必须得到改变和拓宽。"读者可能是很喜欢读书的,也可能不喜欢。但他们肯定都喜欢故事,并且会选择让自己最舒服、最开心的渠道去获取故事。那为什么这个渠道不能是书呢?如果我们不再追求真正实现书的大众化——大众化曾经被视为书的优点之一,现在这个目标已经近在眼前——如果放弃这种追求,无异于放弃了书的未来……如果没有那些'不爱书'的人,书就会消亡。"①

这种说法听起来很有道理,很可能利森也是在自己和中产阶级打交道的过程中受到触动并得出了结论。他以工薪阶层生活为主题的作品经常因为"不当的语言"以及作品中反映出的"不当"社会态度而为人诟病。不过,他自己也说,这些攻击都来自于成年人;孩子们反而会抱怨说因为缺少这些元素,他的作品不够"真实"。很多评论家看出利森将小说"平民化"的意图,都义愤填膺地认为这是破坏性的行为。如此一来,人们不免要得出这样的结论,那就是中产阶级将"书"视为运作社会权力的工具,并希望这一工具只为自己所用。

但利森的言语中仍然存在一种意识形态的盲目性;在我看来,这种盲目性可以通过一个问题的答案得到体现,那就是上文中提到的"为什么这个渠道不能是书呢?"对于大部分人来说,再去谈论书的"大众化"已经有为时已晚的感觉了。自从"书"问世以来,它就是少数人享有的特权。能够写作就拥有了权力,而能够阅读拥有的则是权力的幻影。对于很多"不情愿的读者"来说,真正根本的问题不是说他们真的没有书或不了解书,而是在他们眼里,书是一种另类的、陌生的、强大的文化符号。这也是书无法真正成为"大众文化"一部分的根源所在。而利森,正是因为他对书的如此推崇,在本质上等于认可了自由人文主义立场,虽然他宣称自己是反对这种立场的。

---

① Leeson, *Reading and Righting*, pp. 186-187.

这样的观点也可以放在卡彭特身上，因为对于"书"有如此执着的信念这一点在普通人身上非常少见。正如查尔斯·萨兰德(Charles Sarland)指出的那样，"书"的地位就是由一小群精英主义人群创造并发展起来的：

> 利维斯称文学，特别是小说，是我们社会价值的中心载体和展现。现在，我必须说，这种观点就是垃圾！就算不是大多数，也有数量很可观的人群不读小说，或读得很少，但他们也能轻松地建立起自己的价值体系。①

利森总的论点是，传统口述形式的衰落让我们的文化产生了真正的断裂现象，而口述正是一种真正让叙述者、故事、听众三者互动起来的叙事形式；这是一种非常有意思的论点，因为任何针对它开展的辩论都有其意识形态根源。正如沃尔特·昂指出的那样，口述文化有其独特的思维习惯和思维结构。② 所以，如果我们完全放弃书，就有恶意贬低工薪阶层文化之嫌；另一方面，如果我们赞同利森的观点，认为必须实现书的"大众化"、"民主化"，我们又必须意识到书（小说）和口述故事具有不同的特点，文字形态甚至与口述形态是完全对立的。（为了测试我们的立场，不妨看看你对下面这种说法作何反应，即在故事讲述的发展历史上，"书"这种形式是一个死胡同。）所以，有一点非常值得探究，那就是相比起本身就是以文本形式呈现的故事，民间故事一旦落到纸面上鲜有成功的案例。民间故事在文字化以前就被归属"民间"，那么这个"民"是哪些人？我想，文学家们一定认为这个"民"是其他人，是更低层次的人。

简而言之，利森让我们看到了关于意识形态的一个最根本的困境——文本本身的地位。不管我们如何"净化"自己的政治意向，我们在这个问题

---

① Charles Sarland, "False Premises," *Signal*, 37 (January 1982), pp. 12 – 13.
② Walter Ong, *Orality and Literacy* (Methuen, London, 1982), passim.

上所必须做的任何决定能够逃开意识形态的影响吗？

积极的行为

当然，仅仅指出我们应该多了解自己，或者像很多后结构主义者那样，致力于剥离文本语境，让自己留在一片"真空"里，不在乎有无出路，这些做法都不能真正地解决问题。幸好，儿童文学评论的"实用主义"思想还有其积极的一面，能够鼓励我们去探索某些意识形态问题的症结所在。其中最重要的一个问题，也是引发关于"盲目性"争议的问题，就是"文本"——文本到底应该有一个怎样的地位？文本到底属于谁？它的最终去向在何处？

早在1974年，苏珊·迪金森（Susan Dickinson）就对利森的立场提出了质疑，这种质疑和现在我们所听到的反对卢音非常相似："为什么利森要期望全体孩子无一例外地都能看书？成人群体中有很大一部分人从来都没有翻开过一本书，很多人都宁愿去踢踢足球……而且这些不看书的人可能来自任何一个阶层。我觉得利森有夸大工薪阶层的儿童文学需求之嫌。"①

现在看来，站在不同的社会或政治立场，对上面这段话可以有好几种解读方式。它是否仅仅陈述了一个客观事实，那就是对于不爱书的人，书是没有吸引力的？或者它实际上诋毁了工薪阶层，暗示工薪阶层人群的需求是低级的，并且从"文学"的定义上看，他们的文学需求并没有那么强烈？又或者工薪阶层看了这句话以后应该感到高兴，因为自己拥有的是一种不同的文化？要对这句话做出解释，这项行为本身就是在检验自己的意识形态立场。

所以，从某些角度来说，有人认为书对于大部分民众来说是一种"特权"的象征，也有人把书视为让人类思想实现自由的解放者。如果我们赞同第一种观点，我们有两种选择，第一是把书拿过来占为己用；第二种是完全放

---

① Susan Dickinson, letter in *Signal*, 14 (May 1974), p. 106.

弃它,因为它沾染了太多中产阶级的价值观和态度。如果我们选择第一种做法,可能就会陷入中产阶级意识形态的漩涡;因为到那时,可能会听到这样的声音:不管我们赋予文本形态怎样看起来"没有性别歧视"、"没有种族歧视"的内容,我们的目光都是狭隘的、单一的。那么,不管从哪个方面来看,逻辑上合理的答案就应该是拒绝"书"这种形式,转而推崇一种以"非书"形式为主导的文化体系,并找到在这种文化体系下不同的故事形式与表达方式。那么,这样不会因为有"书"文化和"非书"文化的存在而造成某种特定的文化隔离吗?故事形式能够摆脱印刷文字特点的束缚,找到另一种表达的方式吗?如果可以,"新"媒体是它的出路吗?

另一方面,我们很多人内心还是希望将书视为一种解放思想的力量,是自由思想和正确思想的载体——如果是这样,我们必须重新衡量我们对待书的态度。如今,书显然已经成为了少数群体的一种追求。其他新媒体能够让孩子们获得非常丰富多样的感官体验,接触到各种类型的、复杂的故事讲述形式。如果我们认为作家琼·尤尔的"文学对儿童无益"的观点是有一定道理的,那么"书"面对新媒体的挑战故意表现得无动于衷就是出于"意识形态的原因"。眼下,书把它和新媒体之间的竞争重点放在最不重要的"内容"层面上,因为"内容",就像我一开始说的那样,是我们能够根据自身意识形态立场做出明确判断的领域。

所以,如果书想要在亦敌亦友的新媒体的包围中生存下来,除了题材之外,还必须在其他方面做出改变。我们还要意识到,所有这些被誉为儿童"文学"的真正先锋的人物,他们关注的着眼点都在于"形式的创新"。我们看到,意识形态的两难在于我们要不公然将书作为一种社会性的武器(杰奎琳·罗斯指出,文本的吸引力越大,潜移默化的能力也就越大[①]),要不试图维持书的现状。要想打破这种僵局,我们必须大胆实验。我们已经看到,如

---

① Jacqueline Rose, *The Case of Peter Pan*, or, *the Impossibility of Children's Fiction* (Macmillan, London, 1984), pp. 1 – 2.

果仅仅只是改变内容,是不可能在意识形态上有任何突破的。

如果我们希望看到富有实验精神的书,要从哪里去寻找呢?艾丹·钱伯斯的《休息时间》(*Breaktime*)和《我现在已明白》(*Now I Know*)①、埃伦·拉斯金(Ellen Raskin)的《威斯汀游戏》(*The Westing Game*)②以及威廉·梅恩的《咸河时代》(*Salt River Times*)③这种具有实验性的作品是非常少见的。拥有更多自由性的是"绘本"这种形式,不仅因为文字位置的变换在一定程度上赋予了文本更多的自由空间,还因为在文化上以及课堂使用上的创新;还有就是像威廉·默比乌斯(William Moebius)所说:"图形符号……是具有互动性的、即时性的,虽然不一定和语言文本或外部世界完全相融合。"④还有一些非常"解放思想"的作品,比如约翰·伯宁汉的《爷爷》⑤、珍妮特·阿尔伯格和艾伦·阿尔伯格的《快乐的邮递员》⑥,雷蒙德·布里格斯(Raymond Briggs)的《方格斯的奇幻旅程》(*Fungus the Bogeyman*)⑦以及大卫·麦基的《我恨泰迪熊》(*I Hate My Teddy Bear*)⑧等。(在第十章里我会跟大家对其中一些作品进行更详细的讨论。)

不过,一个很明显的事实是,文本的贫乏使书的范围以及它实质上(而非表面上)的受众范围都受到了影响。这种贫乏性的根源在于意识形态上的原因而不是(像一些出版商所说的)实际应用方面的问题。

---

① Aidan Chambers, *Breaktime* (Bodley Head, London, 1978); idem, *Now I Know* (Bodley Head, London, 1987).
② Ellen Raskin, *The Westing Game* (Dutton, New York, 1978; Macmillan, London, 1979).
③ William Mayne, *Salt River Times* (Nelson, Sydney, 1980).
④ William Moebius, "Introduction to Picture Book Codes," *Word and Image*, 2, 2 (April-June 1986), pp. 141–158, at p. 151.
⑤ John Burningham, *Granpa* (Cape, London, 1984).
⑥ Janet Ahlberg and Allan Ahlberg, *The Jolly Postman or Other People's Letters* (Heinemann, London, 1986).
⑦ Raymond Briggs, *Fungus the Bogeyman* (Hamish Hamilton, London, 1977).
⑧ David McKee, *I Hate My Teddy Bear* (Scholastic, London, 1983).

研究儿童文学作品中的政治立场及意识形态色彩似乎是创造了一种新的"霸权",用以填补传统文学评论衰落后留下的空白。但是,如果儿童文学作品想要在眼前这种充满压迫性的意识形态下,真正地实现"解放思想"的目的(当然,这种说法也泄露了我自己的意识形态立场),我们必须结合这个创造并安置它们的世界去看待它们。如果你把"纯洁"等同于"没有成形的道德观"的话,孩子们或许是纯洁的;但是我们作为成年人,如果想要更恰当地讨论儿童文学,我们不能假装自己也和孩子一样纯洁。

所以我们必须接受这个事实,儿童文学作品就像孩子的祈祷那样,看起来甜美又纯洁,但它们不可能做到真正的纯洁,儿童文学的评论者们也是如此。

关于这场争论,最近比较有影响力的文章是彼得·霍林代尔的《意识形态和童书》("Ideology and the Children's Book"),他指出:"随着文学理论的发展,我们意识到,在所有文学形式里意识形态无处不在,而我们也无法阻止它置身于文本表层诸种可见的特征之中;但如今,因为文学批评对于这个问题的争论形成了两个极端,关于儿童文学中意识形态的研究越来越局限于这种表面形态。"[1]造成这种局限的另一个原因是:没有意识到我们自己对文本、政治以及儿童有一种先入为主的态度。

---

[1] Peter Hollindale, "Ideology and the Children's Book," *Signal*, 55(1988), pp. 3 – 22, at p. 7.

第九章　儿童文学作品的诞生

一本童书的诞生是一个独一无二的过程,和意识形态、市场需要、传统习惯以及题材类型等因素都有着密不可分的关系。要探究所有作用于童书的社会和文学影响,就好像要描述篝火在挨着它的墙壁上投下的影子——木头燃烧的过程在原理上是比较直接明了的,但没有两个燃烧的时刻是完全相同的。马舍雷早在1970年就有过这样的论述:

> 事实上,"传播"童书的环境条件在书诞生的那一刻起也随之形成了……所以这些条件绝对不是后来加上去的,也没有时间上的先后顺序。在制作书的时候就已经决定了目标读者群体——虽然这是两个不同的过程——因为如果不是这样,书这种作者灵感和创作冲动的产物,就变成了读者的产物,从而沦为一种虚假的幻象。[1]

因为儿童文学涉及的是非平等读者(non-peer-readers),我们必须不仅考虑教导意义,还要考虑这些教导可能引起的各种反应。不过,和其他文学类型一样,这是一个环状的过程:作者决定文本,文本决定读者,读者决定反应,反应决定作者,如此周而复始。

在本章中,我会探究在如今的出版氛围中作者、出版商、儿童各自所占的位置,以及在政治、经济或社会心理学等更宏大、更具有支配性的概念所

---

[1] Pierre Machery, *A Theory of Literary Production* (Routledge, London, 1978), p. 70.

构成的语境中,是否任何具体的、共时层面的分析都会最终显得无关紧要。为了说明这些问题,我就拿自己给大孩子们创作的第四本小说——《向上》(*Going Up*)①为例。这本书在出版商的建议下在技术层面(叙事模式、故事结构等)以及内容层面都进行了大篇幅的改写。考察并说明做了哪些类型的改变以及为什么要做这些改变,我们可能会得到一些启示。

很多讨论儿童文学作品中作者地位的文章关注的都是创作灵感、写作技巧、作者与儿童或作品之间的关系,很少涉及文本创作所处的环境,而这种环境最终将对儿童文学的文学评论基调起决定性的作用。比如,最近由希蒙斯学院儿童文学研究中心出版的芭芭拉·哈里森(Barbara Harrison)和格雷戈里·马圭尔(Gregory Maguire)的《纯洁与经验》(*Innocence and Experience*),其中有超过300页的篇幅讲的是作者的想法和体验,只有5页是关于作品的编辑与出版。② 在其他论著中,这样的比例分配也同样存在。③ 所以我们看到的是论著作者们苦口婆心地解释儿童文学"应该是什么样的",而不是还原儿童文学真实的面貌。比如琼·艾肯就曾写道:"语言本身对儿童而言就是一种乐趣——即使是最贫瘠的童年也有丰富的语言相伴。"④当然,还有很多实用主义作家比如杰弗里·特雷斯(Geoffrey Trease)以及艾丹·钱伯斯。作家华莱士·希尔迪克(Wallace Hildick)还写了一份关于"如何解决儿童文学创作中的写作与道德问题"的指南(其中包括选择美国出版商的书而不要选英国出版商的书这样有时候"必要"的改变),虽然

---

① Peter Hunt, *Going Up* (MacRae, London, 1989).
② Barbara Harrison and Gregory Maguire (eds.), *Innocence and Experience*: *Essays and Conversations on* Children's Literature (Lothrop, Lee and Shepard, New York, 1987), p. 231.
③ 例如 Justin Wintle and Emma Fisher, The *Pied Pipers* (Paddington Press, New York, 1974); Jonathan Cott, *Pipers at the Gates of Dawn*: *The Wisdom of Children's Literature* (Random House, New York, 1983)。
④ 引自 Margaret Meek et al. (eds), *The Cool Web*: *The pattern of children's reading* (Bodley Head, London, 1977), p. 180。

这份指南看起来很精明,这种分析方法却显然过于简单。①

要让一本书来到孩子面前需要三个元素:作者、出版商和孩子。一般人们(特别是出版商自己)认为,出版商在其中扮演了最关键的角色;因为出版商做了很多工作:他们看到了市场的需求,并且委托作者去创作文本,并对文本进行修改、调整,甚至做出最后的选择取舍,以生产满足市场需求的文本。当然,这个过程没有一套严谨科学的工作流程——比如知名童书出版商朱丽亚·麦克雷出版社就曾把"出版流程"描述为"永远在改变,永远令人着迷,永远不可预测"②。作者在这个体系的一端,而孩子在另一端。偶尔也会出现"短路"现象,比如作家为某个孩子专门创作一个故事;不过就算是在这样的情况下,对比专门写给一个孩子看的文本和面向大众发售的文本,两者仍然有很大的差别,例如《柳林风声》。就拿格雷厄姆的作品《伯蒂的恶作剧》(Bertie's Escapade)为例,从作者最初写给儿子的信,到作品成形,再到最后问世的文本,这三者只是表面上相似而已。③

我们看到,人们普遍认为童书的传播过程是温和无害的,但我们也可以把这个过程看作是通过文本来行使权力的过程,或者是一种向读者强加特定阶级价值观的过程。④ 虽说上述这些观点都有一定的道理,实际上儿童文学作品创作和传播的过程要复杂得多。它牵涉的范围非常广泛,图1对这个过程中最为重要、最容易辨认的因素以及它们相互之间的关系进行了简化性的归

---

① 参见 Geoffrey Trease, "The Revolution in Children's Literature," in *The Thorny Paradise*, ed. Edward Blishen (Kestrel, Harmondsworth, 1975), pp. 13 - 24; Aidan Chambers, *Booktalk* (Bodley Head, London, 1985); Wallace Hildick, *Children and Fiction* (Evans, London, 1970)。

② Julia MacRae, "Amateur joys", in *The Signal Approach to Children's Books*, ed. Nancy Chambers (Kestrel (Penguin), Harmondsworth, 1980), p. 100.

③ Elspeth Grahame, *The First Whisper of "The Wind in the Willows"* (Methuen, London, (1936).

④ 参见 Jacqueline Rose, *The Case of Peter Pan, or, the Impossibility of Children's Fiction* (Macmillan, London, 1984); Robert Leeson, *Reading and Righting: The Past, Present, and Future of Books for the Young* (Collins, London, 1985)。

纳与总结。不过,就像"童年"本身,所有的因素都是在不断变化当中的。

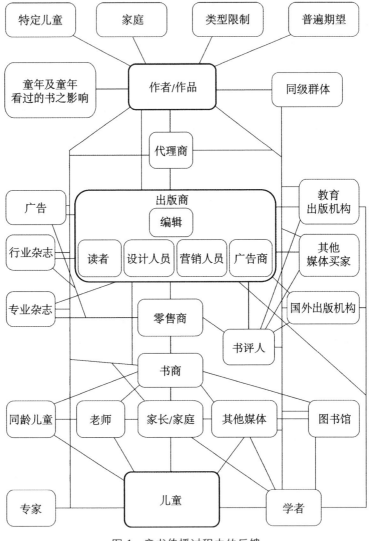

图 1　童书传播过程中的反馈

不过,我们可以抓住三个最主要的因素——作者、出版商、儿童,这三者中的每一种因素都处于不同影响力的作用之下,这三者之间的互动与反应形成了一种基本的循环模式。影响作者的因素包括作者自己的童年经历、他们看过的书、对自己家庭的观察、来自同辈人的压力、主流文化规则,以及作品题材限制等等。简单来说,创作过程一般起源于作者"希望写一本怎样的书",但这并不会是作品本身。

回到我们之前提到过的琼·尤尔的例子。她坦率地写道:"在《有得必有失》(You Win Some, You Lose Some)这部作品里,我必须删掉两个女孩角色,并修改了结局,因为他们告诉我作品有反对同性恋的倾向,会招来恐吓信的……我自己现在对这个世界的看法是非常偏激的,但你不能把这种态度放到给孩子看的书里。"①

要看到这段话背后的东西,就要看到很多群体自下而上对出版商施加的压力。他们对于儿童读物应该是什么样、可以是什么样有自己的一套看法,并且把这些看法强加在出版商头上。儿童文学作品正是在这些影响和冲突的作用下诞生的。

在作者提笔创作之前,他们首先要针对写作的题材类型,在允许范围之内进行一定的调整。希瑟·杜布罗(Heather Dubrow)引用了E. D.赫施的观点说:"文学类型与其说是一种游戏,不如说是一套社会行为的规范。"② 比起其他类型的书来说,在作品结构和文体特征上,童书还有一套需要遵循的"行为准则",而这套准则的基础则来源于某些个人或群体对于文本的看法——这些看法可能是个性化的、传统怀旧的,也可能是大众对于儿童文学文本应具有教育意义的判断。正如我们会同时以几种不同的方法去阅读儿童读物一样,不管有意识还是无意识,在创作儿童文学作品的时候,作者也会考虑题材、社会文化、教育意义等各方面的因素。我们还可以把作者个人层面以及整体文化层面的创作环境、地点等因素③也考虑在内。

在出版商之前,或许还会出现代理商这样的机构(如图1所示,"代理商"是一个可能出现的环节),他们也可能对最终的作品产生影响,比如给出自己

---

① 引自 Stephanie Nettell, "Escapism or realism? The novels of Jean Ure", *Children's Books* (British Book News Supplement), March 1985, pp. 3-4。
② Heather Dubrow, *Genre* (Methuen, London, 1982), p. 31.
③ 参见 Roger Lancelyn Green, *Authors and Places* (Batsford, London, 1963)。

的反馈、进行游说、帮助作品销售等等。而出版商也不是一个单一的整体——至少在英国,大大小小的出版机构都在经历越来越多的变化。比如出版机构不再是一切都由某个人说了算;现在的情况是,在出版社内部有一个决策团队,还有内部和外部的咨询人员。在此之外,决策团队和咨询人员也会与买家打交道,这些买家来自不同的文化背景,有着各式各样的需求。这些都会对出版机构造成直接的影响,使出版机构不得不考虑自身的收支状况,出版产品的文学品位以及所造成的社会影响。(在图1中我没有把"审查人"列为一项单独的影响因素,因为任何外部意见实际上都在扮演审查人的角色。)

在出版商和儿童之间还隔着另一群人,他们是零售商、书商以及所有必须购买儿童读物来教育孩子的人,比如家长、老师、图书馆等等。在这个阶段,作品还要考虑来自书评人、其他媒体、教育专家等群体的意见。托尼·布拉德曼(Tony Bradman)在《我需要一本书!特殊情况下家长需要的童书指南》(*I Need A Book! The Parent's Guide to Children's Books for Special Situations*)中指出:"如果用对了场合,我推荐的书可以帮助您和您的孩子认识所面临的问题并找到解决的办法。"[①]这种说法现在变得越来越常见,它意味着看书——获取意义——在今天这个多媒体的大环境里已经在本质上变得具有互动性,并且会随着环境发生变化。看书不再是一种孤立的、封闭的活动。

总的来说,各种不同元素之间的互相影响和作用是从上至下、从外向内的,虽然也有很多影响是双向的。可以看到,作者的创作过程会受到六类影响;完成创作后,作品在抵达孩子们手里之前还会面临其他群体的目光,并受到它们的影响。(我们不可能将每一种可能的情形都表现出来,比如最直截了当的情况是作者直接把书给一个小孩,所以我们只能笼统地说作者与出版商之间的影响是双向的。)有几个群体之间的互相影响是非常复杂的,

---

① Tony Bradman, *I Need A Book! The Parent's Guide to Children's Books for Special Situations* (Thorsons, Wellingborough, 1987), p. 12.

比如在"儿童"之上的几类人,一本书可能从图书馆流向老师,再从老师流向家长,再到孩子,并且前后顺序可以任意变化。

下一个阶段就要涉及对书的反应,也就是阅读以后的反馈;这些反馈一般不仅仅是自下而上的,也可以由外向内或由内向外。图 2 看似复杂,其实没有把所有可能的反馈路径都表示出来,但从图 2 我们可以认识到

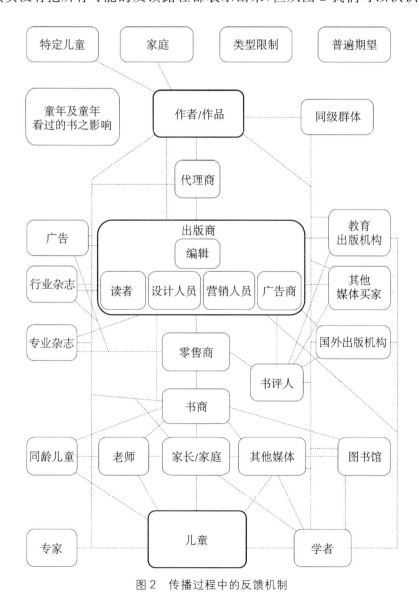

图 2　传播过程中的反馈机制

压力如何最终落到作者和出版商头上。所以买家以及童书的生产者对于儿童读物由哪些东西组成、应该由哪些东西组成心存疑惑也就不足为奇了。

童书评论者在图中边缘处占据了一个多少有些矛盾的位置，他们很可能看到了影响文本的某种或几种因素，然后基于这一两种因素大谈特谈文化影响理论。比如，谁决定了当代童书的文体风格？是国外出版商还是教育专家（毕竟这两个群体据说最关心这一问题）？谁决定了儿童文学作品的内容（如果在这个后解构主义时代，"内容"还算是个令人愿意琢磨的概念的话）？是孩子还是市场营销人员？根据米歇尔·兰斯伯格（Michele Landsberg）最新的调查，她认为图书管理员已经成为了"消费机器上的齿轮"，她引用兰德尔·贾雷尔（Randall Jarrell）的话说："现在与文字打交道的人对待自己的作品就好像是制作婴儿食品而我们是婴儿一样。"①但是，为什么会出现这样的情况？

当然还有一种可能是图中展示的任何一种因素在实际上都没有决定童书的诞生过程。也有可能是某种超越这些因素之外的力量在掌控着一切，比如文化政治、文本的性别政治，更有可能是政治的衍生物——经济因素。伊莱恩·莫斯在 1980 年曾为《〈信号〉儿童读物指南》（*The Signal Approach to Children's Book*）做过一项非常出色的研究，她回顾了 20 世纪 70 年代的出版情况，指出了一个"奇异"的事实：

> 经济方面的考量决定了出版商要出版越来越多的新书以应对市场对书的总体需求有所下滑这一状况；这种矛盾现象背后的原因是资金的紧缺以及对快速收回投资成本的急迫需求……在这个勇敢的新世界，所有的决定都是由销售前景所主导的……这场"高

---

① Michele Landsberg, *The World of Children's Books* (Simon and Schuster, London, 1988), p. 209.

品位的编辑"和"拿数字说话的销售部门"之间的战争看起来正在摧垮优秀童书的出版前景。①

从这些声音来看,似乎确实存在"作者已死"的现象,并且市场以自己认同的标准对童书的文学风格进行限制(包括文体、结构以及内容),这种限制已经凌驾于原创性和个性之上。有影响力的群体关于作品的反馈具有巨大的作用力,不仅能够直接改变作者的态度,还能改变人们对于作品的普遍期望。这种情况可能由来已久;但在这个精装书快速消失、实验性作品很难得到出版的世界,我们看到的是社会环境对作品的限制正在削弱作品在实验性与发展性上的文学潜能。而且,任何"宏观"的影响最终都会体现在"微观"系统上,并展现出颠覆性的破坏力。

显然,想要将所有的影响因素都细致地描绘出来并加以研究是不可能实现的;而如果想要描述它们对于某个特定文本的作用过程,其复杂程度又不亚于写一本新的小说。如果说作者在描述自己的作品如何问世的过程中有任何"特别的优势",那便是他们的参与程度——当然很可能伴随着个人的偏见,甚至怨恨(我们从历史上作者对于出版社的种种批判之词可见一斑)。但不管怎么说,自我分析是所有分析方法当中有效性最低的一种,钱伯斯就曾这样描述他阅读自己作品时的感觉:"我就是作为一个单纯的读者来看自己的作品,比起其他任何读者,我的阅读行为并没有什么特别的重要性。"②

不过,如果要探究来自文学以及社会等各方面的这些因素对于待出版的文本(而非已然可供阅读的文本)都有哪些影响,另有一种比较有效的方法——某部作品想要出版,必定会经受许多修改,我们可以尽量客观地将这

---

① Elaine Moss, "The Seventies in Picture Books," in *The Signal Approach to Children's Book*, ed. Chambers, pp. 56 - 57.
② Aidan Chambers, *Booktalk* (Bodley Head, London, 1985), p. 93.

些改动——记录下来。

儿童文学作品的诞生：我的个人经历

伊莱恩·莫斯在她的研究中曾评论道："在当今的经济环境下，我很怀疑还有多少出版社愿意像朱丽亚·麦克雷出版社那样，精挑细选非常具有个人特色的儿童文学作品加以出版。"①我觉得自己的名字也能够出现在这份珍贵的名单里是一种莫大的幸运，因为朱丽亚·麦克雷出版社颠覆了我在本章第二部分所勾勒出的出版体系，所以我们可以通过朱丽亚·麦克雷出版社来好好审视一下这个出版体系。

自 1983 年以来，朱丽亚·麦克雷出版社先后出版了我的四部小说以及两部为"幼龄"读者创作的短篇故事。《时间地图》(*The Maps of Time*，1983)、《偏离轨道的一步》(*A Step off the Path*，1985)、《原路返回》(*Backtract*，1986)基本上都是为能够流利阅读、有辨别能力的读者创作的，是以孩子为中心的作品。它们都是实验性很强的作品，挑战了大众对于儿童文学作品的一般期望，而非一味附和。前两本是希望对"野营/奇幻"类题材进行一番新鲜的尝试；第三本是一个侦探故事。在三部作品中我都使用了非常紧凑而含蓄的行文风格。这么做的理由有三点：第一，我相信儿童读者是能够理解结构比较复杂的文本的（当然，复杂程度不会超出一般作家对于儿童认知能力的期望，也不会超出教育研究人员已经证实的儿童认知范围）②；第二，如果作品想要在眼花缭乱的新媒体包围下站稳脚跟，它一定不能过于简单，而是必须利用一切可以利用的资源；第三，虽然眼下在儿童文学作品领域，"经典现实主义"小说这种形式仍然占据主导地位，但我们应

---

① Moss, "Seventies in Picture Books", p. 57.
② Michael Benton et al. , *Young Readers Responding to Poems* (Routledge, London, 1988); Michael Benton and Geoff Fox, *Teaching Literature*, *Nine to Fourteen* (Oxford University Press, Oxford, 1985).

该要对这种形式发起挑战。

正如我之前所说,能够和朱丽亚·麦克雷出版社合作是我的幸运。朱丽亚·麦克雷出版社以优质出版物和富有实验精神在国际上享有盛誉[1],像我的这三部作品若放到其他出版社都是不太可能出版的。

作为一个学术工作者,一个为大孩子、小孩子们写小说的作家以及四个小女孩的父亲,最近我发现自己必须以不同的,甚至看起来相互对立的角度面对很多问题,经常在理想的自由主义("所有审查制度都是不好的")以及对孩子的责任感中矛盾徘徊。这不是一个新问题。有些爱操心的读者一看到儿童文学作品中出现的反宗教、性关系、暴力等因素,他们就恨不得把这些东西统统消灭;而在英国和美国,也有一些作家坚持认为,给儿童阅读的文本应该具备拓展思维的特点,应该具有发展性——它们应该是"开放的",应该挑战普遍期望,而不是附和。

不久以前,我参加了"国家童书周"的活动;我的大女儿不顾我的劝阻,也一定要加入进来。我花了一上午的时间和一所乡村小学的所有学生们待在一起,学校一共有 59 个孩子,年龄在 4 到 11 岁之间。这一次的经历让我明白了两件很重要的事情:第一,它让我反思,作为儿童文学作品的作者,我们的责任到底是什么(比起面对着电脑屏幕想象屏幕另一边坐着一个孩子,看着孩子们一张张专注听故事的小脸这种感觉是完全不一样的);第二,它让我更真切地感受到了我作为"家长"的角色。

在学校里,我给孩子们(包括我的大女儿在内)念了两个故事。第一个来自我正在创作的绘本手稿,讲的是一群小孩走进一个小山谷里,遇到了奶牛、小鸡、马等动物。为了让这个作品更具有"互动性",我让孩子们来决定,例如故事里小孩的名字、他们带的三明治里有哪些馅料、新出生的小牛犊叫什么名字。第二个则是我自选的并觉得很有趣的小故事,这是一则关于两

---

[1] 参见 Amanda Holloway, "The Great Walker Shake-up", *The Bookseller*, 10 March 1989, pp. 846–848。

个女孩子养蜂的故事,名叫《苏和蜂蜜机》(Sue and the Honey Machine)①。没有性、没有酗酒、没有脏话。但我发现自己还是对两个故事都进行了审查、剪辑和改动——不是因为孩子们表现出理解上的困难,恰恰相反,是因为他们理解得太好了。举个例子,在没有指出很多行为有危险性的情况下,我是不是可以让故事里的小孩子在一群马当中闲逛(毕竟上星期我的一位邻居就被马咬了)?应不应该让孩子们爬上围墙或栅栏,或让他们在小溪边散步?我可以让两个小女孩做养蜂这样有"致命危险"的事情吗?更进一步来说,我是不是应该把道理更明确地讲出来?或者我是不是需要确保书里出现的孩子来自不同的种族,就像坐在我眼前的这群小听众一样?突然之间,我不是很确定是否能按照自己喜欢的方式来讲这些故事了。

在我看来,显而易见的一点是,孩子们比成人预想的要聪明得多,他们能够轻易把小说和真实生活区分开来。所以对于小说中出现的很多做法,比如不告诉妈妈他们的去向、碰到不知名的野马,或在深夜里乘雪橇等等,孩子们不会认为它们出现在故事里因而就是"正当的"。

我一边念故事一边看着孩子们的脸庞,有时我又停下来对故事进行修改,同时观察年纪大一点的孩子看着我修改的样子,我意识到了一个非常简单的道理——虽然很多年以来我都试图避开这个问题。我意识到,所有这些限制不是为了保护"孩子",我是在保护我自己。

我也给青少年写过东西,这个道理也适用于作为青少年小说作家的彼得·亨特(Peter Hunt)吗?我不能说文本完全不会产生任何影响,否则我也就没有必要花心思去写它。文本必然会包含某些想要传达的信息,没有文本是完全中立的。(类似由来已久的争议还包括电视暴力。如果电视没有影响力,那电视广告和广告本身还有什么意义?虽然电视也宣称自己是"没有倾向性"的。)我们不能否认,作者不应该为作品对个别读者产生的影响负责任——托马斯·哈代在其作品接受审查的时候就遇到了这样的情

---

① Peter Hunt, *Sue and the Honey Machine* (MacRae, London, 1989).

况。如果我们想要通过作品,为正在发展中的小读者创造一个可信的、有血有肉的世界——在我看来,这个世界应该是对真实世界的反映,因为在这个阶段,我们的读者还涉世未深,不懂得如何去做出最面面俱到的判断。想要做到这一点,我们作为作者,必须要负起责任。

在写第四部小说《向上》的时候,我希望故事题材是很多年前"就应该写"的东西;比起写一些大家都想看的东西或大家都乐意出版的东西,要做到这一点是完全不同的。这本小说的故事背景和主题都是围绕大学生活展开的,特别是那些牛津、剑桥之外的大学本科生生活。在英国出版的大多数大学校园主题的小说不是描写牛津、剑桥式的大学生活,就是以在地方大学教书的教员为主角。我自己工作以来就一直在地方大学教书,所以我发现金斯利·艾米斯(Kingsley Amis)、大卫·约翰·洛奇(David John Lodge)、布拉德伯里等人写的校园小说总的来说还是比较真实地反映了大学教师的生活(也因为如此,并没有让人觉得特别有意思)。所以那时,我有一个比较明确的目的,那就是在这类题材上有所突破,创作出一部让人耳目一新的作品,一部反映学生生活的作品。

当时脑海里比较明确的几点要求包括:作品要没有性别歧视、要幽默、要有趣等。不过最重要的两点是:第一,作品要真实——就是说故事要真实地反映出我所看到的生活,以及尽我所能,真实地反映出当代大学生所看到的生活。我没有在大学老师这类人物上花费很多笔墨,因为如今我自己也不太想得起来任教的第一所大学里的那些教员——很多别的东西要有趣多了,我也不会自我吹嘘说我教的那些学生到现在还记得我。第二,继续进行后现代主义/后结构主义的创作实验。我设定的目标读者,大体上来说是年龄在 15 岁以上的孩子,他们已经有能力、有需求去阅读一个错综复杂的故事,也能够理解比较复杂的指代关系。所有的这些目标都和图 2 中的第一组影响因素有关,虽然我的做法和"常规"有很大的差异。

经过几年断断续续的写作和修改,一个 75 000 字的故事终于完成了,但却遭到了出版社的拒绝。当时我愤愤地想,朱丽亚·麦克雷本应该作出更好的判断,毕竟,之前她已经接受了我的三部实验性小说。现在,她似乎认为我的第四部小说没有达到我惯有的写作水平;同时,小说的内容也有问题。我想把《向上》写成一部"反映现实"的小说,能够对当代大学生活进行精准的描写。我不想把它变成一本"自传",很大一部分原因在于我自己的大学第一年几乎都是在恐惧与孤独的状态下度过的。所以书里的两位主角都是比我自己更强大、更自信的角色。但我也不想回避现实,因而,虽然没有花很多笔墨,我还是对离家后的孤独感以及兴奋和期待进行了描写。回顾过去,再看看现在的大学生,最令人记忆犹新的恐怕还是"寄宿生涯"(约有50%的学生选择住在大学宿舍里),以及利用新获得的自由对生活进行探索和体验。对很多学生来说,这些探索活动包括性以及酒精等。通常,这些活动不会造成什么伤害;我自己的感觉以及相关研究表明,在性方面现在的学生比起我上大学时的"摇摆的60年代"(swinging sixties)的学生要更加谨慎。不过,如果不承认"性"也是大学生活的一部分,那就是没有说实话,不管家长是否赞同我的做法。和加纳一样,我没有"鼓励"这些行为,只是如实地描绘出来而已。

所以,我作品的第一稿里出现了在贫民窟寄宿的情景。学生喝醉酒的情景等,但没有出现做爱的情景。一方面是我觉得很难描写,另一方面是它和故事发展没有直接的关系。不过我没有给自己明确规定不能出现任何性方面的暗示——毕竟,它是这群年轻人生活的一部分,所以当然也会在作品里被提到。同样,小说里也没有包含任何对"毒品"的指代(酒还是有的),因为在我二十一年的大学教师生涯里,我自己没有碰到任何吸毒的情况,也只听到过两起情况不是很严重的案例(可能我只是非常幸运罢了)。

但困难在于,我们脑海里对大学生有一个根深蒂固的印象,那就是男孩子酗酒、女孩子轻浮,双方都是毛毛糙糙的。如果要我说,其实这种根深蒂固的印象(并不是出自大学教师的"智慧"),就像加纳所说,是不"真实"的。而读者如果对此没有更全面、更清醒的认识,很可能会因为错误的印象而对大学生活心生向往,又或者是心生排斥。所以我尝试着在书里反映生活的真实面貌,这种尝试让作品的重心出现了偏移;这个情况提示了我一个特别容易被人忽视的事实,那就是——小说不是生活,也不像生活。(事实证明,这也是第一稿《向上》的另一个问题。我太着力于让叙事风格也"接近生活",所以作品呈现出碎片感、印象主义、絮絮叨叨、不准确性等感觉——最后的结果是,和生活一样,彻底让读者感到不可理解。原稿中被认为最出彩的角色竟然是我完全"虚构"出来的一个角色。)

当我们所处的世界是一个无限渴望"纯洁"的世界时,如果一本校园小说或大学生活小说里没有一点"不好"的语言,孩子或年轻读者会不会指责小说"不真实"?毕竟,年轻读者们所熟悉的词汇没有多少"代际"差别。

下面这段文本摘自《向上》的第一稿,写的是主人公之一汤姆刚刚来到大学所在的小镇。他和一个非常奇怪的学生——安东尼·B,一起住在寄宿家庭里。还有其他两个学生也会到这个家里来,但是还没到。埃文斯太太是他们的房东。

埃文斯太太家的里屋是就餐的地方;唔,严格来说也不算里屋,因为它有一扇门通向厨房。如果你朝那扇门里看,可能会看到某个小孩,还会看到一个粗壮的身影,应该是埃文斯先生。很显然,门后面是一个禁止入内的世界。房间里放着一张餐桌、几把椅子;桌上永远铺着一张塑料桌布;绿色的家具挤在一起,还有一个从不生火的壁炉。

我们坐在餐桌前,六点了,吃饭时间。汤姆走下楼,看到安东尼·B已经坐在餐桌前,感觉更不好了。餐桌上放着四个人的餐具,每一个盘子里都放着一个切成两半的土豆,一片圆圆的、粉红色的松软物质。安东尼·B专心地坐在那儿,一副非常期待的样子。我一定是脑子罢工了,不然怎么会选择坐到这个傻子对面?过了一会儿,安东尼·B似乎发现了汤姆的存在。

"我想你一定散步散得很愉快吧。"

"还好。"汤姆说。

"看起来不错,是不是。"安东尼·B说。汤姆一下子有点蒙。我怎么看不见有什么看起来不错的东西。愉快地去死,可能吧。然后他有点难以置信地意识到,安东尼·B说的是他盘子里的东西。我今天情绪一定有点不对。他不可能是认真的。你知道他们是怎么做这些东西的吗?被蒸汽熏过的死肉;一堆骨头和眼珠子,用机器加工还原的肉。呃,真恶心。不过,如果我张嘴的话,很有可能会呕吐的。要记得店主的话(按:在第一稿里,汤姆总把自己的父亲称为"店主"),上次它们拌着烂乎乎的球芽甘蓝出现在中饭里。"你出了这个门就会觉得她手艺不错的。很快你就会学着不那么挑剔。"他一样都没说对。不过如果安东尼·B真觉得这些菜不错,那你就要学习用新的眼光看待人们的饮食习惯了。你瞧,学习已经开始了;问题是,这些是我不想知道的东西。

埃文斯太太板着脸摇摇晃晃地从厨房里走出来,她一来,汤姆也不用费心想如何回答安东尼的话了。埃文斯太太举着一盘薯条,迎接她的是安东尼·B脸上的一个深深的笑容。

"啊,薯条。"

安东尼·B在陈述显而易见的事实方面真是具有非凡的天赋,虽说我是一个爱好和平的灵魂,我也能想象自己拿起一整盘午餐肉用力砸到他脑袋上的情形。两把空椅子也没有给我多少希望。

"薯条总不会错。"

好吧,安东尼·B,我觉得你犯了一个错误。这些薯条证明了你说的话又是错误的。汤姆看着它们。事情变得越来越糟了。这些明显是薯条店的薯条,不是家里自己做的薯条,不是纤细的、金黄色的、均匀的、汉堡连锁店里的薯条。这些薯条灰蒙蒙的、软绵绵的,很明显是用劣质土豆和马脂炸的。安东尼·B狼吞虎咽地把这些给"薯条"这个称呼蒙羞的东西塞进嘴里,有一股淡淡的消毒液的味道弥漫了开来。埃文斯太太对着他笑得露了好多颗牙,又向空椅子投去了不满的一瞥,摇摇晃晃地走开了。汤姆郁闷地舀了一些东西抹在盘子里那堆粉红色的肉泥上,肉泥已经有点化开了。这一定是宇宙中最凄凉的一个地方了。

我的行文风格受到了我在文学方面的导师 J. P. 唐利维(J. P. Donleavy)以及 P. G. 沃德豪斯(P. G. Wodehouse)很大的影响。(这段描写还借鉴了约翰·韦恩[John Wain]和金斯利·艾米斯关于寄宿学校早餐的描写,但这只是类似的场景而已。)朱丽亚·麦克雷和她的编辑团队给我的评论要更加直接。

他们觉得,从文体角度来看,将作者和人物角色的思想意识交织在一起在原则上是可行的,但在实践上是不成功的。他们还觉得,如果全篇都采用这种混在一起的时态、心理活动和随意跳跃的话,七万多字的篇幅会削弱这种效果,影响故事的趣味性。这不是说创新本身有问题,而是用的方法不对。其他作者的类似应用也会碰到同样的问题。

还有就是内容问题。这样一部作品一旦出版,似乎意味着朱丽亚·麦克雷出版社在向读者宣扬一些负面的东西,向读者的脑海里灌输了很多大学不怎么好的印象,比如住宿环境差、孤独等。不管从道德层面或是心理层面看,作品似乎都在劝说人们不要去大学学习,或者至少,让学生家长产生这种感觉。

恰巧,出版社的这种观点也和我自己的想法不谋而合。我不赞同琼·尤尔的观点,认为萎靡的情绪不应该被写进给青少年读者看的作品里——虽然,我自己并不会写这些情绪,因为我恰好对生活秉持着一种比较积极、乐观的态度。如果我想要写一本比较负面的书,可能会和出版社争辩起来,作品可能也不会得到出版。我也不觉得鼓励或劝阻年轻人上大学是作者的分内事。不过这可能是我这个作者比较自私的想法——书的确会对读者产生影响；读者喜欢看的书恰恰是最有可能影响他们的书。没有一个出版机构会忽视这一点，而社会和市场都希望面向儿童的出版社和作者能够对他们的行为负责。围绕《向上》展开的辩论说明，就算出版社没有绝对的控制权，至少它也拥有和作者相等的权力。而和大部分出版社不同的是，在朱丽亚·麦克雷出版社，销售不是最要紧的问题，原则才是。

处理故事里人物之间的平衡关系则要更麻烦一点。如果一定要我说实话，我必须承认留在脑海中的、与大学生涯有关的人物都是醉酒的男孩子和轻佻的女孩子；因为他们，18 岁这个容易受人影响的年纪给我留下了深刻的印象。不过我也谨记于心，小说并不等同于事实。马克·吐温说过："为什么现实不能比小说更荒诞？ 毕竟，小说一定要在情在理。"[①]小说和小说的审查制度是由书在社会及文学相互作用的"界面"上的实际位置所控制的——书的地位能够改变书里的内容。读者对书里的内容怀着尊敬之心，从这个意义上说，把骂人的话写进书里就好像是把这种行为合法化了一样。根据脑海里的印象描绘一个人物角色和在现实生活中碰到一个这样的人物是完全不同的体验，在现实里，对人物的印象会随着时间的推移得到平衡与淡化。

经过认真的思考，我得出结论，对《向上》进行改写并不会违背我的初衷。因为小说不像生活，所以对我自己来说，我的责任是把故事以一种平衡的方式搭建起来，尽最大的努力让读者能够感受到"真正"的内涵意义——我希望传达给读者的一种氛围。所以我对《向上》进行了重写（全部 75 000 个字），一方面是希望让故事更加连贯，一方面是希望呈现出更加平衡的观点和更积极的态度。令人不舒服或有争议的元素依然存在，但它们经过了讨论，更加贴合语境。有人可能会觉得这又是一次商业与艺术的对抗，结果是又一位自由主义者向现实屈服了。我希望不是如此，但这种情况还是有令人不解的地方——这些改动的地方有多少是出自我的意愿，有多少是受

---

① 引自 Jon Winokur, *Writers on Writing* (Headline, London, 1988), p. 47。

外在审查制度暗中影响？

简而言之，我在文体上和故事形态上都对最初的设想做了修改，让作品更"符合常规"。一个有着卓越判断力的出版社在和各方面打交道的过程中会意识到，在阅读过程中，信息只是信息而已。一般的出版社，就有可能以市场为导向，在最低端的层面和其他媒体竞争；事实上，很多出版社也是这么做的。马歇尔·麦克卢汉（Marshall McLuhan）就曾说："一本成功的书只要有10%的新东西就足够了。"[①]在我看来这也是事实，即使面对的是能够流畅阅读的成熟读者也是如此。对于同样的文本，读者会进行自己的理解，不过所有的社会规则都会"操纵"读者的看法，就像它们控制文学规则一样，它们也会控制新文本。

从控制文本的"宏观"因素来看，我们是否能够有效地对现有的社会和文学模式做出改进，解决社会因素和文学因素的冲突对于文本的影响，这一点还很难说。当然，微观分析对作者来说是很有用的，对于那些关注"宏观影响因素"的人来说可能也会有所帮助。不过作为作者或父母，我们还需要做出个人的判断。谁是做决定的人？实际上由谁进行审查？我们不能低估作者所受到的各种错综复杂的影响——从海外版权购买者到某个特定的孩子。（这些影响因素就包括得出"作者已死"这样非常具有误导性的结论。）作家（活着的作家）在开始创作的时候就会受到一系列社会性因素的限制，如此说来，如果我一定会受到某些潜在的或暧昧不明的社会因素的限制，为什么我不能接受一些明确的限制条件？

所以我们得出的结论是：我们只能依靠个人责任感了，虽然我的这种立场完全属于18世纪自由主义阵营。如果我们想要影响他人，一定要通过教育的途径，并且是在得到对方允许的前提下。书，特别是童书，决不能被当成武器来使用。

所有这些审查制度都很好、很有原则；不过可惜的是，它们并不能引领

---

① 引自 Winokur, *Writers on Writing*, p. 34。

自由,而是给了狂热分子限制自由的自由。拥有比较简单而强烈"信念"的人在这场抗争中拥有的内在优势就是——他们在乎。面对狂热分子,对"自由主义者"这些只能靠希望和例子来说话的人而言,他们在这场抗争里显得如此软弱,如此困惑。在很多人眼里,我想要的似乎是没有进步空间的自由、缺乏权威的责任。

身为社会的一员,我给出的答案是非常简单的:审查制度是有害的。我们可以向人们提供建议,告诉他们在我们看来什么是好的,什么是不好的;但不管怎么说,我们还是有权利自己决定阅读的材料。如果这种说法看起来很不负责任,我只能再次引用本书第八章开头所引的乔纳森·斯威夫特《格列佛游记》中的一段话。在《格列佛游记》里,大人国国王和格列佛就"自由"这个话题展开了辩论。国王的逻辑虽然乍一看是自由主义的观点,但实际上却体现了他的专制与独裁立场;而"毒药"和"果汁饮料"如何定义,我也不认为应该由一个人说了算。

而身为家长,我给出的答案看起来非常"狭隘"——我可以给自己的家人建议和指导,但希望全世界都听我的建议和指导却并不是明智之举。不仅仅是因为我没有办法一一说服所有和我意见相左的人,更是因为除了某些无所遮掩的混蛋之外,绝大多数作家都有一套自己的原则。而就算我不同意别人的意见,也不代表我一定是正确的,或者我就有任何权力去批评其他人的意见。米歇尔·兰斯伯格的论著《童书的世界》(*The World of Children's Books*)特别研究了罗尔德·达尔以及朱迪·布卢姆等作家的观点,出色地对比了"个体原则"和"主流原则"在儿童文学作品中的应用情况。①

对我的女儿来说,到现在为止一切都还不错。但其他人呢?我能够毫无愧疚地让大部分孩子都遵循他们"不怎么专业"的父母的意见吗?这是自由主义典型的"进退两难的境地",不过我必须直视这个问题。我很愿意做

---

① Landsberg, *The World of Children's Books*.

对他人有益的事情，但我不能够肯定对他人来说，什么是真正"有益"的。

那么专门为小孩子写故事的作者应该怎么做呢？在这里，我认为儿童读者也拥有在文本中获取不同意义的能力，虽然我们可能对这种能力还不甚了解。从这个角度而言，作者任何的"原则"是否有存在的必要都是非常值得怀疑的。因为从最基本的层面来说，儿童读者对很多"显而易见"的写作目标，比如消除性别、种族、阶级歧视等，很有可能会视而不见，除非我们"希望"他们能够注意到这些因素；另一方面，看起来非常纯洁无害的文本也可能对儿童产生"毒害"作用，只是我们不曾意识到罢了。

大众对于儿童文学作品"过分"的期望是对语言这种交流工具缺乏信心的表现；而我要说的是，作为家长、社会公民、作家和学术工作者，我拥有一套不同的标准，而且这些标准是互相兼容的——关键就在于对"人性"的信心（虽然我们也会看到很多反面的证据）。不过，在日常生活中，因为我们会随着时间的改变而改变，有时这些标准免不了互相冲突。我们的一生，就是不断对各种类型的知识、观点和感觉进行处理、衡量和平衡的过程，我们的孩子也会拥有同样的体验。我们不能过分简化或随意打发这些知识、观点和感觉，也不应该预设年幼或年轻的孩子们会有这样的态度。显然，那些适用于"我们应该如何看待童书"的道理，同样也适用于"我们应该如何看待和孩子的关系"。

作为本章的总结，我把之前引用过的《向上》中片段的修订后正式出版的内容摘录如下。文本经过改写后更加符合传统规范，更容易理解。你可以说它是儿童文学文本生产体系的"受害者"，也可以说它是这个体系的"受益者"。

> 埃文斯太太的房子有两间房间，用餐的地方在里屋。前屋堆放着几件看起来像三件套家具的东西，给人一种窒息的感觉。里屋外面有一扇玻璃门，通向一片禁地，那是一个厨房，再往里应该是埃文斯一家的客厅。房子看起来不是很大。偶尔还会看到一个

粗壮的身影，应该是埃文斯先生。房间里放着一张餐桌和几张椅子，餐桌上永远盖着一张塑料桌布；还有一张扶手椅和一个从来不生火的壁炉。房间里永远弥漫着一股果酱的味道。

六点到了，这是规定用餐的时间。汤姆走下楼，在房间里等了半个小时，不知道该做什么。

能坐四个人的餐桌前坐着安东尼·B，四个座位前都放了一副刀叉，中间放着一个盘子，盘子里放着一个切成两半的土豆，还有一片薄薄的、粉红色的东西。安东尼·B专心地坐在那儿，一副非常期待的样子。汤姆觉得自己一定是脑子罢工了。安东尼·B抬头看了看周围。

"我想你一定散步散得很愉快吧。"

"嗯，还好，谢谢。"汤姆一边回答一边眼睛盯着盘子看。

"看起来不错。"安东尼·B说道。汤姆一下子反应不过来。他几乎就要脱口而出："你开玩笑的吧。"不过他还是坐了下来，心里想道：我知道他们是怎么做这些东西的。他们用蒸汽熏这些死肉，把肉和骨头、眼珠子拌在一起——这些用机器加工还原的肉，呃，真恶心。

不过他什么也没说出口，一方面他觉得一旦开口自己可能直接就呕吐了；另一方面，汤姆的父亲对自己老婆的厨艺完全没有做丈夫应该有的态度——有一次，汤姆母亲做了球芽甘蓝，他对汤姆说："出了这个门你就会觉得她手艺不错。很快你就会学着不那么挑剔。"父亲一样都没说对。不过，汤姆想，如果安东尼·B真觉得这些菜不错，那你就要学习用新的眼光看待人们的饮食习惯了。学习真是无处不在啊。

埃文斯太太板着脸，摇摇晃晃地从厨房走进来，带着不满的神情看了一眼空着的座位。她手里拿着一盘薯条。

"啊，薯条，"安东尼·B说道，他在陈述显而易见的事实方面真是具有非凡的天赋,"薯条总是不会错的。"

汤姆看着这盘薯条,想道:这你可错了,安东尼·B。这些一看就是薯条店里的薯条,不是家庭手工做的薯条,带着妈妈的味道,也不是纤细的、金黄色的、均匀的、汉堡连锁店里的薯条。这些薯条灰蒙蒙的,闻起来有一股消毒液的味道。

安东尼·B急切地把薯条拨到自己的盘子里。汤姆的心情已经降到了冰点,他舀了一些薯条放在那坨粉红色的动物肉酱旁边,那堆肉已经有点化开了。汤姆盯着自己的盘子,心想这一定是全宇宙最悲惨的角落了。①

---

① Hunt, *Going Up*, p. 26.

第十章　文学批评与绘本

> "这本书有什么用,"爱丽丝想,"既没有图画,也没有对话。"
> ——刘易斯·卡罗尔《爱丽丝漫游奇境》(Alice's Adventures in Wonderland)

儿童文学借鉴了所有其他的文学类别,只有一种类别除外,那就是绘本(绘本不等同于插画书)。可以说,儿童文学不是借鉴了绘本,而是启发了绘本。虽然绘本和插画书之间的区别总的来说只是组织形式上的区别,但我们需要注意的是,图画改变了我们阅读文字文本的方式,从这个意义上来说,绘本在阅读方式上带给我们的改变更加彻底。

插画书和绘本带来了不同的阅读方式,这方面的文学批评与理论却非常有限,并且往往是一些老生常谈。插画家西莉亚·贝里奇(Celia Berridge)曾评论道:"绘本在文学批评方面只得到如此草率的待遇,真正的原因不是因为在经过了严格的评估后,发现绘本有很多不足之处,而是人们从直觉上认定所有绘本都是文学作品世界里重要性最低的组成部分。"[①]一位美国书评家曾说,绘本地位如此之低是由于语言的(相对)简单性,因为"作品的复杂性,比如比喻的运用,是靠视觉元素表达出来的,包括书的大小、形状,纸张的厚度以及字体选择等"[②]。

---

① Celia Berridge, "Taking a Good Look at Picture Books," *Signal*, 36 (September 1981), pp. 152–158, at p. 157.
② Kenneth Marantz, "The Picture Book as Art Object: A Call for Balanced Reviewing," *Wilson Library Bulletin*, October 1977, pp. 148–151; repr. in *Signposts to Criticism of Children's Literature*, ed. Robert Bator (American Library Association, Chicago, 1983), p. 155.

简而言之,对于这片充满各种可能性的新领域,我们需要文学批评。"图画意义和文本意义之间的互相作用是比较复杂的……"菲利普·普尔曼(Philip Pullman)写道,"而这种互相作用所带来的,是20世纪最伟大的叙事创新——对位法(counterpoint)。"[1]在同一著作中,普尔曼又指出了书评人面对绘本最主要的困难所在:

> 我们需要用一种完全不同的视角,一种同时性的视角,就像我们看电影的时候那样……在一本漫画书里,我们可以看到几件事是同时发生的,并且我们先看哪件事都可以。在漫画的框架下,时间流跟随着事件被分割成了一个个并列的小漩涡,从而打破了原本一统天下的单向叙事方式,使得"对位"成为了可能,开创了叙事模式中最令人惊叹的方式。[2]

绘本能够对这种复杂的关系进行开发和探索;文字和图画之间的关系可以是配合、对比、拓展、回应或解释等——反之亦然。绘本能够跨越语言和非语言世界之间的界线,能够成为儿童读者的"同盟",《汤姆怎样打败那约克队长和他的雇佣运动员》与《母鸡萝丝去散步》就是很好的例子。玛格丽特·米克曾说:

> 我们可以说,绘本中的一个页面就是一个图符,可以供读者思考、叙述、解释的图符。在读者做出自己的解读之前,绘本没有一下子把故事呈现出来。所以一开始,文字是非常少的,故事是在图片中发生的,并且形成了一种多意的文本。读者必须要弄清哪些

---

[1] Philip Pullman, "Invisible Pictures," *Signal*, 60 (September 1989), pp. 160–186, at p. 171.
[2] Ibid., p. 172.

图画所包含的事件才属于故事主线,而每读一遍都会发现值得思考的新东西。《母鸡萝丝去散步》最关键的启示是,虽然里面没有提到狐狸,读者却知道如果没有这个角色,就没有整个故事。只有读者和文本互动起来,才能获得这样的效果。①

绘本让文字阅读和图片阅读以一种不同的方式组合在一起:它们没有被线性顺序所束缚,能够配合眼睛的动作同时律动起来。最重要的是,正如索尼娅·兰德斯(Sonia Landes)所说:"今天的插画家是这样理解绘本的:绘本有两条故事主线,视觉的和文字的;任何一条线都能够强调、对比、提示、拓展另一条线。"②绘本拥有很大的符号学和语义学潜能,它们在本质上并不是简单的图画集合,不是"把图片粗略地串在一起形成的作品"③。这种媒介的页面是两种载体之间互动关系的开始,也是一种自由的探索。就如尼古拉斯·塔克曾说:"绘本艺术……关键就在于插画和文本之间的互动。"④

不过,绘本同样也有可能让文字陷入一种受限的、强制性的解释——不幸的是,这种情况出现在了大多数绘本中。很显然,图片无法"简单"地把文字要说的意思表达出来,图片必须要对文字进行解释,而这种解释很可能显得平庸无味,或屈从于商业的或大众视觉模式的色彩或形状要求,或落入商业化的视觉-文字模式的窠臼。在评论早期绘本的时候,鲜少失误的布赖恩·奥尔德森也失误了,他评论说:"优秀的插画书有一个很重要的特点,那

---

① Margaret Meek, *How Texts Teach What Readers Learn* (Thimble Press, South Woodchester, 1988), pp. 12-13.
② Sonia Landes, "Picture Books as Literature," *Children's Literature Association Quarterly*, 10,2 (Summer 1985), p. 52.
③ Elaine Moss, "W(h)ither Picture Books? Some Tricks of the Trade", *Signal*, 31 (January 1980), pp. 3-7, at p. 3.
④ Nicholas Tucker, *The Child and the Book: A Psychological and Literary Exploration* (Cambridge University Press, Cambridge, 1981), p. 47.

就是将文本和图画逐一联系起来。"①但这句话本身就是不成立的。他认为有很多例子都"很有代表性——图片描绘了文本所说的内容……(插画家)寻求一种朴素的方式来描绘他们所看到的情景"②。索尼娅·兰德斯也持有相同的观点:"绘本中图片的一项功能就是通过形象化地表现文字内容来强化故事意义。不过优秀的绘本作者所做的则超过了这一点,他们创造、开发了新的故事内容。"③

这样的绘本没有很好地利用这种新媒体的多样性和潜能。我猜这样的书的目的(表面的或内在的目的)就是教读者阅读文字而不是阅读图片和文字;而图片也有意绘制得非常简单贫乏,孩子们看这些图片唯一的用途就是猜测文字的意思。我在这里并不是批评用图片来帮助识字这种做法,但这种书充其量只能称为插画书而不是真正意义上的绘本。把"阅读评分"项目放在绘本里这种做法在英国近年来出版的绘本中比较常见,但这么做只能把绘本进一步降格为呆板无趣的插画书。

但围绕绘本的这些理论和儿童之间到底存在一种怎样的关系呢?我们看到,即使是在社会化程度比较高的阶段,儿童和成人之间看待事物的角度仍然存在很大的差异,这一点是显而易见的。虽然这么说有人可能觉得不以为然,但我认为在看绘本的时候,成人与儿童的阅读方式是最相近的。著名插画家莫里斯·森达克(Maurice Sendak)曾创作了一批非常成功且有影响力的当代绘本;他曾因为替儿童角色都画上大大的脑袋而受人诟病,有些人认为他的画风奇怪可笑。尼古拉斯·塔克引用他的话说:"我知道儿童身体的正常比例,我只是想以孩子的视角去表现这些东西,或者说以我想象中的孩子应该有的视角去表现。"④

---

① Brian Alderson, *Sing a Song for Sixpence* (Cambridge University Press in association with the British Library, London, 1986), p. 9.
② Ibid., p. 17;着重号为笔者引用时所加。
③ Landes, "Picture Books as Literature", p. 51.
④ 引自 Tucker, *The Children and the Book*, p. 49。

从儿童自身来说，也有很多经验上的证据来证明上述观点。琼·卡斯（Joan Cass）指出：

> 这个年龄段（两岁零七个月到三岁零七个月）的孩子能够辨认出图片中的物体，不管它们位于图片的哪个位置；这就意味着有时他们倒着看绘本的时候仍然能够叫出这些物体的名字。这种忽略空间组织形式的认知倾向意味着，他们不会分析每一样看到的东西，也不会区分什么东西重要、什么不重要……（他们）直到四岁至四岁零七个月时才能辨认出不同图片形成的系列动作；在这个阶段，他们认为每样东西都是独立的。①

这和成人的认知方式相去甚远，并且单是认知方式这一个问题就很少有插画家能够处理好。亨利·霍利迪（Henry Holiday）为刘易斯·卡罗尔的《斯纳克之猎》所配的插画就是一个很好的例子。虽然有人认为这些只不过是附属于文本的插画，而不是真正意义上和文字文本地位相等甚至占据主导地位的内容，但我们从这些图画中同样更可以看到"怪异"的地方。而卡罗尔说："我真希望他保持这种怪异的画风。"②

更让人惊奇的是大卫·麦基的作品，之前我们讨论过他的《不是现在，伯纳德》。而阅读他的《我讨厌泰迪熊》③在成人眼里是一种超现实主义的体验。作品的文本本身是非常连贯的："星期四，布兰达的妈妈去看望约翰的妈妈。布兰达也去了，她和约翰在一起玩耍。'为什么不去外面和你们的泰迪熊玩呢？'约翰妈妈说道。于是约翰和布兰达拿着各自的泰迪熊出去

---

① Joan E. Cass, *Literature and the Young Child*, 2nd edn. (Longman, London, 1984), p. 5.
② Lewis Carroll, *The Annotated Snark*, ed. Martin Gardner, rev. edn. (Penguin, Harmondsworth, 1973), p. 17.
③ David McKee, *I Hate My Teddy Bear* (Andersen Press, London, 1982).

了。'我讨厌我的泰迪熊。'约翰说。'我也讨厌我的泰迪熊。'布兰达说。'不过我的泰迪熊比你的好。'约翰说。'才不是,我的泰迪熊比你的好。'布兰达说。"

故事的前三幅画直接反映了文本内容:布兰达和妈妈出现在约翰家门口;布兰达见到了约翰;两人到外面去玩耍。接下来几幅图画里,约翰和布兰达在吵架。到现在为止一切都很连贯。但即使是在第一幅画里,我们就会碰到一些令人疑惑的地方——在画面里,还有好些各式各样的成人角色出现在门外,一个拿着巧克力,一个拿着花,还有一个在便签本上写东西。有两个老太太正对他们指指点点。更加惹人注意的是有三个男人正抬着一只巨大的手往楼下走去。所有这些都立即从叙事中引出了问题——这几个男人拿着这只大手要做什么?那些其他的人在那里做什么?我们能否找到这些问题的答案?更让人困惑的是,画的角度是有问题的,台阶、楼梯和人物角色不在同一平面上。

第二幅画讲的是布兰达和约翰见面了。我们看到约翰的家里只有零星的几样家具:一张沙发、一张日光浴躺椅、没有铺地毯的地板、一些茶具箱,有一个箱子里放着茶具,另一个箱子里放着很多信。布兰达的妈妈在哭;约翰的妈妈拿着一封信和一张照片正在看。有一只巨大的脚正好被抬着经过窗外。

到第三幅画,页面上的三维空间变成了二维,可以同时看到三间房间里发生的事情——从这里开始布兰达和约翰就进入了一个非常诡异的世界,从叙事角度来看有上百个叙事片段:有女人在看手相、一个男人皱着眉头把手里的报纸扔了出去、一个女人在画彩虹、一群人看着同一个方向、一对老夫妻拿着冰激凌含情脉脉地看着彼此、一群人一个接一个地穿过一道奇怪的拱门、一排排着装相似的妇女——所有片段里都有成年人在做一些我们不知何故要做的事情。而几乎每一幅画里都可以看到那只大手被人抬着经过的踪影。

对于成人读者来说,我们试图用常理来解释自己所看到的东西:这些事物有什么象征意义？预示了什么？到哪里可以找到答案？还有，为什么到故事最后，约翰家的地板上铺上了地毯，看起来很舒服，妈妈们正跪在那里喝茶？而大手大脚"之谜"在最后一页终于得到了解答，原来要举办一个手脚雕塑的户外展览。这些问题针对的都是作品的连贯程度。

而我想说的是，就像《爱丽丝漫游奇境》、约翰·梅斯菲尔德的《午夜人》①或埃伦·拉斯金的《威斯汀游戏》②一样，《我讨厌泰迪熊》是一本真正意义上的儿童文学作品，因为它绝对不是一本为成人写的书。在儿童文学作品中，我们可以很容易地找到很多"横向思维"的例子；在某种程度上说，绘本的图画"超越"了文字，自己形成了另一套关联和指代的体系。在绘本里，熟悉的物体会重复出现，或者绘本可以利用色彩和表示不同情绪的色调对文字的语义进行取代、拓展或对比。

所以琼·卡斯评论说："六七岁以下的儿童倾向于看'整体画面'，所以图画中的人物轮廓一定要清晰、鲜明，不然孩子们就会把他们看作是无关紧要的细节。"③这段话表达了一个规范性很强的观点。她引用 M. D. 弗农（M. D. Vernon）的经典作品《认知心理学》（*The Psychology of Perception*），认为对十一岁以下的儿童而言，文字是用来解释图画和顺序的，并且"人们针对孩子的喜好开展研究后发现，孩子偏爱现实的、典型化的、比较抽象和夸张的作品，前提是故事和图画之间是一致的、和谐的"④。一方面来说，能够看到有一种观点承认儿童能够欣赏所有的艺术类型是一件很令人欣慰的事；另一方面，将儿童反应中体现出的社会化、常规化的东西看成是值得称颂的因素又让人感到沮丧。

更加有建设性的是弗雷德里克·劳斯（Frederick Laws）的观点，他

---

① John Masefield, *The Midnight Folk* (Heinemann, London, 1927).
② Ellen Raskin, *The Westing Game* (Dutton, New York, 1978; London, Macmillan, 1979).
③ Cass, *Literature and the Young Child*, p. 7.
④ Ibid., p. 11.

认为：

> 儿童拥有非常强烈的视觉想象力。他们不会觉得想象的事物和实际看到的事物有多么大的不同。毕竟，你可以在脑海里看见它们的样子。对于想象，他们愿意接受灵活的规则……但他们的想象具有坚实的边界……相对于不切实际的想象，孩子们更喜欢自己知道的、看到的东西，直到这种倾向被大人们任性地摧毁。①

当然，在这里有一个比较难以解决的问题，即确定儿童能够看到的到底是哪些东西。著名插画家罗杰·杜瓦森（Roger Duvoisin）一针见血地指出了儿童和成人之间的区别，他的话值得成人读者和绘本评论家都牢记在心："儿童的视野是不受任何限制的，他们看待世界的方式和我们成人不同。我们只看自己感兴趣的东西，他们却把一切都看在眼里。他们还不懂得选择……儿童对事情发生的方式、完成的方式有自己的理解，他们同样在以自己的方式——换言之，以理解故事的方式欣赏这丰富多彩的世界。"②

同样，我们必须理解"故事"一词在此到底包含怎样的意义，因为它和成人概念中的"故事"是不同的。人们以整体的方式看图画，以线性的方式理解文字。文法家詹姆斯·缪尔（James Muir）曾这样分析伦道夫·夸克（Randolph Quirk）所绘的一个小男孩爱抚小狗的画面：

> 在看这幅画面的时候，我们无法给男孩、爱抚、狗、男孩之下蹲、小狗的尾巴等编个次序。但从另一方面来说，一旦让你描述所

---

① Frederick Laws, "Randolph Caldecott," *The Saturday Book*, 16(1956); repr. in *Only Connect: Readings on Children's Literature* ed. Sheila Egoff et al., 2nd edn. (Oxford University Press, Toronto, 1980), p. 317 - 325, at p. 322.
② Roger Duvoisin, "Children's Book Illustration: The Pleasures and Problems," *Top of the News*, 1965; repr. in *Only Connect*, ed. Egoff et al., pp. 299 - 318, at p. 314.

看到的东西,你会发现自己不仅"可以"给画面里的事物编个顺序,也"必须"编出顺序,并按照你自己的选择将整体印象分成一个个片段,一个接一个依次描述它们,而不是同时进行描述。①

语言文本具有线性特征,但这不代表图画文本也具有同样的特点。硬要将图画套进语言文本的模式,其获得的效果不一定好,当然根据"传统定义",这么做对于树立绘本规范是很有必要的。② 文字或许能够以更加精准的方式来表达内容,却不一定能很好地表达一种整体印象。文字在语义上相当于一种容器——它们能够"限制"意义,却不一定能够"规定"意义。图画也能成为一种容器。典型的例子是英国插画家爱德华·阿迪宗(Edward Ardizzone)的作品。他的画一半都被阴影挡住了,而他的专长就是画人物的背面。阿迪宗自己也说,《小提姆和勇敢的航海船长》③(Little Tim and the Brave Sea Captain)这部作品是为他自己的孩子写的,也是在孩子们的帮助下完成的。这么做的好处之一就是文本读起来非常舒服,因为孩子们会根据故事的发展给出自己的建议。他说孩子们会"添加一些不是很重要但又非常棒的细节,一些只有孩子才能想出来的东西;把这些东西加到故事里,会极大地丰富叙事魅力"④。需要注意的是"不重要"和"丰富"这两个看起来"对立"的词语;在这里,阿迪宗显然在两个层面做出了评判,并且这两个层面并不能够很好地融合在一起。布赖恩·奥尔德森认为:"有时,绘画家华丽的技巧会削弱,甚至完全剥夺文本的力量;读者的思维不再关注叙事

---

① Randolph Quirk, *The Use of English* (Longman, London, 1962), pp. 176ff.;引自 James Muir, *A Modern Approach to English Grammar* (Batsford, London, 1972). p. 1。
② 参见 Margaret Donaldson, *Children's Minds* (Collins, London, 1978), pp. 100 – 101。
③ Edward Ardizzone, *Little Tim and the Brave Sea Captain* (Oxford University Press, London, 1936; rev. edn, 1955).
④ Edward Ardizzone, "Creation of a picture book", *Top of the News*, 1959; repr. in *Only Connect*, ed. Egoff et al., pp. 289 – 298, at p. 290.

线索,而是被精美的视觉元素所吸引。"①这种判断显然是站在成人的角度做出的。

至于文本拥有的其他形式,人们可以很诚恳地说:我们不应该对儿童有所限制;同样,如果不想限制他们,我们本身就要对鼓励他们与之接触的儿童文学形式采取一种欣赏的态度。约翰·罗·汤森写道:"绘本往往打开了儿童接触艺术与文学的第一道门……如果孩子们看到的是粗糙的、程式化的绘本,那么他们也会以同样粗糙的、程式化的方式去看待其他的事物……即使儿童并不总能欣赏呈现在他们眼前的'最好'的东西,但如果连接触的机会都没有,他们更没有可能去欣赏了。"②

这话说得很好,但仍然包含了一个"最好"的概念。什么是判断绘本"好坏"的标准?用怎样的方式去阅读绘本才让我们得出这种价值判断?我自己是不相信有"放之四海而皆准"的判断的,因为这是一个到处都是例外的世界。

澳大利亚画家雷·里尔登(Ray Reardon)认为格式塔理论(Gestalt)的基本原理在本质上描述的就是一件富有魅力的艺术品的特点:好的人物背景、关系、清晰的组织原则、动态的图例贯穿始终或反复出现等等。遵循这些原理就能获得赏心悦目的艺术作品——对称、平衡、简洁。③

如果正像帕特里夏·钱乔罗(Patricia Cianciolo)所说,"对于应该用怎样的标准来判断童书中插画的优劣,儿童文学评论家们并没有很大的争议"④,我们应该从何处入手?

---

① Alderson, *Sing a Song for Sixpence*, p. 18.
② John Rowe Townsend, *Written for Children*, new edn. (Penguin, Harmondsworth, 1983), p. 321.
③ Ray Reardon, "The Art of Illustration in Children's Literature", in *Children's Literature: The Whole Story*, ed. Rhonda Bunbury (Deakin University, Victoria, 1980), p. 167.
④ Patricia Cianciolo, *Illustrations in Children's Books* (William C. Brown, Dubuque, Iowa, 1970);转引自 *Children's Literature*, ed. Bunbury, p. 137。

描述性的方法看起来是比较有效的,比如威廉·默比乌斯以及简·杜南(Jane Doonan)在他们的论著中就使用了这种方法。默比乌斯的《绘本规则介绍》①(Introduction to Picture Book Codes)指出了绘本中的各类作用因素:排版,篇幅布局——不同于芭芭拉·巴德(Barbara Bader)提出的页面布局的概念②,画面的尺寸——引用频率最高的就是莫里斯·森达克的《野兽家园》(Where the Wild Things Are③,其画面的边界随着主人公的想象而改变),以及页面的整体设计等。在这个基础之上,默比乌斯对位置、大小、渐弱重复(在同一个页面上可出现多次)、角度、边框、线条以及颜色等提出了一套标准。所有这些因素可以在文本内起到象征、影射、指称等作用,也可以作为"元虚构"独立于文本之外,从而对文本进行点评,或作为"文本间性"的体现。比如,默比乌斯认为,出现在页面左边的人物比起右边的人物,更容易被人记住。当然,这些标准里也包括传统的关于"主导地位"和"完整性"的指导。页面的边框可以和画面场景有关,或者就是场景的一部分;就布局和色彩而言,应该要懂得"留白"。而且从某种程度上来说,分页成了一项很重要的"半语法"单元。而关于"文本和图画如果不是一一对应的关系,则绘本效果如何"这个问题,我们可以参考《让路给小鸭子》(Make Way for Ducklings)④。索尼娅·兰德斯也持相似观点:书是一个整体,所以从标题页甚至标题页之前开始,一直到结尾的所有文本的布局都非常重要,比如《野兽乐园》或《母鸡萝丝去散步》,以及《桃子、李子和梅子》⑤(Each, Peach, Pear, Plum)开头所附关于整个故事的一张地图。有

---

① William Moebius, "Introduction to picture book codes", Word and Image, 2, 2 (April-June 1986), pp. 141–158.
② Barbara Bader, American Picturebooks: From Noah's ark to the beast within (Macmillan, New York, 1976).
③ Maurice Sendak, Where the Wild Things Are (Bodley Head, London, 1981).
④ Robert McCloskey, Make Way for Ducklings (Blackwell, Oxford, 1944).
⑤ Janet Ahlberg and Allan Ahlberg, Each, Peach, Pear, Plum (Kestrel, Harmondsworth, 1978).

的绘本会利用单纯的图画元素来表现故事的主要角色,比如罗伯特·劳森(Robert Lawson)和芒罗·利夫(Munro Leaf)的《费迪南德的故事》①(*The Story of Ferdinand*)中的秃鹰——欧内斯特·海明威(Ernest Hemingway)非常讨厌这个作品,他在1951年自己写了一个故事,开头是这样的:"很久以前,有一头公牛,他的名字不是费迪南德,他也不喜欢花。"②——以及《彼得兔》③中的知更鸟等。兰德斯还举了尺寸的例子,比如不同版本的《彼得兔》图书的尺寸也会发生变化,效果有好有坏。④

简·杜南也表达了相同的观点,她指出:画家选择的视觉角度对于读者的看图感受有很强的影响;营造画面中物体的"真实感"不仅要靠透视法这种绘画技巧,同样也要靠书页的材质。⑤ 西莉亚·贝里奇认为,在绘本《桃子、李子和梅子》中,"浅近的图像纵深加深了读者和图画之间的亲近感,就好像读者置身画中一般"⑥。所以当代绘本,从漫画到立体书,还有广阔的空间去进行各种各样的探索。同样,默比乌斯也指出:"比起其他文学类型,在绘本中文本间性得到了更为普遍的体现。"⑦

"理解一幅图片和对文本进行阅读理解是两个不同的过程,绘本能够让任何一个'不爱读书'的人对它产生兴趣,不管是大人还是孩子。"⑧(在这里,绘本的作用就好像诗歌一样。)我所说的绘本不仅是指那些将文字和图

---

① Robert Lawson and Munro Leaf, *The Story of Ferdinand* (Viking, New York, 1936).
② 引自 Jean Streufert Patrick, "Robert Lawson's *The Story of Ferdinand*: Death in the Afternoon or Life under the Cork Tree", in *Touchstones: Reflections on the Best in Children's literature*, vol. 3 (Children's Literature Association, West Lafayette, Ind., 1989), pp. 74-84, at p. 83。
③ Beatrix Potter, *The Tale of Peter Rabbit* (Warne, London, 1906).
④ Landes, "Picture Books as Literature," p. 53.
⑤ Jane Doonan, "The Object Lesson: Picture Books of Anthony Browne," *Word and Image*, 2,2 (April-June 1986), pp. 159-172, at p. 168.
⑥ Berridge, "Taking a Good Look at Picture Books," p. 156.
⑦ Moebius, "Introduction to Picture Book Codes," p. 147.
⑧ Doonan, "The Object Lesson," p. 159.

画密密麻麻堆积在一起的作品(一个很明显的例子就是雷蒙德·布里格斯的《方格斯的奇幻旅程》①),还包括了像迈克尔·福尔曼(Michael Foreman)、查尔斯·基平(Charles Keeping)以及约翰·伯宁汉等画家的作品,他们也在这方面做出了各种探索。最有名的例子很可能要数约翰·伯宁汉的创作了。他在好几本作品里对儿童、成人以及奇幻故事之间的关系进行了提炼,试图拓展绘本语言的边界。这些作品中最成功、也是富有争议的就是《爷爷》②。断断续续的文本片段与片段之间的关系,彩色图片与单黑图片之间的关系(可能是现实与幻想,或现实与回忆的隐喻),以及阅读绘本的方式(是按照一般顺序还是打乱顺序来看),这三者有着同样的重要性。他的《莎莉,离水远一点》(Come Away from the Water, Shirley)以及续篇《莎莉,洗完澡了吧》(Time to Get out of the Bath, Shirley)都是在对开的页面上,把机械化的、没有色彩的、讲着工作语言的成人世界和生动的、充满想象力的、没有文字干预的儿童世界放在一起进行对比。③(这些作品会在第十一章得到更详细的讨论。)

　　从某种程度上来说,我们成年人可能会觉得这种对比是很有意思的。把这种对比表现得更为微妙的是作品《朱利尔斯在哪儿?》(Where's Julius)④。故事里朱利尔斯的爸爸妈妈不停地在做饭,他们把食物端到朱利尔斯面前。小男孩先是在造一座"有三把椅子、几幅旧窗帘和一把扫把"的房子,之后他所处的场景变得越来越奇怪:金字塔旁、俄罗斯冰冻的荒原、在南美洲飞速奔驰的火车上等等。作者把平凡无奇的现实(吃饭)和诡谲的想象(家长端着盛满佳肴的托盘,义无返顾地在雪原和沙漠中跋涉)混合在一起,让我们看到了绘本创作的各种可能性。

---

① Raymond Briggs, *Fungus the Bogeyman* (Hamish Hamilton, London, 1979).
② John Burningham, *Granpa* (Cape, London, 1984).
③ John Burningham, *Come Away from the Water, Shirley* (Cape, London, 1977); idem, *Time to Get Out of the Bath, Shirley* (Cape, London, 1978).
④ John Burningham, *Where's Julius?* (Cape, London, 1986).

伯宁汉一般只以"实物"为基础,安东尼·布朗则更进了一步,展现了绘本在"影射"层面的丰富可能性。在他的作品里,有很多反复出现的图像和暗指——对于超现实主义画家以及他们的共同母题的暗指。他的《公园散步》①(*A Walk in the Park*)就是由一个个视觉玩笑构成的。他的《韩赛尔和葛蕾特》(*Hansel and Gretel*)②一开始还是文本配插画的形式,后来因为画面中反复出现的图像——栏杆和鸟,逐渐有了绘本的形态。故事中的继母和巫婆单纯从视觉形象来看两者非常相似。布朗也很重视利用作品的整体排版布局。简·杜南指出:"从一个画面转到另一个画面,有一种连续活动的感觉;不过如果是电影镜头,它需要连续的帧数来形成先后顺序,但布朗的作品在两页开的页面上让我们可以用自己选择的速度与方式,同时看两幅画面。"③

这是插画的基本概念。杜南进一步拓展了她的观点:

> 我们直接看到的是画布(或插画页)上的形状,这些形状具有空间属性,代表了某些东西;在绘画中对于形状、比例以及图案的抽象重复……具有了新的力量。同样的形状在不同的物体中……以同样的比例重复出现,给物体、事件以及图画区域之间提供了某种关联,让读者自己进行联想,且感到亲近。这种隐晦的关联既是形式上的也是心理上的,它的魅力就在于这种隐晦性和模糊性。④

这样,将表现焦虑和愉悦的色彩和具有象征意义的形状结合在一起,我们就能够获得"视觉影射"。杜南认为,布朗很喜欢精细的图案结构,但"这种图案结构并不能创造一个'自然'的世界,因为眼睛不会用这种方式去看

---

① Anthony Browne, *A Walk in the Park* (Hamish Hamilton, London, 1977).
② Anthony Browne, *Hansel and Gretel* (MacRae, London, 1988).
③ Doonan, "The Object Lesson," p. 160.
④ Ibid.

待一个自然的世界"。这部分地是由于轮廓勾勒的问题,"因为勾勒轮廓关注的是将事物'区分'开来,但如果看看自己的周围,就会发现我们并不是用这种方法来观察和看待事物的"①。

可以看出,绘本超越了某些界线。从伊莱恩·莫斯开创性的论著可以看出,这些书研究的是给比较大的孩子们看的绘本,包括《这些是给婴儿看的,小姐》(Them's for the Infants, Miss)以及《年轻人的绘本》(Picture Books for Young People 9 - 13)②。当然这些书有点"中庸"的危险。贝蒂娜·赫利曼(Bettina Hurlimann)就注意到"欧化出版"这个概念所体现出的矛盾:"图画是一种通用的语言……但我们注意到一种'同质化'的风险——各国不同的'风格特色'正在因为对'欧洲市场'的迎合而变得越来越雷同。"③

绘本的"多媒体"特性已经不是什么新鲜概念了。早在 1920 年,鲁珀特·贝尔(Rupert Bear)已经使用了故事的四个元素:图画、对句、散文、标题。④ 玛格丽·费希尔(Margery Fisher)指出:"在这个时期,聪明的作家(毕翠克丝·波特就是一个光芒闪耀的例子)为插画配上了精准的形容词;画里很多微妙的小细节都很值得推敲,和这些形容词相互印证。"⑤

但在任何一个年份里,我们都没有看到普尔曼所说的"释放故事叙述中最令人惊叹的潜力或精湛技巧"的情况⑥。相反,我们错失了很多机会——那么多书都没有好好利用多媒体资源,更别说完全开发这种资源。比如,我

---

① Doonan, "The Object Lesson," p. 164.
② Elaine Moss, "Them's for the Infants, Miss," *Signal*, 26(1978), pp. 66 - 72; idem, *Picture Books for Young People*, 9 - 13 (Thimble Press, South Woodchester, 1981).
③ Bettina Hurlimann, *Three Centuries of Children's Books in Europe*, trans. and ed. Brian Alderson (Oxford University Press, London, 1967), p. 213.
④ 参见 Philip Pullman, "Invisible Pictures"。
⑤ Margery Fisher, *Intent upon Reading*, 2nd ed. (Brockhampton, Leicester, 1974), p. 21.
⑥ Pullman, "Invisible Pictures," p. 172.

们一直都没弄明白,为什么要给图片配上文字。虽然我很同情有些观点,即认为仅有图片的绘本会剥夺孩子们学习文字的能力,但"之所以要配文字,是因为书里就应该有文字"这个观念,与强调"书一定要配图画"的观念同样"闭塞"。有时,省略了文字反而能够营造一种"空隙",让读者用理解力和想象力将这个空隙填满——当然,单纯的图画集不属于这种情况,因为图画集是静态的。还有一种"机械化"的作品也不能算绘本,比如在"小猫找晚餐"或者在类似的主题下带读者参观农场等。文字和图画一定要结合在一起。

而两者结合效果的衡量标准是必须产生某种"交互性图书"(interactive book),因为具有交互性,不能轻易地将这类书视作专为某个年龄段的读者设计的,也不能轻易地认为这类书将某个年龄段的读者排除在外。在《爷爷》这部作品里,两个主人公之间的关系算不上是非常融洽或非常感性;相对的,绘本中的文字和图片充满了似是而非的模糊感,这恰好也体现了这一点。伯宁汉针对交互性的叙事手法建立了一套标准,避免了很多"陈词滥调"的视觉因素——绘本里的确有不少这样的现象。让河马一家或小熊一家做各种各样属于人类的事情的意义到底何在?当然可以说出很多很多道理,这一点我承认:将动物拟人化可以避免明显的种族主义倾向(虽然在某些商业化的作品里,"淘气"的小熊比起"听话"的小熊,色彩上面就没那么"纯净");"一般化"(universalizing)让孩子们在和故事中的情节——比如闯祸——发生共鸣的同时又能够意识到这不是现实(因为通过卡通形象展现)。不过这种情况往往没有开发绘本真正的潜力。玛丽·雷纳(Mary Rayner)关于"小猪一家"的书就是很好的例子。虽然《猪妈妈外出夜》[1] (*Mrs Pig's Night Out*)有一个亮点(或者说备受诟病的点)——保姆是头狼,但之后的作品[2]都只表现了一些普通的家庭生活,尽管对猪"馋嘴贪吃"

---

[1] Mary Rayner, *Mrs Pig's Night Out* (Macmillan, London, 1976).
[2] Mary Rayner, *Mrs Pig Gets Cross and Other Stories* (Collins, London, 1986).

的描写让作品没有陷入绝对的平庸之中。像这样的书还有很多,只有偶尔几部作品能够让人眼前一亮。比如玛格丽特·戈登(Margaret Gordon)的"威尔伯福斯"①(Wiberforce)系列。玛格丽特通过小熊威尔伯福斯这个角色在呆板的文本和混乱的视觉效果之间造成了一种鲜明的对比。不管是大人还是小孩都能够识别和欣赏这种差异。此外,威尔伯福斯是一个典型的孩子式角色,故事也有完整的形态和要讲的道理,细致入微的图画还包含了家庭生活的很多细节。具有相同魅力和怀旧色彩的还有《芭蕾舞鼠安吉丽娜》(Angelina Ballerina),虽然在角色行为上没有特别像老鼠的地方,但海伦·克雷格(Helen Craig)画的老鼠非常精细、精准,栩栩如生,让人感受到了绘图者的认真和对动物的喜爱之情,这是一种很难以描述的感觉。②

很多书都用图画来对文字进行补充,用图画表现那些比较难想象的事物或把现实和幻想混合在一起。这些作品中的佳作把这种做法贯穿始终。之前的章节中我提到了费利克斯·皮拉尼的《阿比盖尔在海滩》③。在这部作品里,文本中没有描述父亲和女儿的亲密关系,也没有描述阿比盖尔如何利用幻想来击退真实世界里的威胁。父亲读着自己的奇幻小说、喝着啤酒,阿比盖尔则保护着自己的沙堡不受到其他大孩子、他们的自行车和狗的威胁;而图画还表现了阿比盖尔在想象中对待这个世界的态度。其他经典的、反映父女关系的作品是安东尼·布朗的《大猩猩》(Gorilla),作品里,存在于幻想中的大猩猩和遥远的父亲之间在视觉上、心理上都有一种复杂的关系。④

很多经典绘本,比如爱德华·阿迪宗的"小提姆"系列以及昆廷·布莱

---

① 参见 Margaret Gordon, *Wilberforce Goes to Playgroup* (Viking Kestrel, London, 1987)。
② Katharine Holabird and Helen Craig, *Angelina Ballerina* (Arum Press, London, 1983).
③ Felix Pirani, *Abigail at the Beach*, illustrated by Christine Roche (Collins, London, 1988).
④ Anthony Browne, *Gorilla* (MacRae, London, 1983).

克的作品，都是将文本和图画在页面上实际地结合在一起。当代对于这项技巧应用得最为得心应手的是鲍勃·威尔逊（Bob Wilson）。他把文字穿插在图画里，比如用医院围墙上的告示显示部分文本，而次文本则用"文字气球"的形式表现。① 威尔逊的作品提出了一个问题：文本和图画之间的关系是否类似于歌手和乐队，是一种平衡的合作关系？在这两者中，一方在台前，另一方则担任支持的角色。而一个很明显的问题是，这种关系是非常复杂而微妙的，有可能使得文本和图画之间的互动超过了"可接受的年龄"这个概念。一个很典型的例子是格雷厄姆·奥克利（Graham Oakley）的"教堂老鼠"（*The Church Mouse*）系列，作品在图画和文字上都设计了非常棒的细节。②

进一步拓展书的"边界"、尝试探索绘本的各种可能性让我们更接近书这个"游戏"，这样的做法有益无害。一个很有趣的例子是菲利普·杜帕斯基尔（Phillipe Dupasquier）的《绿鼠大灾难》（*The Great Green Mouse Disaster*），讲的是一家旅馆因为一大群绿色的老鼠而陷入混乱当中。③ 不过，绘本里的每一间屋子都是可以同时看到的，所以你一定要选择一种阅读方式——是同时看二四个房间里的故事，还是先看完一个房间里发生的故事，然后再去看另一个房间。这种形式和"选择你自己的冒险历程"这类图书很像，它也展现了绘本在视觉/叙事方面的多种可能性。

不过，我们现在能够看到的大部分童书还是采用了传统的图书形式，当然其中也不乏一些佳作；真正好好利用书的"形态"做文章的作品毕竟还是少数。而正是这类图书在未来拥有巨大的潜力。当然，任何关于书的判断都是"有局限性的"，甚至只"代表个人意见"；我们在本章的前文中所做的只是探究一本书是否发挥了这种"形态"方面的潜力。正如简·杜南所说：

---

① Bob Wilson, as in *Stanley Bagshaw and the Rather Dangerous Miracle Cure* (Penguin, London, 1989).
② Graham Oakley, *The Church Mouse* (Macmillan, London, 1972).
③ Phillipe Dupasquire, *The Great Green Mouse Disaster* (Walker, London, 1987).

不管图画和文本的关系是相一致的还是相偏离的,如果我们不想当然地认为,插图的存在就是为了强调文字所表达的主题,读者就有机会做出不同的理解,获得更多可能的意义,而图画也能够表达自己的意思。如果我们只按照一般的期望去看图画,而不是以一种开放的态度去感受画面想表达的意思,我们会漏掉很多东西。①

确实,如佩里·诺德曼(Perry Nodelman)指出:"绘本拥有一种独特的韵律,独特的调度形态和结构的惯用法,独特的叙事技巧和体系。"②希望文学批评界和出版界都能够把这一点牢记在心里。

---

① Doonan, "The Object Lesson," p. 169.
② Perry Nodelman, *Words about Pictures*, (University of Georgia Press, Athens, 1988), p. viii.

第十一章　儿童文学批评

在这本书里,我一直希望避免三件事:价值判断、一般化判断以及推测性评论。推测性评论指的是对作者(比如汉弗莱·卡彭特创作《秘密花园》①时的情况)进行心理分析,或是对人物角色进行心理分析,比如玛格丽特·拉斯廷(Margaret Rustin)和迈克尔·拉斯廷(Michael Rustin)的《爱与失的叙事》②。对于很多读者来说,我的做法想要逃避的恰恰是"究竟何为文学批评存在的意义";但我希望读者已经明白了我的意图——当我们选择一本书或评论一本书的时候,如果先审视一下我们选择的方式以及这么做的原因,这对我们的选择甚至评论是非常有帮助的。

在这一章里,我希望能够更进一步,让大家看到,至少在现在这个阶段,我们需要认同一种不同的批评方式。我把这种方式称为"儿童主义"(childist),我认为从事儿童文学创作或评论工作的人都应该采用这种方式。其次,我还想倡议,对于文学批评本身以及这种批评的意涵和主题进行一次彻底的反思。

我们可以看到,不仅儿童和书本之间存在着复杂的互动关系,儿童和"书"这个概念之间也存在着同样复杂的关系——在一定程度上,我们可以称之为"对位阅读"(counter-reading)。如果我们认真研究"对位阅读"这种现象——教师、心理学家所提供的相关证据表明,我们应该重视这一现

---

① Humphrey Carpenter, *Secret Gardens* (Allen and Unwin, London, 1986).
② Margaret Rustin and Michael Rustin, *Narratives of Love and Loss* (Verso (New Left Books), London, 1987).

象——一旦这么做，我们就会发现目前对于儿童文学作品的很多判断都是值得商榷的，不管是"儿童可能喜欢什么"、"儿童应该喜欢什么"、"儿童确实喜欢什么"，还是"儿童肯定喜欢什么"这样的论调。很明显，"儿童可能喜欢什么"这种学术派论调只在成人的世界里成立，体现的是一种"成人主义"的思维方式。而"儿童应该喜欢什么"则完全是一副说教者的口吻。那么其他观点呢？"儿童确实喜欢什么"和"儿童肯定喜欢什么"这样的论调是基于观察得出的结论，很有可能，这还是多年以来，对于孩子进行的充满关爱的、专注的、富有技巧的观察。当然，这里有一个潜在问题，那就是观察者有可能会影响观察对象的表现以及对观察结论的理解。一个典型的例子是罗尔德·达尔，他的作品看起来反映的是儿童的视角。米歇尔·兰斯伯格这样评论罗尔德·达尔："和布莱顿一样，达尔在创作上遵从了自己的直觉，这为他赢得了很多小读者的喜爱。他创作的图画是一片大胆的、自主的领域，让孩子们在没有成人的帮助下也能够自行征服。他抓住了孩子天性当中进攻性的反叛因子，为他们打破成人的束缚。"①达尔也没有低估儿童理解复杂叙事方式的能力。他的书不仅触及了儿童自己的文化，也如萨兰德所说："属于一种对立的文化。"②虽说这种说法解释了学术圈对达尔的反感以及学术圈外人士对他的支持，但事实就是如此吗？达尔的创作真的是从"成人对于儿童文化的理解"出发，"以儿童的视角"完成的吗？达尔的作品，就像约翰·罗·汤森所说的"淘气的诗句"，是人们可以接受的童年的一种样子，是占据统治地位的成人文化所允许的一种"温和的反叛"。

我们说，故事不仅仅只有娱乐的目的。亚瑟·艾坡比表达了以下观点——我希望大家不要用消极的眼光去看待这种观点：

---

① Michele Landsberg, *The World of Children's Books* (Simon and Schuster, London, 1988), p. 88. 亦参见 Charles Sarland, "The Secret Seven vs the Twits: Cultural Clash or Cosy Combination?" *Signal*, 42 (September 1983), pp. 155 – 171。
② Sarland, "Secret Seven," p. 100.

故事能够帮助孩子们对他们所处的世界是什么样的产生合理的期望——这个世界所用的词汇、句法,这个世界的人和地方——但又没有给孩子们施加压力,让他们可以区分现实与假象。虽然孩子们最终会发现他们所认识的世界有一部分只存在于故事里,但他们只会否定某些特定的人物和特定的事件;而反复出现的价值观念、角色和人物关系的恒定期望等这个文化体系的组成部分则不会被否定。正是这些根本的模式……让故事成为"社会化"任务中的一个重要媒介,让孩子们得以学习成人世界的价值观和标准。①

但这就是孩子们对世界或者书本的看法吗?比方说,儿童文化能够自动理解成人文化中存在的偏见或歧视现象吗——男性女性、黑人白人、左派右派、下流和纯洁、可接受和不可接受等等?孩子们只有通过语言、故事形态等才能理解这些内容。虽然近年来,人们认为达尔只不过是"站在自己的立场创作",但在他身上出现的"可接受的'不可接受'程度"表明了他的作品还是主流文化体系的一部分,是孩子们社会化学习过程的一部分。这就解释了为什么很多我们觉得应该不喜欢他作品的成年人也表达了对他的支持。所谓的"站在儿童的角度"("故事带有迷惑性的表象会引发大人的焦虑"②)吸引了人们的注意力,没有看到作品潜在的"反儿童"(也可以说"反人类")倾向。

要想解决这些问题,一种很有效的办法就是用"儿童主义"视角对文本进行重新阅读。让大人用孩子的心态来阅读儿童文学作品不是什么新鲜的提法,但这种方法不仅容易让我们陷入成人世界的种种偏见当中,实际操作

---

① Authur N. Applebee, *The Child's Concept of Story: Ages Two to Seventeen* (University of Chicago Press, Chicago, 1978), p.53,着重号为笔者引用时所加。
② Landsberg, *World of Children's Books*, p.88.

上也很难实现。因为我们必须质疑自己所有的假设、所有的反应,更要问一问,在阅读这种文化互动极为复杂多变的活动中,"像孩子一样看书"到底指的是什么?

一直到最近,针对作品的文学评论都是基于对于一般性期望的研究,比如意义、价值、接受程度等等,而潜移默化中我们采用的都是信奉新教的盎格鲁-撒克逊白人男性(White Anglo-Saxon Protestant male)的价值观,而这种价值观也根植于我们使用的语言当中。乔纳森·卡勒在《论解构》(*On Deconstruction*)中说道:"如果文学体验取决于阅读材料本身的质量,那么我们可以问一问,如果读者本身是'女性'而不是'男性',读者的文学体验会产生怎样的变化?"[①]在这里,我们可以在女性后面再加一个词——"儿童"。初看之下,答案是显而易见的:女性读者当然会以女性的身份阅读,不然还能怎样?好吧,答案是:她们会以男性定义下的"女性身份"去阅读;因为在我们的文化体系中,主流的价值观以及认知方式都是由男性制定的,甚至连语言当中对于中性事物的命名方式也不例外。

莉萨·保罗(Lissa Paul)对于文学领域内儿童地位与女性地位的相似性做了很精辟的总结:

> 把女性主义理论应用在儿童文学领域也有很强的适用性。因为在文学与教育团体眼里,女性文学和儿童文学都属于外围的、边缘化的领域,它们的价值没有得到承认。女性主义批评家已经开始改变这一情况……儿童和女性一样,都被认为是弱势的、依附性的群体,他们需要保护,反过来说,他们的声音也不需要被倾听和尊重。但我们要知道,女性占据了全世界至少一半的人口,而我们所有人都曾是孩子。所以,女性与儿童长久以来都处于这种隐形

---

① Jonathan Culler, *On Deconstruction* (Routledge, London, 1983), p. 42.

的、无声的状态,这简直是不可想象的。①

要将"女性主义"阅读方式移植到童书上来,我们需要一个新的术语。"孩子气"(childish)或"孩子一样"(child-like)本身已经带有太多的既定意义和联想,都不合适。"儿童主义"或许能够说到点子上去。我们看到,对"像孩子一样阅读"下一个确切的定义非常困难。安妮特·科洛德尼(Annette Kolodny)认为,这是一个根深蒂固的问题:"阅读是一种'习得'的行为,意识到这一点很重要;所以阅读和其他很多社会中习得的理解方式一样,免不了受到性别的影响和控制。"②所以很可能,在进行文学/阅读游戏的时候,儿童在外界环境的驱使下,并没有真正以单纯的、孩子的身份进行阅读。而这一点,在研究、教授童书的时候很少被考虑到(而且大多数教授儿童文学作品的都是女性,造成这种"偏差"阅读的可能性就更大了)。

那么,我们要怎么做才能跨过这道鸿沟,从儿童的角度出发,看清楚到底发生了什么,而不是纠结于一般观念里儿童的认知能力和阅读技巧?我们是否被自己的思维定式困住了?正如佩里·诺德曼所说:"最重要的问题是,为什么这么多孩子都会把自己当成是书里的角色?一个很令人沮丧的答案是,因为我们费尽心思教他们这么做。"③

用芭芭拉·哈迪的话来说,讲故事是"大脑的一种主要活动"④,而孩子通过给自己讲故事来理解他们所处的世界。但"童年故事"和"书本故事"之

---

① Lissa Paul, "Enigma Variations: What Feminist Theory Knows about Children's Literature," *Signal*, 54 (September 1987), pp. 186-201, at p. 181.
② 引自 Culler, *On Deconstruction*, p. 51。
③ Perry Nodelman, "'I think I'm learning a lot.' How Typical Children Read Typical Books about Typical Children on Typical Subjects," *Proceedings of the 7th Annual Conference of the Children's Literature Association*, Baylor University, Texas, 1980, p. 148.
④ Barbara Hardy, "Towards a poetics of fiction: an approach through narrative", in Margaret Meek et al., *The Cool Web: The pattern of children's reading* (Bodley Head, London, 1977), pp. 12-33, at p. 12.

间还是有很多差别的。我们看到,对故事模式的掌握一定要通过学习来实现,而文本间性的程度以及模糊程度也会造成很大的差别。书面语言本身相较于口语来说有更强的反思性、影射性。正如 D. R. 奥尔森(D. R. Olson)所说,书面语和口语代表了两种不同的文化:"口语……是一种通用的方式,用于分享我们对于具体情况与实际行动的理解;更重要的是,这是孩子们在上学以前使用的语言模式。"[1]

通过教授(书面)语言,我们教给孩子文字游戏,也教给他们划分经验的方式:

> 叙事就是将事件按照时间先后进行排序。不管是应用于说话还是写作,它都是一种对个人经验进行重新叙述并将之组织起来的基本方式;但想要在口头上、书面上将这一类"故事"成功地表现出来,都需要了解很多与语言使用相关的不同概念;能够意识到这些概念之间的差异性,并不断加强这种意识,对于有效提高孩子的写作能力有着非常关键的意义。[2]

从这个层面来说,孩子与作品之间的互动其实就是学习和分享规则的过程;而孩子之所以按照我们的要求来玩这个文字/文学游戏,因为这是我们允许他们玩的唯一游戏。不过这只是针对儿童的文学反应而言的。私底下,他们可能会做出完全不同的反应,得出完全不同的见解。就拿体裁类型来说:

> (故事的)创作者要不遵循故事的一般规则,在一个特定的体

---

[1] 引自 Jeffery Wilkinson, "Children's Writing: Composing or Decomposing?" *Nottingham Linguistic Circular*, 10,1 (June 1981), p. 73。

[2] Ibid., pp. 78-79.

裁类型中进行活动,创造出属于自己的"新"体裁类型,不然就要冒故事作者的身份遭到贬黜的风险。而消费者对于故事的形态有一般性的期望,对于某些特定的故事类型也掌握了一定的知识,同时对于现实世界的情况也有足够的了解;只有这样,才能对叙事细节以及整体的叙事结构有比较到位的理解。①

这样一来,我们很容易把阅读能力与墨守成规混淆起来,把阅读反应与阅读技巧混为一谈。可以看到,我们是根据成人世界的规则对儿童文学作品的语言特点和故事形态进行抽象归纳的,然后再以此来测试儿童读者的反应。但我们的阅读方式就是"正确"的吗?它们对儿童是有益的或有所关切的吗?从认知发展和社会心理角度来讲,答案是肯定的;从个体的角度出发,答案则很可能是否定的。而儿童读者对于一本书的反应很可能就是两者冲突的产物。

沃尔特·斯拉托夫(Walter Slatoff)在《关于读者》(*With Respect to Readers*)一书中总结了我们在对书进行评论的时候一般会选择的立场:

> 大多数美学家、文学批评家……眼里似乎只有两类读者:一类是绝对独特、独立的个体……还有一类就是理想化的(ideal)、一般性的读者,他们对于作品的反应是不带个人色彩的、完全从美学角度出发的。现实生活中的大多数读者,除了特别幼稚的读者,会随着阅读的进程而处于两个极端中间的某一点。②

所以,如果我们从常识的角度以及"解构"的角度出发,认为一篇文本其

---

① Howard Gardner,转引自 Paul E. McGee and Antony Chapman (eds.), *Children's Humour* (John Wiley, Chichester, 1980), p. 104。
② 引自 Culler, *On Deconstruction*, p. 41。

实没有所谓的"单一而恒定的意义",并且,仅当我们按照外界强加给儿童的游戏规则去做出评判的时候,我们才能说儿童读者对一篇文本的理解"不如成人"。休·克拉格指出,成人在比较儿童的文学反应以及自己的文学反应时有作弊的倾向:"儿童对于文学作品的反应很可能和成人没有什么重要的差异,假设用来比较的儿童和成人在表达能力以及心智成熟方面处于相同的水平。"[1]

而关于"儿童主义"文学批评,我们在现实中也已经看到过,它的基础是可能性和或然性,它的难点不在于缺少经验层面的资料数据,而在于如何处理这些数据。从这个角度来说,"儿童主义"文学批评和成人文学批评并没有区别,唯一的区别可能在于,成人文学批评很少或从来不承认在处理数据方面存在问题。

要看"儿童主义"文学批评如何发挥作用,一个很好的办法就是以绘本和儿童诗歌作为研究对象。让我们再一次以伯宁汉的作品为例。在《莎莉,离水远一点》[2]里,他在对开的页面上同时表现了成人眼里的世界和儿童眼里的世界。在左侧页面上,伯宁汉用暗淡的色彩描绘了莎莉的父母坐在海边的躺椅上对莎莉发号施令的场面(对话充满了成人典型的躲躲闪闪和专制命令),而莎莉一直没有在画面上出现。虽然对话显得非常"零碎",但在时间顺序上却没有出现断裂或错位的现象。莎莉幻想中关于海盗和宝藏的冒险则以绚烂的色彩呈现在另一侧页面上,并且没有配上任何文字。作者这样安排的意图是显而易见的,更有意思的是他对于成人和儿童世界规则的对比。对于"成人"页面的理解需要参考文本外的因素与经验;而理解莎莉的冒险则是基于文本内因素,并体现了儿童文化中的"表演性模式"(performative pattern),或许还涉及儿童文化和成人文化之间的转换。

---

[1] Hugh Crago, "Cultural Categories and the Criticism of Children's Literqture," *Signal* 30 (September 1979), p. 148.

[2] John Burningham, *Come Away from the Water, Shirley* (Cape, London, 1977).

(从结构上来说)伯宁汉的另一部作品《爷爷》[①]则更接近真正意义上的儿童文学作品。这本作品的整体构架采用的是在右侧页面放一幅彩色图画,基本上表现的都是一个小女孩和她的爷爷在一起的各种经历(没有特定的先后顺序);另一侧页面上是一些对话的片段,对话下面以黑褐色线条勾勒出很多关于回忆或幻想内容的简图,可以看成是对右边的彩图的修饰、解释或评价。第一页上的对话是:"这里没有那么多空间把所有的小种子都种上。""虫子也会上天堂吗?"另一边画的是小女孩和爷爷在一个温室里。而对话下面的简图添加了很多温室里的细节。第三页上画的是爷爷正在"照顾"一个洋娃娃和一只泰迪小熊,另一页上的对话是:"我不知道原来泰迪熊也是女孩子。"对话下面画了一只女生模样的泰迪熊,它对着镜子梳妆打扮。另外一页上画的是爷爷在跳格子,小女孩问道:"你曾经也是个小孩子吗,爷爷?"对话下面画了一个箱子,里面装了很多旧玩意儿。故事的结尾也是模模糊糊的,有种说不出的感觉。在连续几页上,小女孩和爷爷都在雪地里走。爷爷身体不舒服("爷爷今天不能和你去外面玩了"),他们在一起看电视("明天我们去非洲,你当船长")。倒数第二页,小女孩坐着,眼睛看着爷爷经常坐的椅子,椅子已经空了。最后一页上的画面色彩非常浓烈,一个小女孩正兴致勃勃地推着一辆老式婴儿车,车里躺着一个小婴儿。这是生命的延续还是爷爷的童年?

作品由一个个片段组成,可以从好几个不同的层面去阅读、去理解。同时,作品也没有采用大量传统的叙事因素;看起来,这样的作品对于儿童读者来说太复杂、太难理解了。但我要说的是,正是这种复杂性,正是作者没有对语言文本施加任何刻意控制的做法,让《爷爷》这部作品更加接近口语文化群体读者的理解模式,比起大多数"为孩子"创作的儿童文学文本,《爷爷》更贴近孩子的理解方式。正因如此,面对这样的作品,文学批评家面临着严峻的挑战。

[①] John Burningham, *Granpa* (Cape, London, 1984).

"儿童诗歌"也面临同样的问题。这是儿童文学领域最让人难以把握的文学类型——真的存在"儿童诗歌"吗？根据传统的定义，写给儿童的"诗歌"这个说法本身就是一种矛盾：人们会认为，正因为读者是儿童，他们是没有能力去欣赏诗歌的深度与微妙之处的，而这种深度与微妙正是诗之所以为诗的原因。但从另一方面来看，巧妙编排的文字、朗朗上口的韵律，这样的诗句是能够为儿童读者所接受的。埃莉诺·格雷厄姆（Eleanor Grahame）在《海雀诗歌读本》（*A Puffin Book of Verse*）的序言中说道："在选编这本童诗集的时候，我的标准非常简单，那就是找到听得入耳并且能让人记住的诗篇……那些对于单纯的儿童有着强烈吸引力的诗篇。"①这种说法显然给童诗强加了一种"成人主义"的限制；但至少它比珍妮特·亚当·史密斯（Janet Adam Smith）在《费伯童诗读本》（*Faber Book of Children's Verse*）的引言中表达的观点要更为积极。《费伯图书童诗》丝毫没有将童诗和成人诗歌区分开来。它的引言说道："给这个年龄段（8—14岁）的孩子读一些诗歌，好让他们在二十年或三十年以后愉快地回味这些佳作，是一件很应该做的事情。"②在这种指导原则下诞生的诗歌选集看不出和其他"一般"的诗集有什么明显的不同，除了很多作品都是轻快的、叙事性的、以"童年"为主题的诗歌。同样的情况也出现在一些最近出版的童诗选集中，比如罗杰·麦高夫（Roger McGough）的《私人诗选》（*Strictly Private*）。这本诗集里的很多作品均以童年或少年为主题，但明显是从成年人的视角出发，或者虽然是从儿童的视角出发，但目标读者却是成年人。③

"诗歌"不一定是"诗作"，"诗作"也不一定是"诗歌"。就像"文学"这个术语一样，"诗歌"这个名词也暗示了一种价值判断。很显然，诗歌需要一种

---

① Eleanor Grahame (ed.), *A Puffin Book of Verse* (Penguin, Harmondsworth, 1953), prefatory page.
② Janet Adam Smith (ed.), *Faber Book of Children's Verse* (Faber, London, 1953), p. 20.
③ Roger McGough, *Strictly Private* (Penguin, Harmondsworth, 1982).

不同的叙事手段,它不必一定要求偶然因素的出现,或将自己限定在一个题材类型的框架里。诗歌能够以更直接的方式与读者交流,它让"思想直接与思想交流"成为合理的、后浪漫主义的行为。它将文字推向前台,推向最显眼的位置,让读者去品味。迈克尔·本顿、杰夫·福克斯(Geoff Fox)曾引用 L. A. G. 斯特朗(L. A. G. Strong)关于教学的理论:"记住,在所有教学阶段,目标都只有一个,就是引导孩子们欣赏、喜爱文字的美妙韵律,并保持这种兴趣。解释、注解并不重要。孩子的'误解'可能对他们自身的价值更大,而解释反而有可能毁掉这种价值。"①

这种论调带有很浓重的成人色彩,虽然也强调了理解的自由和个性,但还是保留了"理解"这个概念。显然,如果教育等同于社会化,那我们对上面这样的说法并无异议;我们完全可以对"误解"进行界定,然后在界定的范围之外对孩子进行教育。但请不要把这种行为绝对化。在这里,"放手"(letting go)这个概念才是最为重要的;而只有在诗歌这个最极端的文学领域里,我们才能自信地认为儿童和成人的阅读是一样真实、可靠的。珍妮特·亚当·史密斯这样描述自己为儿童选择诗歌的原则:"如果有人批评我把儿童不能'理解'的作品也选进书里,我一点都不担心这种批评。在这里,我选的诗歌是要给读者带来愉悦的——至于理解,读者自然会慢慢理解的。"②这种观点,要用在散文上是比较困难的。另外,关于诗歌,艾奥娜·奥佩和彼得·奥佩在《牛津童诗读本》(*Oxford Book of Children's Verse*)的引言中说道:"从本质上来说,诗歌越纯粹,就越难说清楚是为谁而写的。"③这个"纯粹"的概念超越了智力的因素,对"理解"形成了挑战或否定,对于儿童文学来说也是非常富有启示意义的。

---

① 引自 Michael Benton and Geoff Fox, *Teaching Literature*:*Nine to Fourteen* (Oxford University Press, London, 1985), p. 32。
② Smith (ed.), *Faber Book of Children's Verse*, pp. 20 - 21。
③ Iona Opie and Peter Opie, *Oxford Book of Children's Verse* (Oxford University Press, Oxford, 1973), p. ix。

举个很有名的例子——沃尔特·德·拉·梅尔(Walter de la Mare)的《孔雀派》(Peacock Pie),其副标题为"韵律集"。约翰·罗·汤森认为:"(德·拉·梅尔)作为诗人有一种特殊的能力……能够以孩子一般的视角,用孩子们能够感受到的文字来表现事物。"① 但事实确实如此吗?《疯王子之歌》(The Song of the Mad Prince)② 初看之下荒诞无稽,也没有具体的指向性。但这只是成人读者的感觉。而在我看来,成年人的思维对于图像、氛围以及间接影射的接受程度要远远低于儿童读者。成年人倾向于寻求和给出解释(可能这和我们所受的教育有关),对事物进行"合理化",去找到一种单一的、可接受的意义。如果你不知道这首诗讲的是"哈姆雷特",这种"无知"对于作品阅读是好事还是坏事?

成人世界很不愿意承认,只有在"诗歌主题"这个方面,才有明显的"适合儿童"与"适合成人"这样的区别,而主题是诗歌领域最无足轻重的因素。所以,罗杰·麦高夫在选诗时的"轻率"其实是一张面具,以此来抵御成人世界的焦虑感。借此,他才能把"成人"诗集中的作品,比如《死刑的节日》(Holiday on Death Row)以及《融化在前景里》③(Melting into the Foreground)收入童诗集《私人诗选》与《钉住阴影》④(Nailing the Shadow)里。特德·休斯(Ted Hughes)的做法就没有那么高明,他专门为孩子们选编的诗集,比如《地球上的猫头鹰以及其他的月亮人》(The Earth-Owl and Other Moon People)⑤,很大程度上就是一些以成人思维为基础的

---

① John Rowe Townsend, *Written for Children*, 2nd edn. (Penguin, Harmondsworth, 1983), p. 194.
② Walter de la Mare, *Peacock Pie* (Faber, London, 1980), pp. 118-119.
③ Roger McGough, *Holiday on Death Row* (Cape, London, 1979); idem, *Melting into the Foreground* (Viking, London, 1986).
④ Roger McGough, *Strictly Private* (Penguin, London, 1982); idem, *Nailing the Shadow* (Viking Kestrel, London, 1987).
⑤ Ted Hughes, *The Earth-Owl and Other Moon People* (Faber, London, 1963).

打油诗。另一方面,他的童诗集《北极星下》(Under the North Star)①和作者其他的"主流"作品看不出明显的差异。

幸运的是,诗歌是很难驾驭的文学类型,所以一旦要"生产"专门给孩子看的诗歌,我们很容易就会发现这种刻意的痕迹。如今出版的大部分原创童诗就其本身质量而言合格的作品非常少。这也是很明显的证据,证明成人读者急需成为更纯熟的读者。同时,这也体现了我们需要从根本上改变对于儿童文学的整体态度。

所以,我的建议是把儿童和成人在个性、潜文化、体验以及心理等方面的差异考虑进去,尽可能地从孩子的视角来进行阅读——简而言之,把读者的地位放在书本的前面。这种做法会对各方面产生重要影响,是整个文学研究领域都越来越需要面对的问题,并且和儿童文学最为相关。现在的情况是,我们把自己置于一个非常尴尬的境地,我们现在所推崇的"优先"的阅读方式(这种"优先"是从文化地位以及教育评估角度而言,而文化与教育都是一种强大的权力)被事实证明是不正常、不自然的,因为它忽视了阅读的语境。这种"不自然"不仅仅是指作为物理实体的"书"具有直接的、实际的影响力,也是指这种阅读方法忽视了理解文本过程中的很多影响因素,比如作者的经历、作者的想法、社会背景等等,或者认为这些因素没有那么重要。虽然很多关于文学教育的研究工作都希望解决这个问题,但"书"就像图腾一般,仍然占据着中心地位。

我之前也提到过,在学术研讨会上,人们最喜欢的是作者讲述自己创作经历的环节;但从文学的角度来说我们无法解释为什么把作者放在这么高的位置。毕竟作品是一种多层次的沟通工具,而作者只是其中一个因素。从某种意义上来说,"作者已死"是个事实。但很多在世的作者都会通过出自传等方式为自己营造一种"神圣"的气氛,这种做法流露出对于"虚构"(fiction)这种述行行为本身缺乏基本信心的心态。虽然人们倾向于抗拒

---

① Ted Hughes, *Under the North Star* (Faber, London, 1981).

"作者已死"的观念,但我的感觉是,我们应该接受这个事实,这样才能让文本从"中心"、"优先"的位置上退下来,把它放在一个真实世界的背景之下,这样我们才能认识到文本只是阅读环境的一部分,而(仍然健在的)作者也只是其中的一个因素。人们赋予文本的任何价值都可以被归到三个类别之中:文化价值、个人价值、教育价值,并且没有哪一个类别比其他两个更"高级"。

当然,我并不是要抹杀教育的意义,而是希望我们在引导孩子们接触"经典"文学文本的时候,要提醒他们,学习这些文本并不是因为它们在本质上比其他文本更"好",而是因为它们体现了巨大的文化意义,比如莎士比亚的戏剧。或者,这也可能是因为掌权的统治阶级认为它们符合"文学"的定义,但也仅限于此。如果读者认同这些主流价值观,也挺好,没什么不对;但这并不意味着读者个人的、难以定义的,甚至难以描述清楚的理解方式就无足轻重。而且,从认知的角度而言,后面这种个人化的理解恰恰是最重要的,因为这才是作品之所以存在的意义。拿儿童文学领域来说,如果在主流价值体系和个人价值体系之间出现了冲突,我们应该质疑的是主流价值体系。当然,正是因为文化价值和个人价值之间存在着根本性的差异,人们才渴望找到那些"放之四海而皆准"的价值判断——文学批评整体上就是这种渴望的产物,而我希望大家能看到,这种做法显然是在"自欺欺人"。这也是为什么我认为必须把文本的"教育"价值和其他价值判断区分开来的原因。只有做出这种区分,我们才能看清文本被赋予了什么或被什么所投射,文本又被用来达成什么目的;反之,如果没有这种区分,文本和主流价值体系之间的生产性张力就得不到利用,白白被浪费了。

这么做最大的好处就是儿童文学立刻与其他文学类型拥有了同等的地位。更难让人接受的事实是,在个人、文化以及教育这三种价值体系没有作用于文本之前,任何文本和其他文本的地位都是平等的。

还有一点,我们还必须重新思考"活"文本和"死"文本之间的界线在哪里。罗杰·麦高夫在对《私人诗选》的评论中指出了这条界线所在:

还是孩子的时候,我喜欢那些你可以闻到甚至尝到滋味的诗;那些诗歌是活的,能把你一口吃掉;它们轻快、淘气,如同气球一般……上了学……街头童谣、玩耍儿歌也加入到我的宝库中来……10岁到11岁的时候,诗歌消失了。我不知道它去了哪里,但三四年后,诗歌又以一种痛苦的形式回到了我的生活中来。老师把帕尔格雷夫出版公司(Palgrave)的《英诗金库》(*Golden Treasury*)这样的大部头书扔给我和我的同学们——因为这就是老师的工作,也因为教学大纲就是这么要求的。这些诗歌看起来那么沉重、老套,充满了尘土味,也超出了我感情上可以接受的范围。①

或许我们可以这样区分儿童文学研究的对象:有一类书,在某种特定的"儿童文化"氛围下的确是为当时的孩子们创作的,但这种文化现在已经是过去式了,或者和我们没有直接的关系了;还有一类则是现在仍然作为童书被购买、阅读的书。当然,这里肯定会存在一个灰色地带,但作出上述区分意味着,今天我们所使用的"儿童文学"概念,其实适用于20世纪20年代至今所有为孩子所写的东西(在极少数情况下,这一概念也可用来指称1920年代以前的作品)。

要教给孩子们比较晚近的、比较容易接受的儿童文学文本,这不是什么新的提议。在英国的公共考核体系中,会尽量选择当代的、非传统"经典"的文本,也会使用和传统模式不一样的学习与评估方法,这些做法会进一步加深人们认为"不可侵犯"的价值体系与个性化的文学体验之间的冲突。现在,认为主流价值体系是绝对真理(或具有一种内在的有效性)的观念仍然深入人心,人们很难把这种价值体系仅仅看成是一种选择。而这种观念在根本上和"文学"所标榜的"自由"(一种基本的直觉告诉我们,应该遵循个体

---

① McGough, *Strictly Private*, p. 174.

内心的法则,摆脱外部标准的强制)是相矛盾的。我们可以看到,矛盾的后果就是对儿童文学缺乏基本的信心也迷失了研究方向。当然,我们在这里不是要完全否定"经典"。关于为什么要读经典作品,凯瑟琳·贝尔西(Catherine Belsey)在其文章《文学、历史、政治》①中从不同价值观的角度出发,进行了有力的论证。

儿童文学所面临的困境,我希望通过这本书已经做了一些解答和澄清。其实所有问题都可以用两位作家的话进行总结。一位是 A. A. 米尔恩,面对多萝西·帕克对于《小熊维尼的房子》这部作品的无情攻击,作者进行了针锋相对的回应。从米尔恩的话里,我们可以看到个性化的、受欢迎的、真实的东西与刻意的、人为的、文化上推崇的价值观之间的冲突:

> 一本高销量的作品很容易成为评论家和专栏作家讥讽的对象……没有一位儿童文学作家会开心地对出版商说"别管孩子们喜不喜欢,反正帕克女士喜欢"这样的话。作为艺术家,我们可能觉得,与其让"没有品位的大众"购买自己的作品,不如获得一位专业评论家的称赞,因为评论家的意见对于艺术家而言才是宝贵的。但对于写给儿童看的作品来说,除了儿童发自内心的喜爱,没有其他艺术上的"奖励"了。所以,对儿童文学来说,不管别人怎么讨厌这种说法,"民声即天声"(vox populi, vox Dei)。②

第二位作家是 W. H. 奥登,他在讨论"爱丽丝"系列的时候说了一番话。我认为,这段话值得所有和孩子以及童书打交道的人认真思考:

---

① Catherine Belsy, "Literature, History, Politics," repr. in David Lodge (ed.), *Modern Criticism and Theory: A Reader* (Longman, London, 1988), pp. 400 – 410. 亦参见 Peter Widdowson, *Re-reading English* (Methuen, London, 1982)。
② A. A. Milne, *It's Too Late Now* (Methuen, London, 1939), p. 238.

要判断儿童文学作品的价值,我们可以问两个问题:第一,作品为孩子描绘了一个怎样的世界?(或者说,就"儿童如何看待世界",作品告诉了我们哪些新鲜而有启发的东西?)第二,真实世界和书里的世界有多相像?①

---

① W. H. Auden, "Today's 'Wonder-World' needs Alice," in *Aspects of Alice*, ed. Robert Philips (Penguin, Harmondsworth, 1974), p. 7.

参考文献

下列参考文献包含文艺批评、批判理论和儿童文学批评领域(而非儿童文学的历史、调查或儿童文学某子领域的特定研究)最有用和最易获得的图书(以及文章)。带有星号的书目是强烈推荐的。

现代批评和批评理论指南

以下是最易于理解的单个作者所写的专著。

Eagleton, Terry, *Literary Theory: An Introduction*, Blackwell, Oxford, 1983. *

Hawthorn, Jeremy, *Unlocking the Text: Fundamental Issues in Literary Theory*, Arnold, London, 1987.

Selden, Raman, *A Reader's Guide to Contemporary Literary Theory*, Harvester, Brighton, 1985; 2nd edn, 1989.

Selden, Raman, *Practising Theory and Reading Literature: An Introduction*, Harvester Wheatsheaf, Hemel Hempstead, 1989.

现代批评文论浩如烟海,下列文献是最有用的:

Lodge, David (ed.), *Modern Criticism and Theory: A Reader*, Longman, London, 1988.

Newton, K. M. (ed.), *Twentieth-Century Literary Theory: A Reader*, Macmillan, London, 1988.

Rice, Philip and Waugh, Patricia (eds.), *Modern Literary Theory: A Reader*, Arnold, London, 1989. *

Rylance, Rick (ed.), *Debating Texts: A Reader in 20th Century Literary Theory and Method*, Open University Press, Milton Keynes, 1987. *

本书讨论过的涉及批评之诸方面的相关文献

总论

Birch, David, *Language, Literature and Critical Practice: Ways of Analysing Text*, Routledge, London, 1989.

Burns, Tom and Elizabeth (eds.), *Sociology of Literature and Drama*, Penguin, Harmondsworth, 1973.

Felperin, Howard, *Beyond Deconstruction: The Uses and Abuses of Literary Theory*, Oxford University Press, London, 1985.

读者

Ong, Walter, *Orality and Literacy*, Methuen, London, 1982.

Suleiman, Susan R. and Crosman, Inge (eds.), *The Reader in the Text*, Princeton University Press, Princeton, 1980.

Tompkins, Jane P. (ed.), *Reader Response Criticism: From Formalism to Post-Structuralism*, The Johns Hopkins University Press, Baltimore, 1980.

文体学

Crystal, David and Davy, Derek, *Investigating English Style*, Longman, London, 1969.

Fowler, Roger, *Linguistic Criticism*, Oxford University Press, London, 1986.

Leech, Geoffrey N., *A Linguistic Guide to English Poetry*, Longman, London, 1969.

Leech, Geoffrey N. and Short, Michael, *Style in Fiction*, Longman, London, 1981.

叙事

Booth, Wayne, *The Rhetoric of Fiction*, University of Chicago Press, Chicago, 1961.

Carter, Ronald and Nash, Walter, *Discourse Stylistics*, Routledge, London, 1989.

Chatman, Seymour, *Story and Discourse: Narrative Structure in Fiction and Film*, Cornell University Press, Ithaca, 1978.

Fowler, Roger, *Linguistics and the Novel*, Methuen, London, 1977.

Kermode, Frank, *The Genesis of Secrecy: On the Interpretation of Narrative*, Harvard University Press, London, 1979.

插图

Alderson, Brian, *Sing a Song for Sixpence*, Cambridge University Press in association with the British Library, London, 1986.

Doonan, Jane, "The Object Lesson: Picture books of Anthony Browne," *Word and Image*, 2, 2 (April-June 1986), pp. 159–172.

Landes, Sonia, "Picture Books as Literature," *Children's Literature Association Quarterly*, 10, 2 (Summer 1985), pp. 51–54.

Moebius, William, "Introduction to Picture Book Codes," *Word and Image*, 2, 2 (April-June 1986), pp. 141–158.

Pullman, Philip, "Invisible Pictures," *Signal*, 60 (September 1989), pp. 160–186.

Nodelman, Perry, *Words about Pictures*, University of Georgia Press, Athens, 1988.

批评与儿童文学

总论

下面是了解当今文学批评及其相关研究书目必不可少的指导手册：

Chester, Tessa Rose, *Sources of Information about Children's Books*, Thimble Press, South Woodchester, 1989.

可在下列作品中发现有用的参考书目：

Chester, Tessa Rose, *Children's Books Research: A Practical Guide to Techniques and Sources*, Thimble Press, South Woodchester, 1989.

Hunt, Peter (ed.), *Children's Literature: The Development of Criticism*, Routledge, London, 1990.

Salway, Lance (comp.), *Reading about Children's Books: An Introductory Guide to Books about Children's Literature*, National Book League, London, 1986.

亦参见：

Bator, Robert (ed.), *Signposts to Criticism of Children's Literature*, Chicago, American Library Association, 1982.

Cameron, Eleanor, *The Green and Burning Tree*, Atlantic, Little, Brown, Boston, 1969.

Carpenter, Humphrey and Prichard, Mari, *The Oxford Companion to Children's Literature*, Oxford University Press, London, 1984.

Chambers, Aidan, *Booktalk*, Bodley Head, London, 1985.

Chambers, Nancy (ed.), *The Signal Approach to Children's Books*, Kestrel (Penguin), Harmondsworth, 1980.

Dixon, Bob, *Catching them Young 1: Sex, Race, and Class in Children's Books*, Pluto Press, London, 1977.

Egoff, Sheila, et al. (eds.), *Only Connect: Readings on Children's Literature* 2nd edn., Oxford University Press, Toronto, 1980.

Fox, Geoff, et al. (eds.), *Writers, Critics, and Children*, Agathon Press, New York; Heinemann Educational, London, 1976.

Harrison, Barbara and Maguire, Gregory (eds.), *Innocence and Experience: Essays and Conversations on Children's Literature*, Lothrop, Lee and Shepard, New York, 1987.

Haviland, Virginia (ed.), *Children's Literature: Views and Reviews*, Bodley Head, London, 1973.

Hollindale, Peter, "Ideology and the Children's Book," *Signal*, 55 (1988), pp. 3–22; repr., *Ideology and the Children's Books*, Thimble Press, South Woodchester, 1989.

Fred, Inglis, *The Promise of Happiness: Value and Meaning in Children's Fiction*, Cambridge University Press, Cambridge, 1981.

Leeson, Robert, *Reading and Righting: The Past, Present, and Future of Books for the Young*, Collins, London, 1985.

Meek, Margaret, et al. (eds.), *The Cool Web: The Pattern of Children's Reading*, Bodley Head, London, 1977.

Moss, Elaine, *Part of the Pattern*, Bodley Head, London, 1986.

Paul, Lissa, "Enigma Variations: What Feminist Theory Knows about Children's Literature," *Signal*, 54 (September 1987), pp. 186–201.

Rose, Jacqueline, *The Case of Peter Pan, or, the Impossibility of Children's Fiction*, Macmillan, London, 1984.

Rustin, Margaret and Michael, *Narratives of Love and Loss*, Verso (New Left Books), London, 1987.

Townsend, John Rowe, *Written for Children*, Penguin, Harmondsworth, 1974; rev. ed., Kestrel/Penguin, Harmondsworth, 1983.

Tucker, Nicholas, *The Child and the Book: A Psychological and Literary Exploration*, Cambridge University Press, Cambridge, 1981.

Tucker, Nicholas (ed.), *Suitable for Children? Controversies in Children's Literature*, Sussex University Press, London, 1976.

Zipes, Jack, *Fairy Tales and the Art of Subversion: The Classical Genre for Children and the Process of Civilization*, Wildman, New York, 1983.

教育学、心理学和相关学科

Applebee, Arthur N., *The Child's Concept of Story: Ages Two to Seventeen*, University of

Chicago Press, Chicago, 1978.

Benton, Michael, et al. , *Young Readers Responding to Poems*, Routledge, London, 1988.

Chambers, Aidan, *Introducing Books to Children*, Heinemann, London, 1973.

Crago, Hugh and Maureen, *Prelude to Literacy: A Preschool Child's Encounter with Picture and Story*, Southern Illinois University Press, Urbana, 1983.

Heeks, Peggy, *Choosing and Using Books in the First School*, Macmillan Educational, London, 1981.

McGee, Paul E. and Chapman, Anthony J. (eds.), *Children's Humour*, John Wiley, Chichester, 1980.

Meek, Margaret, *Learning to Read*, Bodley Head, London, 1982.

Protherough, Robert, *Developing Response to Fiction*, Open University Press, Milton Keynes, 1983.

Romaine, Suzanne, *The Language of Children and Adolescents: The Acquisition of Communicative Competence*, Blackwell, Oxford, 1984.

Rosen, Harold, *Stories and Meanings*, National Association for the Teaching of English, London, 1985.

Smith, Frank, *Reading*, 2nd edn. , Cambridge University Press, Cambridge, 1985.

Smith, Frank, *Writing and the Writer*, Heinemann Educational, London, 1982.

Tucker, Nicholas, *What is a Child?*, Fontana/Open Books, London, 1977.

本书译名对照表

（按照译名的姓氏拼音排列）

A

爱德华,阿迪宗	Ardizzone, Edward
阿尔伯格,艾伦	Ahlberg, Allan
阿尔伯格,珍妮特	Ahlberg, Janet
阿诺德,马修	Arnold, Matthew
阿什利,L. F.	Ashley, L. F.
阿特金森,艾伦	Atkinson, Allen
埃弗里,吉莉恩	Avery, Gillian
埃格夫,希拉	Egoff, Sheila
埃利斯,亚历克	Ellis, Alec
埃利斯,约翰	Ellis, John
埃奇沃斯,M.	Edgeworth, M.
艾尔,弗兰克	Eyre, Frank
艾肯,琼	Aiken, Joan
艾略特,T. S.	Eliot, T. S.
艾米斯,金斯利	Amis, Kingsley
艾坡比,亚瑟	Applebee, Arthur
安德森,理查德	Anderson, Richard

昂,沃尔特	Ong, Walter
奥登,W. H.	Auden, W. H.
奥尔森,D. R.	Olson, D. R.
奥克利,格雷厄姆	Oakley, Graham
奥佩,艾奥娜	Opie, Iona
奥佩,彼得	Opie, Peter
奥尔德森,布赖恩	Alderson, Brian
奥斯汀,简	Austen, Jane

B

巴鲍德,A. L.	Barbauld, A. L.
巴德,芭芭拉	Bader, Barbara
巴尔,米克	Bal, Mieke
巴赫金,米哈伊尔	Bakhtin, Mikhail
巴特,罗兰	Barthes, Roland
拜厄斯,贝奇	Byars, Betsy
保罗,莉萨	Paul, Lissa
贝尔,鲁珀特	Bear, Rupert
贝尔西,凯瑟琳	Belsey, Catherine
贝里奇,西莉亚	Berridge, Celia
本顿,迈克尔	Benton, Michael
波特,毕翠克丝	Potter, Beatrix
波特,科尔	Porter, Cole
伯宁汉,约翰	Burningham, John
布拉德伯里,马尔科姆	Bradbury, Malcolm
布拉德曼,托尼	Bradman, Tony

布莱顿,伊妮德	Blyton, Enid
布莱克,昆廷	Blake, Quentin
布朗,安东尼	Browne, Anthony
布朗,克雷格	Brown, Craig
布里顿,詹姆斯	Britton, James
布里格斯,雷蒙德	Briggs, Raymond
布里格斯,朱莉娅	Briggs, Julia
布卢姆,朱迪	Blume, Judy
布鲁克斯,克林斯	Brooks, Cleanth
布斯,韦恩	Booth, Wayne

C

查特曼,西摩	Chatman, Seymour

D

达尔,罗尔德	Dahl, Roald
达姆泰,汉弗莱·T.	Dumteigh, Humphrey T.
戴,托马斯	Day, Thomas
德·拉·梅尔,沃尔特	de la Mare, Walter
德曼,保罗	de Man, Paul
笛福,D.	Defoe, D.
狄更斯,C.	Dickens, C.
迪金森,彼得	Dickinson, Peter
迪金森,苏珊	Dickinson, Susan
狄克逊,鲍勃	Dixon, Bob
杜布罗,希瑟	Dubrow, Heather
杜南,简	Doonan, Jane

杜帕斯基尔,菲利普	Dupasquier, Phillipe
杜瓦森,罗杰	Duvoisin, Roger
多姆,贾妮丝	Dohm, Janice

F

法兰西,菲奥娜	French, Fiona
菲利普,尼尔	Neil, Philip
菲尔德,卡罗琳	Field, Carolyn
菲尔培林,霍华德	Felperin, Howard
费什,斯坦利	Fish, Stanley
费希尔,玛格丽	Fisher, Margery
福尔曼,迈克尔	Foreman, Michael
福克斯,杰夫	Fox, Geoff
福勒,罗杰	Fowler, Roger
弗农,M.D.	Vernon, M.D.
福斯特,E.M.	Foster, E.M.

G

戈登,鲁默	Godden, Rumer
戈登,玛格丽特	Gordon, Margaret
格雷厄姆,埃莉诺	Grahame, Eleanor
格雷厄姆,肯尼斯	Grahame, Kenneth
格雷夫斯,R.	Graves, R.
格林,G.	Greene, G.

H

哈代,托马斯	Hardy, Thomas
哈迪,芭芭拉	Hardy, Barbara

哈丁,D.W.	Harding,D.W.
哈里森,芭芭拉	Harrison,Barbara
哈钦斯,帕特	Hutchins,Pat
哈桑,R.	Hasan,R.
哈特,弗兰克	Hatt,Frank
海明威,欧内斯特	Hemingway,Ernest
海因斯,保罗	Heins,Paul
韩礼德,M.A.K.	Halliday,M.A.K.
赫利曼,贝蒂娜	Hurlimann,Bettina
赫施,E.D.	Hirsch,E.D.
赫胥黎,A.	Huxley,A.
亨蒂,乔治·艾尔弗雷德	Henty,George Alfred
亨特,彼得	Hunt,Peter
华兹华斯,W.	Wordsworth,W.
怀特,E.B.	White,E.B.
霍本,罗素	Hoban,Russell
霍尔布鲁克,大卫	Holbrook,David
霍尔特,约翰	Holt,John
霍夫兰夫人(霍夫兰,芭芭拉)	Madame Hofland(Hofland,Barbara)
霍克,詹妮	Howker,Janni
霍利迪,亨利	Holiday,Henry
霍林代尔,彼得	Hollindale,Peter

J

基平,查尔斯	Keeping,Charles
加德纳,霍华德	Gardner,Howard

加菲尔德,利昂	Garfield, Leon
加纳,艾伦	Garner, Alan
贾雷尔,兰德尔	Jarrell, Randall
简,伊莎贝尔	Jan, Isabelle
杰弗里斯,理查德	Jefferies, Richard
吉卜林,拉迪亚德	Kipling, Rudyard

K

卡勒,乔纳森	Jonathan, Culler
卡罗尔,刘易斯	Carroll, Lewis
卡梅伦,埃莉诺	Cameron, Eleanor
卡明斯,M.	Cummings, M.
卡彭特,汉弗莱	Carpenter, Humphrey
卡斯,琼	Cass, Joan
卡西里奥,罗伯特	Caserio, Robert
凯莉-伯恩,黛安娜	Kelly-Byrne, Diana
科克伦-史密斯,玛丽莲	Cochran-Smith, Marilyn
科洛德尼,安妮特	Kolodny, Annette
克拉格,莫琳	Crago, Maureen
克拉格,休	Crago, Hugh
克雷格,海伦	Craig, Helen
克劳奇,马库斯	Crouch, Marcus
克鲁申纳尔,安妮	Cluysenaar, Anne
克莫德,弗兰克	Kermode, Frank
库普兰,尼古拉斯	Coupland, Nikolas
夸克,伦道夫	Quirk, Randolph

夸美纽斯,J.A.	Comenius, J. A.

L

拉伯金,埃里克	Rabkin, Eric
拉斯金,埃伦	Raskin, Ellen
拉斯廷,玛格丽特	Rustin, Margaret
拉斯廷,迈克尔	Rustin, Michael
莱夫利,佩内洛普	Lively, Penelope
赖特,帕特里夏	Wright, Patricia
兰德斯,索尼娅	Landes, Sonia
兰塞姆,亚瑟	Ransome, Arthur
兰斯伯格,米歇尔	Landsberg, Michele
劳伦斯,D.H.	Lawrence, D. H.
劳森,罗伯特	Lawson, Robert
劳斯,弗雷德里克	Laws, Frederick
雷,科林	Ray, Collin
雷纳,玛丽	Rayner, Mary
里尔登,雷	Reardon, Ray
里蒙－凯南,施劳密斯	Rimmon-Kenan, Shlomith
利夫,芒罗	Leaf, Munro
利奇,杰弗里·N.	Leech, Geoffrey N.
利森,罗伯特	Leeson, Robert
利维斯,F.R.	Leavis, F. R.
刘易斯,戴	Lewis, Day
卢肯斯,丽贝卡	Lukens, Rebecca
路易斯,C.S.	Lewis, C. S.

罗曼,苏珊娜	Romaine, Suzanne
罗塞蒂,C.	Rossetti, C.
罗森,哈罗德	Rosen, Harold
罗森,康妮	Rosen, Connie
罗斯,杰奎琳	Rose, Jacqueline
罗斯金,J.	Ruskin, J.
洛夫廷,休	Lofting, Hugh
洛奇,大卫·约翰	Lodge, David John

M

马戈里安,米歇尔	Magorian, Michelle
马圭尔,格雷戈里	Maguire, Gregory
马舍雷,皮耶尔	Machery, Pierre
麦高夫,罗杰	McGough, Roger
麦基,大卫	MacKee, David
麦克道尔,迈尔斯	McDowell, Myles
麦克卢汉,马歇尔	McLuhan, Marshall
麦克唐纳,乔治	MacDonald, George
迈耶,彼得	Meyer, Peter
梅恩,威廉	Mayne, William
梅斯菲尔德,约翰	Masefield, John
米尔恩,A. A.	Milne, A. A.
米克,玛格丽特	Meek, Margaret
缪尔,詹姆斯	Muir, James
默比乌斯,威廉	Moebius, William
莫斯,安妮塔	Moss, Anita

莫斯,伊莱恩　　　　　　　　　　　　　Moss, Elaine

N

纳什,沃尔特　　　　　　　　　　　　　Nash, Walter

内斯比特,E.　　　　　　　　　　　　　Nesbit, E.

牛顿,K.M.　　　　　　　　　　　　　　Newton, K. M.

诺德曼,佩里　　　　　　　　　　　　　Nodelman, Perry

诺里斯,C.　　　　　　　　　　　　　　Norris, C.

P

帕克,多萝西　　　　　　　　　　　　　Parker, Dorothy

帕克,露丝　　　　　　　　　　　　　　Park, Ruth

佩顿,凯瑟琳　　　　　　　　　　　　　Payton, Kathleen

皮拉尼,费利克斯　　　　　　　　　　　Pirani, Felix

皮亚杰,让　　　　　　　　　　　　　　Piaget, Jean

普尔曼,菲利普　　　　　　　　　　　　Pullman, Philip

普林斯,杰拉德　　　　　　　　　　　　Prince, Gerald

普罗瑟罗夫,罗伯特　　　　　　　　　　Protherough, Robert

普洛普,弗拉迪米尔　　　　　　　　　　Propp, Vladimir

Q

钱伯斯,艾丹　　　　　　　　　　　　　Chambers, Aidan

钱伯斯,南希　　　　　　　　　　　　　Chambers, Nancy

钱德勒,雷蒙德　　　　　　　　　　　　Chandler, Raymond

钱乔罗,帕特里夏　　　　　　　　　　　Cianciolo, Patricia

乔叟,杰弗里　　　　　　　　　　　　　Chaucer, Geoffrey

乔伊斯,J.　　　　　　　　　　　　　　Joyce, J.

切斯特,特莎　　　　　　　　　　　　　Chester, Tessa

R

| 热奈特,热拉尔 | Genette, Gérard |
| 瑞恰慈,I.A. | Richards, I.A. |

S

萨尔韦,兰斯	Salway, Lance
萨克雷,W.	Thackeray, W.
萨兰德,查尔斯	Sarland, Charles
萨默菲尔德,杰弗里	Summerfield, Geoffrey
塞林格,J.D.	Salinger, J.D.
沙维特,佐哈尔	Shavit, Zohar
森达克,莫里斯	Sendak, Maurice
史密斯,弗兰克	Smith, Frank
史密斯,詹姆斯·斯蒂尔	Smith, James Steele
史密斯,珍妮特·亚当	Smith, Janet Adam
斯蒂文森,R.L.	Stevenson, R.L.
斯拉托夫,沃尔特	Slatoff, Walter
斯塔布斯,戈登	Stubbs, Gordon
斯塔布斯,迈克尔	Stubbs, Michael
斯特朗,L.A.G.	Strong, L.A.G.
斯特恩,劳伦斯	Sterne, Laurence
苏莱曼,苏珊·R.	Suleiman, Susan R.

T

| 塔克,尼古拉斯 | Tucker, Nicholas |
| 坦布林,杰里米 | Tambling, Jeremy |

汤普金斯,简	Tompkins, Jane
汤森,约翰·罗	Townsend, John Rowe
唐利维,J.P.	Donleavy, J.P.
特雷斯,杰弗里	Trease, Geoffrey
特里默夫人(特里默,萨拉)	Madame Trimmer (Trimmer, Sarah)
吐温,马克	Twain, Mark
托尔金,J.R.R.	Tolkien, J.R.R.

W

瓦特,伊恩	Watt, Ian
王尔德,O.	Wilde, O.
威尔逊,鲍勃	Wilson, Bob
威廉斯,雷蒙	Williams, Raymond
维果茨基,列夫	Vygotsky, Lev
韦恩,约翰	Wain, John
韦尔斯,罗斯玛丽	Wells, Rosemary
韦勒克,勒内	Wellek, René
沃德豪斯,P.G.	Wodehouse, P.G.
沃尔什,吉尔·佩顿	Walsh, Jill Paton
沃伦,奥斯汀	Warren, Austin
沃特金斯,托尼	Watkins, Tony
伍尔夫,A.V.	Woolf, A.V.

X

希伯德,多米尼克	Hibberd, Dominic
希尔迪克,华莱士	Hildick, Wallace
希克斯,佩姬	Heeks, Peggy

西蒙斯,R.　　　　　　　　　　　　Simmons, R.
希思,雪利·布赖斯　　　　　　　　Heath, Shirley Brice
香农,帕特里克　　　　　　　　　　Shannon, Patrick
肖特,迈克尔·H.　　　　　　　　　Short, Michael H.
休斯,特德　　　　　　　　　　　　Hughes, Ted

Y

亚当斯,理查德　　　　　　　　　　Adams, Richard
伊格尔顿,特里　　　　　　　　　　Eagleton, Terry
伊瑟尔,沃尔夫冈　　　　　　　　　Iser, Wolfgang
尤尔,琼　　　　　　　　　　　　　Ure, Jean

Z

泽拉法,迈克尔　　　　　　　　　　Zeraffa, Michael
詹金森,爱德华·B　　　　　　　　Jenkinson, Edward B.
詹姆斯,亨利　　　　　　　　　　　James, Henry

图书在版编目(CIP)数据

批评、理论与儿童文学：Criticism Theory and Children's Literature/(英)彼得·亨特著；韩雨苇译. —上海：华东师范大学出版社，2017

(国际格林奖儿童文学理论书系)

ISBN 978-7-5675-7248-5

Ⅰ.①批… Ⅱ.①彼…②韩… Ⅲ.①儿童文学－文学研究 Ⅳ.①I058

中国版本图书馆CIP数据核字(2017)第304098号

Criticism Theory and Children's Literature
Copyright © 1991 by Peter Hunt
Chinese Translation Copyright © 2019 by East China Normal University Press Ltd.
All rights reserved.

上海市版权局著作权合同登记　图字：09-2017-675号

国际格林奖儿童文学理论书系
批评、理论与儿童文学

丛书主编　蒋　风　刘绪源
总 策 划　上海采芹人文化
特约策划　王慧敏　陈　洁
著　　者　[英]彼得·亨特
译　　者　韩雨苇
特约编辑　黄　琰　曹　潇
责任编辑　唐　铭
责任校对　王丽平
封面设计　采芹人 插画·装帧　夏　树
　　　　　http://blog.sina.com.cn/cqr.c666
版式设计　刘怡霖

出版发行　华东师范大学出版社
社　　址　上海市中山北路3663号　邮编 200062
网　　址　www.ecnupress.com.cn
电　　话　021-60821666　行政传真 021-62572105
客服电话　021-62865537　门市(邮购)电话 021-62869887
地　　址　上海市中山北路3663号华东师范大学校内先锋路口
网　　店　http://hdsdcbs.tmall.com

印 刷 者　杭州日报报业集团盛元印务有限公司
开　　本　787×1092　16开
印　　张　18
字　　数　254千字
版　　次　2019年6月第1版
印　　次　2020年11月第2次
书　　号　ISBN 978-7-5675-7248-5
定　　价　68.00元

出 版 人　王　焰

(如发现本版图书有印订质量问题，请寄回本社客服中心调换或电话021-62865537联系)